Anton Čechov

Sämtliche Einakter

Übersetzt und herausgegeben von Peter Urban

Diogenes

Die vorliegende Übersetzung
erschien erstmals 1980 im Diogenes Verlag
und wurde vom Übersetzer für die
Neuausgabe 2001 revidiert
Umschlagzeichnung von
Tomi Ungerer

www.diogenes.ch
30/01/8/5
ISBN 3 257 20801 4

Diogenes Taschenbuch 20801

Inhalt

Die Einakter

Auf der Großen Straße

Dramatische Skizze in einem Akt

Personen

TICHON EVSTIGNEEV, Betreiber einer Schenke an der Großen Straße.

SEMËN SERGEEVIČ BORCOV, ruinierter Gutsbesitzer.

MARJA EGOROVNA, seine Frau.

SAVVA, ein alter Pilger.

NAZAROVNA, EFIMOVNA – Wallfahrerinnen.

FEDJA, Fabrikarbeiter auf Wanderschaft.

EGOR MERIK, Landstreicher.

KUZMA, ein Durchreisender.

POSTILLION.

KUTSCHER der Borcova.

Wallfahrer, Viehtreiber, Reisende und and.

Ort der Handlung ist eines der südrussischen Gouvernements.

Die Bühne stellt Tichons Schenke dar. Rechts die Theke und Regale mit Flaschen. Im Hintergrund die Tür, die nach draußen führt. Über ihr hängt außen eine verschmierte, kleine rote Laterne. Der Fußboden und die entlang der Wände stehenden Bänke sind dicht besetzt mit Wallfahrern und Wanderern. Viele schlafen, da sie keinen Platz haben, im Sitzen. Tiefe Nacht. Beim Aufgehen des Vorhangs hört man Donner und sieht durch die Tür Blitze.

I

Hinter der Theke Tichon. Auf einer der Bänke sitzt, halb liegend, Fedja und spielt leise Harmonika. Neben ihm sitzt Borcov, in ein abgetragenes Sommerkleid gekleidet. Auf dem Fußboden vor den Bänken haben sich Savva, Nazarovna und Efimovna niedergelassen.

EFIMOVNA *zur Nazarovna* Stoß mal den Alten an, Schwester! Daß er bloß nicht den Geist aufgibt.

NAZAROVNA *hebt den Rand des Bauernrockes von Savvas Gesicht* Gottesmann, he, Gottesmann! Lebst du, oder bist du schon tot?

SAVVA Tot? Ich lebe, gute Frau! *Hebt sich auf den Ellbogen.* Deck mir die Füße zu, armes Kind! Ja, so. Den rechten noch ein wenig. Ja, so, gute Frau. Gott schenke dir Gesundheit.

NAZAROVNA *während sie Savva die Füße zudeckt* Schlaf, Väterchen!

SAVVA Wie soll man hier schlafen? In Geduld diese Qualen ertragen, aber schlafen, gute Frau, ist gar nicht nötig. Der Sünder soll keine Ruhe finden. Was rauscht da so, Pilgerin?

NAZAROVNA Gott schickt uns ein Gewitter. Der Wind heult, und der Regen peitscht und peitscht nur so. Aufs Dach und gegen die Scheiben, als wär es Erbsenschrot. Hörst du? Der Himmel hat seine Schleusen geöffnet.

Donner.

Heilig, heilig, heilig...

FEDJA Das donnert, das dröhnt, das rauscht und ... nimmt kein Ende! Huuu... wie wenn der Wald rauscht... Huuu... Der Wind heult wie ein Hund... *Erschaudert.* Ist das kalt! Die Kleider naß, zum Auswringen, die Tür sperrangelweit offen... *Fängt leise an zu spielen.* Eingeweicht meine Harmonika, die macht keine Musik mehr, sonst, Rechtgläubige, würde ich euch ein Konzert hinlegen, daß euch die Mütze wegfliegt! Ha! Eine Kwadrillje vielleicht, oder sagen wir, eine Polka... oder ein russisches Liedchen... können wir alles. In der Stadt, als ich Zimmerkellner im Granghotel war, hab ich zwar kein Geld gemacht, aber auf der Harmonika, da hab ich alle Noten übertroffen. Gitarre kann ich auch.

STIMME AUS DER ECKE Der Dummkopf, der schweigt, gilt für weise.

FEDJA Sagte der Dummkopf.

Pause.

NAZAROVNA *zu Savva* Du Alter, solltest jetzt auf dem Ofen liegen, dir die Füße wärmen.

Pause.

Alter! Gottesmann! *Stößt Savva an.* Willst du etwa sterben?

FEDJA Trink lieber einen Vodka, Großvater. Den trinkst du, und er brennt dir im Bauch, brennt, daß auch das Herz was abkriegt. Trink einen!

NAZAROVNA Laß die lästerlichen Reden, Junge! Der alte Mann

gibt vielleicht bald den Geist auf und bereut seine Sünden, und du hier mit deinen Reden, und der Harmonika... Hör auf mit der Musik! Schamloser Mensch!

FEDJA Und du, was läßt du ihn nicht in Ruhe? Der machts nicht mehr lange, aber du... mit deinen Weiberdummheiten... Er kann zu dir kein grobes Wort sagen, weil er ein Gerechter ist, und du freust dich, bist froh, daß er dir dummen Gans zuhört... Schlaf, Großvater, hör nicht zu! Laß sie plappern, pfeif drauf. Weiberzunge ist ein Teufelsbesen, der fegt den Listigen wie den Weisen zur Tür hinaus. Pfeif drauf... *Schlägt die Hände ineinander.* Aber was bist du dürr, Mann! Schrecklich! Ein richtiges Totenschkelett! Keine Lebenskraft! Du willst doch hier nicht sterben?

SAVVA Sterben? Bewahre uns Gott, sinnlos zu sterben... Ich plage mich noch ein wenig, dann stehe ich mit Gottes Hilfe wieder auf... Die Muttergottes wird mich nicht in der Fremde sterben lassen... Sterben will ich daheim...

FEDJA Kommst du von weit her?

SAVVA Von Vologda. Aus der Stadt Vologda... ein Kleinbürger von dort.

FEDJA Und wo ist dieses Vologda?

SAVVA Hinter Moskau... Ein Gouvernement...

FEDJA Donnerwetter... Dich hats ja weit verschlagen, Graubart! Und alles zu Fuß?

SAVVA Zu Fuß, mein Junge. Ich war beim heiligen Tichon von Zadonsk, und jetzt gehe ich zu den Heiligen Bergen... Von den Heiligen Bergen, so Gott will, nach Odessa... Von dort, sagt man, kommt man billig nach Jerusalem. Für einundzwanzig Rup, sagt man...

FEDJA Warst du auch in Moskau?

SAVVA Aber ja! fünfmal...

FEDJA Eine schöne Stadt? *Zündet sich eine Zigarette an.* Die es lohnt?

SAVVA Viele Heiligtümer, mein Junge... Und wo es viele Heiligtümer gibt, ist es überall schön...

BORCOV *geht zur Theke und Tichon* Ich bitte dich nochmals! Gib mir was um Christi willen!

FEDJA Hauptsache in der Stadt ist, daß Sauberkeit ist... Wenn Staub ist – muß man sprengen, wenn Dreck – ihn wegräumen. Daß die Häuser hoch sind ... daß es ein Theater gibt, Polizei... Droschken... Ich habe in Städten gelebt, ich kenne mich aus.

BORCOV Ein Gläschen ... dies kleine hier. Auf Kredit! Ich zahle es dir zurück!

TICHON Ja, ja.

BORCOV Ich bitte dich! Sei so gut.

TICHON Scher dich fort!

BORCOV Du verstehst mich nicht... Begreif doch, du Flegel, wenn in deinem hölzernen Bauernschädel auch nur ein Funken Hirn ist: nicht ich bitte dich, mein Inneres, um in deiner Bauernsprache zu reden, mein Inneres bittet darum! Meine Krankheit bittet darum! Begreif das!

TICHON Da gibts nichts zu verstehn... Geh weg!

BORCOV Wenn ich nämlich nicht sofort etwas zu trinken bekomme, begreif das, wenn ich meine Leidenschaft nicht befriedige, bin ich imstande, ein Verbrechen zu begehen! Gott weiß, was ich imstande bin zu tun! Du Flegel hast in deinem Kneipenleben viel besoffenes Volk gesehen, hast du dir etwa bis heute nicht klargemacht, was das für Menschen sind? Die sind krank! Leg sie an die Kette, schlag sie, erstich sie, aber gib ihnen Vodka! Ich bitte ergebenst! Sei so gut! Ich demütige mich! Mein Gott, wie ich mich demütige!

TICHON Erst das Geld, dann gibt es auch Vodka.

BORCOV Aber wo soll ich Geld hernehmen? Ich habe alles versoffen! Alles bis zum letzten! Was könnte ich dir geben? Nur dieser Mantel ist mir geblieben, aber den kann ich dir nicht geben ... Den trage ich auf dem nackten Körper. Willst du die Mütze? *Nimmt die Mütze ab und gibt sie Tichon.*

TICHON *untersucht die Mütze* Hm ... Mütze und Mütze ist ein Unterschied ... Ein Loch am andern, wie ein Sieb ...

FEDJA *lacht* Aber eine adlige! Mit der kannst du über die Straße gehn und sie vor den Mamsellen ziehn. Guten Tag, Auf Wiedersehn! Wie ist das werte Befinden?

TICHON *gibt Borcov die Mütze zurück* Die nehme ich nicht mal geschenkt. Dies Lumpending.

BORCOV Gefällt dir nicht? Dann gib mir was auf Kredit! Wenn ich aus der Stadt zurückkomme, bringe ich dir deine fünf Kopeken! Dann erstick an deinen fünf Kopeken! Dran ersticken sollst du! Im Halse sollen sie dir steckenbleiben. *Hustet.* Ich hasse dich!

TICHON *haut mit der Faust auf die Theke* Werd ja nicht frech! Was bist du für ein Mensch? Was für ein Halunke? Was willst du hier?

BORCOV Was trinken will ich! Nicht ich will, meine Krankheit will es! Begreif doch!

TICHON Bring mich nicht um meine Geduld! Gleich jag ich dich raus in die Steppe, du!

BORCOV Was soll ich nur tun? *Geht von der Theke weg.* Was soll ich nur tun? *Versinkt in Gedanken.*

EFIMOVNA Der Böse verwirrt dir die Sinne. Aber achte nicht darauf, Herr. Er flüstert dir zu, der Verdammte: Trink! trink! Sag du zu ihm: ich werde nicht trinken! ich werde nicht trinken! Und er läßt von dir ab.

FEDJA Der ist doch weich in der Birne ... Bauchschmerzen hat er! *Lacht.* Verrückt bist du, Euer Wohlgeboren! Leg dich hin und schlaf! Und steh nicht mitten in der Kneipe rum wie eine Vogelscheuche! Das ist hier kein Gemüsegarten!

BORCOV *böse* Halts Maul! Dich hat niemand gefragt, du Esel!

FEDJA Rede, red, soviel du willst, aber verplapper dich nicht! Leute wie dich kennen wir! Leute wie du lungern viele auf der Großen Straße herum! Und was den Esel anlangt: wenn ich dir eine aufs Ohr geb, dann heulst du schlimmer als der Wind. Selber Esel! Schwein!

Pause.

Dreckskerl!

NAZAROVNA Der alte Mann hier betet womöglich und gibt seinen Geist auf, und sie, diese Gottlosen, beschimpfen sich mit bösen Wörtern... Schandmäuler!

FEDJA Und du, alter Kohlstrunk, hör auf zu flennen, wenn du in einer Kneipe bist. Eine Kneipe ist eine Kneipe.

BORCOV Was soll ich nur tun? Was tun? Wie es ihm begreiflich machen? Was für Überredungskünste soll ich noch anwenden? *Zu Tichon.* Das Blut stockt mir in den Adern! Tichon, lieber Freund! *Weint.* Tichon, lieber Freund!

SAVVA *stöhnt* Es sticht in den Fuß, wie mit einer Feuerkugel... Pilgerin, gute Frau!

EFIMOVNA Was ist, Väterchen?

SAVVA Wer weint da?

EFIMOVNA Der gnädige Herr.

SAVVA Bitte den gnädigen Herrn, er möge eine Träne auch für mich vergießen, auf daß ich in Vologda sterbe. Ein Gebet unter Tränen ist Gott wohlgefälliger.

BORCOV Ich bete nicht, Alter! Das sind keine Tränen! Saft ist das, Lebenssaft! Es preßt mir die Seele zusammen, da fließt der Saft. *Setzt sich Savva zu Füßen.* Saft! Aber das versteht ihr ja doch nicht! Das kann dein finsterer Verstand nicht begreifen, Alter. Ihr lebt in der Finsternis.

SAVVA Woher das Licht auch nehmen?

BORCOV Doch, es gibt das Licht, Alter... Und die im Lichte leben, würden verstehen!

SAVVA Die gibt es, die gibt es, mein Guter... Die Heiligen haben im Lichte gelebt... Die haben jeden Kummer verstanden... Ihnen brauchst du nichts zu sagen, und sie verstehen dich doch ... Sie schauen dir in die Augen – und verstehen... Und das ist so ein Trost, als hätte es den Kummer nie gegeben – wie weggewischt!

FEDJA Hast du vielleicht schon mal einen Heiligen gesehn?

SAVVA Aber ja, mein Junge... Auf Erden gibt es viel verschiedenes Volk. Es gibt die Sünder, und es gibt die Diener Gottes.

BORCOV Nichts verstehe ich... *Erhebt sich schnell.* Gespräche soll man verstehen, aber habe ich denn im Augenblick Verstand? Ich habe einen Instinkt, Durst! *Geht schnell zur Theke.* Tichon, nimm den Mantel! Verstehst du? *Will den Mantel ausziehen.* Den Mantel...

TICHON Und was hast du unter dem Mantel? *Schaut Borcov unter den Mantel.* Den nackten Körper? Zieh ihn nicht aus, ich nehme ihn nicht... Die Sünde nehme ich nicht auf mich.

Auftritt Merik.

II

Die Vorigen und Merik.

BORCOV Gut, die Sünde nehme ich auf mich! Einverstanden?

MERIK *zieht schweigend den Bauernrock aus und bleibt im Wams. Im Gürtel eine Axt.* Dem einen ist kalt, dem Bären und dem Heimatlosen ist immer warm. Bin ganz naßgeschwitzt! *Legt die Axt auf den Fußboden und zieht das Wams aus.* Ziehst du den einen Fuß aus dem Dreck, läuft dir ein Eimer Schweiß runter. Und hast du den einen rausgezogen, sinkt der andere ein.

EFIMOVNA So ist es... Guter Mann, hat der Regen nicht nachgelassen?

MERIK *mit einem Blick auf Efimovna* Mit Weibern rede ich nicht.

Pause.

BORCOV *zu Tichon* Die Sünde nehme ich auf mich! Hörst du oder nicht?

TICHON Ich will nichts hören, laß mich!

MERIK Eine Finsternis, als hätte wer den Himmel mit Teer eingeschmiert. Man sieht die eigne Nase nicht. Und der Regen schlägt dir in die Fresse – Sauwetter verdammtes! *Rafft mit beiden Armen die Kleider und die Axt zusammen.*

FEDJA Für euch Gauner doch genau das Richtige. Das Raubtier verkriecht sich, und für euch Narren ists ein Fest.

MERIK Wer redet da so?

FEDJA Schau doch her ... das ist mir nicht nur so rausgerutscht.

MERIK Ich werds mir merken... *Geht zu Tichon.* He, Speckfresse! Oder erkennst du mich nicht?

TICHON Wenn ich alle von euch Säufern wiedererkennen sollte, die sich hier auf der Großen Straße herumtreiben, bräuchte ich zehn Löcher in der Stirn.

MERIK Schau doch her...

Pause.

TICHON Doch, jetzt erkenne ich dich. An den Augen hab ich dich erkannt! *Gibt ihm die Hand.* Andrej Polikarpov?

MERIK Andrej Polikarpov war ich, jetzt, merk dir, bin ich Egor Merik.

TICHON Wozu das?

MERIK Die Papiere, die Gott einem schickt, die nimmt man. Seit ein, zwei Monaten heiß ich Merik...

Donner.

Grrr... Donnre ruhig, mir machst du keine Angst! *Schaut sich um.* Keine Windhunde?

TICHON Woher denn Windhunde? Alles nur Mücken und Fliegen... Kleines Gemüse... Die Windhunde liegen jetzt in den Federn und schnarchen ... *Laut.* Rechtgläubige, habt ein Auge auf eure Kleider und Taschen, wenn euch was dran liegt. Der böse Mann hier stiehlt sie euch sonst!

MERIK Na, auf das Geld sollen sie aufpassen, wenn sie welches haben, aber Kleider – rühr ich nicht an. Wo soll ich hin damit.

TICHON Wohin treibt dich der Satan?

MERIK An den Kuban.

TICHON Was du nicht sagst!

FEDJA An den Kuban? Wirklich? *Setzt sich auf.* Ein herrliches Land! Eine Gegend, Leute, die sieht man nicht mal im Traum, und wenn man drei Jahre lang schläft. Das freie Leben! Vögel, erzählt man, gibts da, Wild, alle möglichen Tiere und – ach du mein Gott! Das Gras wächst rund ums ganze Jahr, und das Volk – ein Herz und eine Seele, Land – so weit das Auge reicht! Die Behörden, erzählt man... hat mir neulich ein Soldatchen erzählt... geben jedem hundert Desjatinen pro Nase. Das ist das Glück, strafe mich Gott!

MERIK Das Glück... Das Glück läuft dir immer im Rücken... Das ist nicht zu sehen. Beiß dir in den Ellbogen, dann siehst du das Glück... So ein Quatsch... *Betrachtet die Bänke und Leute.* Sieht aus wie eine Sträflingsrast. He, ihr Hungerleider!

EFIMOVNA *zu Merik* Was hast du für böse Augen!... Dir, junger Mann, sitzt der Böse im Nacken... Schau uns nicht an...

MERIK He, Bettelpack!

EFIMOVNA Wende dich ab! *Stößt Savva an.* Savvuška, ein böser Mensch schaut uns an, das bringt Unglück! *Zu Merik.* Wende dich ab, sage ich, Natterngezücht!

SAVVA Er wird uns nichts tun, gute Frau, er wird uns nichts tun... Gott wird es nicht zulassen.

MERIK He, Rechtgläubige! *Zuckt die Achseln.* Schweigen! Ihr schlaft doch nicht, Klumpfüße! Was schweigt ihr dann?

EFIMOVNA Wende deine bösen Augen ab! Wende deinen Satansstolz von uns ab!

MERIK Du alte Krähe hältst den Schnabel! Satansstolz... Mit Freundlichkeit, mit einem guten Wort habe ich euerm bitteren Schicksal Ehre erweisen wollen! Ihr drückt euch da wie die Fliegen vor der Kälte – naja, ihr habt mir leid getan, ich hab euch Hungerleidern ein gutes Wort sagen wollen, und ihr – dreht die Fresse weg! Dann eben nicht! *Geht auf Fedja zu.* Von wo bist du, welche Fabrik?

FEDJA Von hier, Chamonjev-Werke. Aus der Ziegelei.

MERIK Steh auf.

FEDJA *setzt sich auf* Was?

MERIK Steh auf. Steh auf mit den Klamotten, hier liege ich.

FEDJA Du meinst... Ist dein Platz, wie?

MERIK Genau. Geh, leg dich auf den Boden.

FEDJA Halt, halt, Fremder... Mir machst du keine Angst...

MERIK Ein ganz Schneller... Los, red nicht, mach schon, bevor es dir leid tut, Dummkopf.

TICHON *zu Fedja* Widersprich ihm nicht, Kleiner. Pfeif drauf.

FEDJA Was hast du für ein Recht? Reißt hier deine Hechtaugen auf und denkst, ich bin erschrocken! *Nimmt seine Sachen, geht und macht sich ein Lager auf dem Fußboden.* Teufel! *Legt sich hin und deckt sich bis über den Kopf zu.*

MERIK *macht sich sein Lager auf der Bank* Du hast den Teufel wohl noch nicht gesehn, wenn du mich so nennst... Teufel sehen anders aus. *Legt sich hin und legt die Axt neben sich.* Komm schlafen, Schwester Axt... Ich deck dir den Stiel zu.

TICHON Woher hast du die Axt?

MERIK Gestohlen... Gestohlen, und jetzt geht es mir mit ihr

wie mit dem bestickten Futtersack: zu schade zum Wegwerfen, und nicht wissen, wohin damit. Wie eine versauerte Ehefrau ... Ja ... *Deckt sich zu.* Teufel sehen anders aus, Freundchen.

FEDJA *streckt den Kopf unter dem Rock hervor* Wie denn?

MERIK Wie Dampf, wie Luft ... Wie wenn man haucht *haucht*, so. Sie sehen kann man nicht.

STIMME AUS DER ECKE Wenn du dich unter eine Egge setzt, kannst du sie sehen.

MERIK Habe ich und habe nichts gesehen ... Die Weiber reden Unsinn, wie die dummen Bauern ... Du siehst weder den Teufel noch den Waldschrat, auch nicht den Toten ... Das Auge ist nicht so beschaffen, daß es alles sehen kann ... Als ich klein war, bin ich oft in den Wald, vor allem nachts, um den Waldschrat zu sehen ... Ich schreie, schreie aus vollem Halse, rufe den Waldschrat, ohne mit der Wimper zu zucken: Irgendwelches Kleinvieh flimmert da, aber vom Waldschrat nichts zu sehen. Nachts bin ich auf den Kirchhof gegangen, wollte die Toten sehen – die Weiber reden Unsinn. Alles mögliche Getier hab ich gesehen, aber den Bösen – ums Verplatzen nicht! Das Auge ist nicht dafür ...

STIMME AUS DER ECKE Rede nicht, du wirsts schon noch erleben ... Bei uns im Dorf hat ein Bauer mal einen Eber ausgeweidet ... Er hat ihm den Bauch aufgeschnitten, und wie er da herausgefahren kam!

SAVVA *setzt sich auf* Kinder, sprecht nicht vom Unreinen! Das ist Sünde, ihr Lieben!

MERIK Aaah ... alter Graubart! Totenschkellett! *Lacht.* Hier braucht man nicht erst auf den Kirchhof zu gehen, hier kriechen dir die Toten auf dem Fußboden entgegen, um dir Belehrungen zu erteilen ... Sünde ... Ihr mit euerm finstren Verstand könnt doch den Leuten keine Belehrungen erteilen! Ihr lebt in der Finsternis, in Unbildung ... *Raucht eine Pfeife an.* Mein Vater war Bauer und hat manchmal auch gern Belehrungen erteilt. Einmal hatte er nachts dem Popen einen Sack Äpfel gestohlen, den bringt er uns und sagt: »Aber seht zu, Kinder, freßt davon nicht vor dem Erlösertag, das ist Sünde…« Genauso ihr… Vom Teufel reden – wehe, aber Teufel sein, das ja… Nehmt nur diese alte Krähe. *Zeigt auf Efimovna.* In mir sieht sie den Teufel, dabei hat sie als dummes Weib ihre Seele sicher schon fünfmal dem Teufel verkauft.

EFIMOVNA *spuckt dreimal aus, dann* Kraft des Kreuzes, steh uns bei. *Schlägt die Hände vors Gesicht.* Savvuška!

TICHON Warum erschreckst du sie? Und freust dich noch?

Die Tür schlägt im Wind.

Herr Jesus… Ein Wind ist das, ein Wind!

MERIK *streckt sich* Ach, meine Kräfte möcht ich beweisen!

Die Tür schlägt im Wind.

Sie messen hier mit diesem Wind! Er reißt die Tür nicht raus, aber ich, ich reiße, wenns sein muß, die Kneipe mit der Wurzel aus! *Steht auf und legt sich wieder hin.* Mir ist so schwer!

NAZAROVNA Sprich ein Gebet, Heide! Wann gibst du endlich Ruhe?

EFIMOVNA Rühr ihn nicht an, laß ihn! Er schaut uns wieder an! *Zu Merik.* Schau uns nicht an, böser Mensch. Augen, Augen wie der Teufel vor der Frühmesse!

SAVVA Laßt ihn doch schauen, Pilgerinnen! Betet, und sein Blick wird sich abwenden…

BORCOV Nein, ich kann nicht mehr! Es geht über meine Kräfte! *Geht zur Theke.* Hör zu, Tichon, ich bitte dich zum letzten Mal… Ein halbes Glas!

TICHON *schüttelt den Kopf* Das Geld!

BORCOV Mein Gott, ich habe es dir doch schon gesagt! Alles ist versoffen! Woher soll ichs denn nehmen? Und ruinierst du dich etwa, wenn du mir einen Tropfen Vodka auf Kredit gibst? Das Gläschen Vodka kostet dich einen Groschen, mich dagegen erlöst es von meinen Leiden! Ich leide! Das ist kein Mutwille, sondern Leiden! Begreif das!

TICHON Erzähl das einem anderen, nicht mir ... Geh und bettle dort die Rechtgläubigen an, sollen sie dir was geben um Christi willen, wenn sie mögen, ich gebe um Christi willen nur Brot.

BORCOV Die plündere selber aus, aber ich ... du mußt schon entschuldigen! Ich kann sie nicht berauben! Ich nicht! Verstehst du? *Haut mit der Faust auf die Theke.* Ich nicht!

Pause.

Hm ... Wartet mal ... *Wendet sich an die Pilger.* Aber das ist ja die Idee, Rechtgläubige! Opfert einen Fünfer! Mein Inneres bittet! Ich bin krank!

FEDJA Hör dir den an, opfert ... Der Gauner ... Wasser magst du wohl keins?

BORCOV Wie ich mich demütige! Wie ich mich demütige! Nein! Ich brauche nichts! Es war ein Scherz!

MERIK Von dem kriegst du nichts, gnädiger Herr ... Der ist als Geizkragen bekannt ... Warte, ich hatte da irgendwo einen Fünfer ... Trinken wir beide ein Glas ... halbe-halbe ... *Wühlt in den Taschen.* Teufel ... Hat sich irgendwo verkrochen ... Mir war, als hätte er eben noch in der Tasche geklimpert ... Nein, ist weg ... Er ist weg, Freund! Pech für dich!

Pause.

BORCOV Ich muß etwas trinken, sonst begehe ich ein Verbrechen! oder entschließe mich zum Selbstmord ... Was soll ich nur tun, mein Gott! *Schaut zur Tür.* Weggehen? Hinaus in diese Finsternis, so weit das Auge reicht ...

MERIK Was ist, Pilgerinnen, warum erteilt ihr ihm keine Belehrungen? Und du, Tichon, wieso jagst du ihn nicht fort? Er hat dir doch nicht gezahlt für das Nachtlager. Jag ihn fort, gib ihm einen Tritt! Ach, grausam sind die Menschen heutzutage. Keine Weichheit und Güte... Grausam sind sie und böse! Da ertrinkt ein Mensch, und sie rufen ihm zu: »Ertrink endlich, wir haben keine Zeit zum Zuschauen, wir müssen zur Arbeit.« Und davon, daß ihm jemand einen Strick zuwirft, ist schon gar nicht die Rede... Ein Strick kostet Geld...

SAVVA Verurteile niemanden, guter Mensch!

MERIK Sei still, alter Wolf! Grausam seid ihr und böse! Ungeheuer! Seelenverkäufer! *Zu Tichon.* Komm her, zieh mir die Stiefel aus! Aber plötzlich!

TICHON Ist der in Fahrt! *Lacht.* Entsetzlich!

MERIK Komm her, habe ich gesagt! Aber plötzlich!

Pause.

Hörst du oder nicht? Spreche ich mit der Wand? *Setzt sich auf.*

TICHON Nun, nun... es reicht!

MERIK Ich will, daß du Leuteschinder mir, einem armen Landstreicher, die Stiefel ausziehst!

TICHON Nun, nun... nicht so heftig! Komm, trink ein Gläschen... Komm, trink!

MERIK Leute, was will ich? Daß er mir einen Vodka spendiert oder daß er mir die Stiefel auszieht? Habe ich mich versprochen, habe ichs nicht klar gesagt? *Zu Tichon.* Du hast wohl nicht richtig gehört? Ich warte einen Moment, vielleicht hörst du dann richtig.

Unter den Pilgern und Wanderern eine gewisse Unruhe. Sie setzen sich auf und schauen auf Tichon und Merik. Erwartungsvolles Schweigen.

TICHON Dich hat der Satan geschickt! *Kommt hinter der Theke hervor.* Einen gnädigen Herrn haben wir da! Na, komm schon, los? *Zieht Merik die Stiefel aus.* Mordbruder...

MERIK So ists gut. Stell sie nebeneinander... So ists gut... Du kannst gehn!

TICHON *geht, nachdem er die Stiefel ausgezogen hat, hinter die Theke* Schlechte Witze sind das, die du da machst! Mach das noch einmal, und du fliegst im hohen Bogen aus der Schenke! Jawohl! *Zu Borcov, der näher tritt.* Du schon wieder?

BORCOV Sieh mal, ich könnte dir eine Sache aus Gold geben... Bitte, wenn du willst, gebe ich sie dir...

TICHON Was schwatzt du da? Rede vernünftig!

BORCOV Es ist zwar niederträchtig und gemein von mir, aber was soll ich tun? Ich entschließe mich zu dieser Gemeinheit, denn ich bin unzurechnungsfähig... Sogar vor Gericht würde man mich freisprechen... Nimm, aber unter einer Bedingung: du gibst mir das zurück, wenn ich aus der Stadt wiederkomme. Ich gebe es dir vor Zeugen... Herrschaften, Sie sind Zeugen! *Holt von der Brust ein goldenes Medaillon hervor.* Hier... Das Portrait müßte man herausnehmen, aber ich weiß nicht, wohin damit: ich bin völlig durchnäßt!... Hier, nimm es mit dem Portrait! Nur eines... daß du... dieses Gesicht nicht mit den Fingern anrührst... Bitte... Ich, Freund, war grob zu dir... dumm, aber du mußt entschuldigen und... rühr es nicht mit den Fingern an... Schau dieses Gesicht nicht mit deinen Augen an... *Gibt Tichon das Medaillon.*

TICHON *betrachtet das Medaillon* Eine gestohlene Uhr... Na gut, in Ordnung, trink... *Schenkt Vodka ein.* Sauf...

BORCOV Nur nicht mit den Fingern... rühr es nicht an... *Er trinkt langsam, mit krampfhaften Pausen.*

TICHON *öffnet das Medaillon* Hm... Eine Madame!... Wo hast du denn die her?

MERIK Zeig mal! *Steht auf und geht zur Theke.* Laß mal sehn!

TICHON *wehrt seine Hand ab* Hände weg! Du kannst sie auch so sehn!

FEDJA *steht auf und geht zu Tichon* Laß mich auch mal sehn!

Zur Theke kommen von den verschiedenen Seiten die Pilger und Wanderer.

Eine Gruppe.

MERIK *packt fest mit beiden Händen Tichons Hand mit dem Medaillon und betrachtet schweigend das Portrait.*

Pause.

Schön wie der Teufel. Eine Herrschaftliche…

FEDJA Ja, eine Herrschaftliche… Diese Wangen, die Augen… Nimm mal die Hand weg, ich kann nichts sehen! Haare bis zum Gürtel… Wie lebendig! Will gleich etwas sagen…

Pause.

MERIK Für einen schwachen Menschen ist sie der sicherste Untergang. Wenn du so eine am Halse hast, dann… *winkt ab* dann bist du geliefert!

Man hört Kuzmas Stimme: »Brrr… Halt, blödes Vieh!«

Auftritt Kuzma.

III

Die Vorigen und Kuzma.

KUZMA *tritt auf* Keine Ehe ohne Zank, keine Schenke ohne Trank. Bei Tag fährst du am eigenen Vater vorbei und merkst es nicht, die Schenke siehst du im Finstern auf hundert Verst. Geht beiseite, wer von euch an Gott glaubt! Macht schon! *Pocht mit einer Fünfkopekenmünze auf die Theke.* Ein Glas Madeira, vom echten! Und ein bißchen plötzlich!

FEDJA He, du toller Teufel!

TICHON Fuchtle nicht mit den Armen! Sonst bleibst du damit mal hängen!

KUZMA Dazu hat Gott sie gegeben, damit man sie bewegt. Ah, naß geworden, die Süßen, bei eurer geschwänzten Tante! Vor dem Regen erschrocken, die Zarten! *Trinkt.*

EFIMOVNA Man erschrickt, guter Mann, wenn einen unterwegs so eine Nacht ereilt. Heute ists Gottseidank besser, an der Straße sind viele Dörfer und Gehöfte, da findet man Schutz vor dem Wetter, früher dagegen, bewahr uns der Schöpfer, wies damals war! Hundert Verst und nicht nur kein Dorf oder Gehöft, nicht mal einen Kienspan siehst du. Da schlief man auf der blanken Erde.

KUZMA Treibst du dich schon lang auf der Erde herum, Alte?

EFIMOVNA Bald achtzig Jahre, guter Mann.

KUZMA Achtzig Jahre! Ja ja, im Alter kommt der Psalter. *Schaut Borcov an.* Was ist denn das für ein Vogel? *Schaut Borcov eindringlich an.* Der gnädige Herr!

Borcov erkennt Kuzma und geht, verlegen, in eine Ecke und setzt sich auf die Bank.

KUZMA Semën Sergeič! Sind Sies oder sind Sies nicht? Wie kommen Sie in diese Schenke? Ist denn das ein Ort für Sie?

BORCOV Schweig!

MERIK *zu Kuzma* Wer ist das?

KUZMA Ein Märtyrer, ein unglücklicher! *Geht nervös vor der Theke auf und ab.* Ha? In der Schenke, nun sag mir einer! Abgerissen! Betrunken! Ich bin ganz durcheinander, Leute... Völlig durcheinander... *Sagt halb flüsternd zu Merik.* Das ist unser gnädiger Herr... unser Gutsbesitzer, Semën Sergeič, Herr Borcov... Hast du gesehen, in welchem Zustand? Welchem Menschen sieht er noch ähnlich? Da sieht mans... wohin das Trinken einen bringen kann... Schenk schon nach! *Trinkt.* Ich bin aus seinem Dorf, aus Borcovka, habt ihr vielleicht schon gehört, zweihundert Verst von hier, im Ergovschen Kreis. Leibeigene bei seinem Vater waren wir... Ist das ein Jammer!

MERIK War er reich?

KUZMA Unheimlich...

MERIK Und hat sein Erbe verjubelt?

KUZMA Nein, das Schicksal, lieber Freund... Er war ein großer Herr, unheimlich reich, trank nicht... *Zu Tichon.* Ich habs ja selber gesehen, wie er, früher, hier an der Schenke vorbei in die Stadt fuhr. Herrschaftliche Pferde, feurig, gefederte Kalesche – erste Sorte. Fünf Trojken hielt er, mein Lieber... Vor fünf Jahren, ich weiß noch, setzt er hier mit der Mikiškiner Fähre über und wirft statt einem Fünfer einen Rubel hin... Keine Zeit, aufs Wechselgeld zu warten, sagt er... So war er!

MERIK Also hat er den Verstand verloren.

KUZMA Verstand hat er wohl noch... Aus Kleinmut ist alles gekommen! Aus Reichtum! Und als erstes, Leute, wegen eines Weibsbilds... Er verliebte sich, der Gute, in eine aus der Stadt, und ihm schien, es gäbe auf der ganzen Welt keine Schönere als sie... Jaja, auf Falken gehn und Eulen fangen. Ein Mädchen von den Wohlgebornen. Man kann nicht sagen liederlich oder so, sondern einfach... ein Flittchen... Mit dem Schwanz – husch! husch! Mit den Augen – zwinker! zwinker! Und lacht und lacht in einer Tour! Verstand – nicht die Bohne... Herrschaftlichen gefällt das, sie finden das klug, unsereiner, der Bauer – würde so eine vom Hof jagen... Ja nun... sie verliebte sich in ihn und – Herrenschicksal, nimm deinen Lauf! Er begann ihr den Hof zu machen, dies und das, Tee und Zucker undsoweiter... nächtelang Bootfahren, Klavierspielen...

BORCOV Erzähls nicht, Kuzma! Wozu? Was geht die mein Leben an?

KUZMA Entschuldigen Sie, Euer Wohlgeboren, ich hab ja nur

ein kleines bißchen... ihnen erzählt und nun Schluß... Nur ein bißchen, weil ich ganz durcheinander bin... Ich bin schon sehr durcheinander! Schenk nach! *Trinkt.*

MERIK *halb flüsternd* Und sie hat ihn geliebt?

KUZMA *halb flüsternd, schrittweise in seinen üblichen Ton verfallend* Und ob! Er war ja nicht irgendwer... So einen liebt doch jede, wenn er tausend Desjatinen hat und Geld wie Heu... Und er selber solide, stattlich, trinkt nicht... Und mit jeder Obrigkeit so, wie ich jetzt zu dir... das Händchen... *nimmt Merik an der Hand* »Guten Tag und Leben Sie wohl, herzlich willkommen« ... Ja nun, einmal gehe ich abends, genau, durch den herrschaftlichen Garten... ein Garten, sag ich dir, soo! nicht in Verst zu messen... ich gehe leise, schaue hin, da sitzen sie auf der Bank und küssen sich *macht das Geräusch eines Kusses nach.* Er sie einmal, sie, die Schlange, ihn zweimal... Er sie am weißen Händchen, und sie – fff! – lodert im ganzen Gesicht! und schmiegt und schmiegt sich an ihn, daß du sie am liebsten... Ich liebe dich, Senja, sagt sie... Und Senja, als verdammter Mensch, läuft von einem Platz zum anderen und prahlt aus Kleinmut mit seinem Glück... Dem einen Rubel, dem zwei... Mir hat er was gegeben, damit ich mir das Pferd kaufen konnte. Allen hat er die Schulden erlassen vor Freude...

BORCOV Ach ... Wozu erzählst du das? Diese Leute haben keinerlei Mitleid... Es tut doch weh!

KUZMA Ich erzähl nur ein klein bißchen, gnädiger Herr! Sie wollen es doch! Warum nicht ein bißchen erzählen? Gut, gut, ich mach nicht weiter, wenn Sie böse werden... Ich machs nicht... Ich kann pfeifen auf die...

Man hört die Schellen der Postkutsche.

FEDJA Du mußt ja nicht brüllen, leise...

KUZMA Hab ich doch, leise ... Er will es nicht, da ist nichts zu machen … Es gibt auch nichts weiter zu erzählen. Sie heirateten – und Schluß … Weiter war nichts. Komm, schenk dem selbstlosen Kuzma noch einen ein! *Trinkt.* Ich mag die Trinkerei nicht! Und dann, gerade als sich die Herrschaften, nach der Trauung, zu Tisch setzen wollten, da ist sie mit der Kutsche auf und davon … *Flüsternd.* In die Stadt zum Davokaten ist sie, zu ihrem Geliebten … Na? Was sagt ihr dazu? Genau im richtigen Moment! Das heißt … sie totschlagen ist noch zu wenig!

MERIK *nachdenklich* Tja … Und was weiter?

KUZMA Er verlor den Verstand … Du siehst ja, fing an, die Fliegen zu ersäufen, und jetzt, erzählt man, ist er beim Suff angekommen … Erst warens nur Fliegen, und heute säuft er, bis er überläuft … Er liebt sie bis auf den heutigen Tag. Schau ihn dir an: er liebt sie! Sicher geht er jetzt zu Fuß in die Stadt, nur um ein Auge auf sie zu werfen … Er sieht sie an, und dann – zurück …

Vor der Schenke fährt die Postkutsche vor. Der Postillion kommt herein und trinkt.

TICHON Habt aber Verspätung heute!

Der Postillion zahlt schweigend und geht hinaus. Die Postkutsche fährt mit Schellengeläut davon.

STIMME AUS DER ECKE Bei so einem Sauwetter die Postkutsche ausrauben – ein Klacks.

MERIK Ich habe 35 Jahre auf dem Buckel und noch nie eine Postkutsche ausgeraubt.

Pause.

Jetzt ist sie weg, zu spät … Zu spät …

KUZMA Willst wohl Sibirien beschnuppern?

MERIK Die Menschen rauben, sie schnuppern nicht. Meinetwegen auch Sibirien! *Schroff.* Was weiter?

KUZMA Du meinst den Unglücklichen?

MERIK Wen denn sonst?

KUZMA Das Zweite, was zum Untergang führte – war der Schwager, der Mann seiner Schwester ... für ihn hat er gebürgt bei der Bankgesellschaft... rund dreißigtausend... Beim Schwager ist die Freundschaft mager ... Und er, der Spitzbube, kennt seinen Vorteil und läßt sich keine grauen Haare wachsen... Nahm das Geld, aber zurückzahlen – von wegen ... So hat Unserer die ganzen dreißigtausend gezahlt. *Seufzt.* Jeder macht Dummheiten auf eigene Rechnung. Seine Frau hat mit dem Davokaten Kinder gekriegt, der Schwager bei Poltava ein Gut gekauft, und Unserer geht als Dummkopf von Schenke zu Schenke und beklagt sich bei unsereinem, dem Bauern: »Ich habe den Glauben verloren, Brüder! Ich kann an niemanden mehr glauben!« Kleinmut! Jeder Mensch hat seinen Kummer, jedem frißt die Schlange am Herzen, soll er deshalb anfangen zu trinken? Nehmen wir zum Beispiel unseren Dorfältesten. Seine Frau treibts am hellichten Tag mit dem Lehrer, verjubelt das Geld ihres Mannes im Suff, aber der Älteste geht umher, mit einem spöttischen Lächeln im Gesicht... Nur ein bißchen mager geworden ist er...

TICHON *seufzt* Wem Gott die Kraft geschenkt hat...

KUZMA Kraft hat nicht jeder die gleiche, das stimmt... Nun? Was bekommst du? *Zahlt.* Nimm, es ist sauer verdient! Lebt wohl, Leute! Gute Nacht, angenehme Ruhe! Ich muß weiter, es ist Zeit... Ich bringe die Hebamme vom Krankenhaus zu meiner Herrin ... Hat genug gewartet, die Gute, ist sicher ganz durchnäßt... *Läuft hinaus.*

TICHON *nach einer Pause* He, du! Wie heißen Sie? Unglücklicher Mensch, komm her, trink! *Schenkt ein.*

BORCOV *geht unschlüssig zur Theke und trinkt* Also, ich schulde dir jetzt für zwei Gläser.

TICHON Was heißt hier schulden? Trink – und Schluß! Spül deinen Kummer mit dem Elend herunter!

FEDJA Trink, Herr, auch auf meine Rechnung! Ach! *Wirft einen Fünfer auf die Theke.* Wer trinkt, muß sterben, wer nicht trinkt, muß auch sterben! Ohne Vodka ist es gut, aber mit Vodka fühlt man sich freier! Mit Vodka ist auch der Kummer kein Kummer mehr... Brenn ihn weg!

BORCOV Tfu! Ist der scharf!

MERIK Gib mal her! *Nimmt von Tichon das Medaillon und betrachtet das Portrait.* Hm... Nach der Trauung weggelaufen... Was sagt ihr dazu?

STIMME AUS DER ECKE Schenk ihm noch ein Glas ein, Tiša. Auf meine Rechnung.

MERIK *schleudert das Medaillon mit voller Kraft zu Boden* Verdammtes Weibsstück! *Geht schnell an seinen Platz und legt sich mit dem Gesicht zur Wand.*

Aufregung.

BORCOV Was ist das? Was soll das heißen? *Hebt das Medaillon auf.* Wie kannst du es wagen, du Rindvieh? Was hast du für ein Recht? *Weinerlich.* Willst du, daß ich dich umbringe? Ja? Bauer! Flegel!

TICHON Hör auf, böse zu sein, Herr... Ist ja nicht aus Glas, ist nicht kaputt... Trink noch einen, und schlaf... *Schenkt nach.* Ich habe genug gehört von euch, dabei ist höchste Zeit, die Schenke abzusperren. *Geht und schließt die Außentür ab.*

BORCOV *trinkt* Wie kann er es wagen? So ein Dummkopf! *Zu Merik.* Verstehst du? Du bist ein Dummkopf, ein Esel!

SAVVA Liebe Kinder! Verehrteste! Behütet euern Mund! Was bringt der Lärm für Nutzen? Laßt die Leute schlafen!

TICHON Hinlegen, hinlegen... Schluß jetzt! *Geht hinter die Theke und schließt den Kasten mit den Einnahmen ab.* Zeit zum Schlafen!

FEDJA Ja, höchste Zeit! *Legt sich hin.* Angenehme Ruhe, ihr Leut!

MERIK *steht auf und breitet den Halbpelz auf der Bank aus* Komm her, Herr, leg dich hin!

TICHON Und wo legst du dich hin?

MERIK Wo Platz ist... Meinetwegen auf dem Boden... *Breitet seinen Rock auf dem Boden aus.* Für ihn ist auf dem Boden schlafen eine Qual... Der ist Seide und Watte gewöhnt...

TICHON *zu Borcov* Leg dich hin, Euer Wohlgeboren! Hör auf, das Partree anzustarren! *Löscht die Kerze.* Laß die endlich!

BORCOV *torkelnd* Wo soll ich mich hinlegen?

TICHON Auf den Platz des Landstreichers. Du hast doch gehört, er tritt ihn dir ab!

BORCOV *geht an den ihm abgetretenen Platz* Ich... bin... betrunken... Das... ist was? Hier soll ich liegen? Ja?

TICHON Ja, da, keine Angst, leg dich hin... *Streckt sich auf der Theke aus.*

BORCOV *legt sich hin* Ich bin... betrunken... Dreht sich alles... *Öffnet das Medaillon.* Eine Kerze hast du nicht?

Pause.

Komisch bist du, Maša... Schaust mich aus dem Rahmen an und lachst... *Lacht.* Betrunken bin ich! Aber darf man Betrunkene denn auslachen? Gib nichts drauf, wie Ščastlivcev sagt, und... liebe mich betrunken.

FEDJA Wie der Wind heult! Unheimlich!

BORCOV Was bist du nur für eine... Darf man sich denn so im Kreise drehn? Dich soll einer verstehen!

MERIK Phantasiert. Hat sich in das Partree vergafft. *Lacht.* Schon komisch! Die gebildeten Herrschaften haben sich alle möglichen Maschinen und Arzneien ausgedacht, aber es gibt den klugen Menschen noch nicht, der eine Arznei findet gegen das weibliche Geschlecht ... Da suchen sie, wie sie alle Krankheiten heilen können, aber keinem wills in den Kopf, daß an den Weibersleut mehr Menschen zugrunde gehn als an Krankheiten ... Verschlagen sind sie, selbstsüchtig, unbarmherzig, keinerlei Verstand ... Die Schwiegermutter vertreibt die Braut, die Braut sinnt Tag und Nacht darauf, den Ehemann zu überlisten ... Und so ohne Ende ...

TICHON Die Weiber haben ihn gezaust, kein Wunder, daß er strubbelig ist.

MERIK Ich bin nicht der einzige ... Seit jeher, seit die Welt steht, weinen die Menschen ... Nicht von ungefähr und nicht ohne Grund stellen Märchen und Lieder das Weib mit dem Teufel auf eine Stufe ... Nicht von ungefähr! Und seis nur zur Hälfte, wahr ist es doch ...

Pause.

Der Herr da spielt den Dummen, aber bin ich aus großem Verstand unter die Landstreicher gegangen, hab Vater und Mutter verlassen?

FEDJA Die Weiber?

MERIK Genau wie bei dem Herrn ... Ich bin herumgelaufen wie ein Verdammter, verzaubert, hab mit meinem Glück geprahlt ... Tag und Nacht wie im Feuer, dann kam die Zeit, ich schlug die Augen auf ... Es war keine Liebe, es war eine einzige Betrügerei ...

FEDJA Was hast du mit ihr gemacht?

MERIK Das geht dich nichts an ...

Pause.

Sie umgebracht, meinst du? Dazu warn meine Arme zu kurz ... Wozu umbringen und es danach bereuen ... Lebe dein Leben und werde ... glücklich! Hätten dich nur meine Augen nie gesehen, dann könnt ich dich vergessen, falsche Schlange!

Pochen an die Tür.

TICHON Den schicken die Teufel… Wer ist da?

Pochen.

Wer klopft da? *Steht auf und geht zur Tür.* Wer klopft da? Geh weiter, hier ist geschlossen!

STIMME HINTER DER TÜR Laß mich rein, Tichon, sei so gut! Uns ist eine Wagenfeder gebrochen! Hilf mir, sei unser Vater! Wenn wir nur einen Strick drumbinden, dann kommen wir schon irgendwie nach Hause…

STIMME HINTER DER TÜR Meine Herrin fahr ich von der Stadt nach Varsonofjevo… Es sind nur noch fünf Verst… Hilf uns, sei so gut!

TICHON Geh, sag deiner Herrin, wenn sie zehn Rubel gibt, dann gibt es auch den Strick, und wir reparieren die Feder…

STIMME HINTER DER TÜR Bist du wahnsinnig geworden, oder was? Zehn Rubel! Tollwütiger Hund! Weidest dich am Kummer anderer!

TICHON Wie du willst… Wenn nicht, auch gut…

STIMME HINTER DER TÜR Also in Ordnung, warte…

Pause.

Die Herrin sagt: gut.

TICHON Herzlich willkommen! *Öffnet die Tür und läßt den Kutscher herein.*

IV

Die Vorigen und der Kutscher.

KUTSCHER Gott zum Gruß, Rechtgläubige! Also her mit dem Strick! Schnell! Kinder, wer kommt mit und hilft? Fällt auch ein Trinkgeld bei ab!

TICHON Nichts da, Trinkgeld ... Laß sie schnarchen, wir kommen zu zweit zurecht.

KUTSCHER Pfui, hab ich mich abgeplagt! Die Kälte, der Dreck, kein einziger trockener Faden am Leib ... Noch eins, mein Lieber... Hast du hier nicht ein Zimmerchen, wo die Herrin sich aufwärmen kann? Die Kutsche hats auf die Seite gedrückt, drin sitzen ist unmöglich...

TICHON Was, auch noch ein Zimmer gefällig? Soll sie sich hier aufwärmen, wenn ihr kalt ist... Wir finden einen Platz. *Geht auf Borcov zu und macht den Platz neben ihm frei.* Steht auf, steht auf! Legt euch ein Stündchen auf den Boden, bis sich die Herrin aufgewärmt hat. *Zu Borcov.* Steh auf, Euer Wohlgeboren! Setz dich! *Borcov setzt sich auf.* So, jetzt hast du Platz.

Der Kutscher geht hinaus.

FEDJA Ein Weib als Gast, der Teufel hats gebracht! Jetzt schläfst du nicht bis morgen in der Früh.

TICHON Schade, daß ich nicht fünfzehn verlangt hab ... Sie hätte sie gegeben... *Bleibt vor der Tür stehen in erwartungsvoller Pose.* Und ihr, Leute, benehmt euch... Keine unanständigen Wörter...

Auftritt Marja Egorovna, nach ihr der Kutscher.

V

Die Vorigen, Marja Egorovna und der Kutscher.

TICHON Herzlich willkommen, Euer Erlaucht! Bäuerlich gehts bei uns zu, schweinisch. Ekeln Sie sich nicht!

MARJA EGOROVNA Ich sehe hier nichts... Wohin soll ich gehen?

TICHON Hierher, Euer Durchlaucht! *Führt sie zu dem Platz neben Borcov.* Hierher, herzlich willkommen! *Pustet über den Platz.* Ich habe kein Einzelzimmer, entschuldigen Sie, aber zweifeln Sie nicht, gnädige Frau: die Leute sind gut, sie sind leise...

MARJA EGOROVNA *setzt sich neben Borcov* Ist das hier stickig, entsetzlich! Machen Sie zumindest die Tür auf!

TICHON Zu Befehl! *Läuft und öffnet sperrangelweit die Tür.*

MERIK Die Leute frieren, und die machen sperrangelweit die Tür auf! *Steht auf und schlägt die Tür zu.* Hast du hier das Sagen? *Legt sich wieder hin.*

TICHON Entschuldigen Sie, Euer Erlaucht, das ist unser Dorftrottel... der Narr in Christo... Aber erschrecken Sie nicht, er tut nichts... Nur entschuldigen Sie, Herrin, mit zehn Rubel bin ich nicht einverstanden... Fünfzehn, wenns gefällig ist...

MARJA EGOROVNA Gut, nur machen Sie schnell!...

TICHON Sofort... Das haben wir gleich... *Zieht unter der Theke einen Strick hervor.* Soofort...

Pause.

BORCOV *schaut Marja Egorovna lange ins Gesicht* Marie... Maša...

MARJA EGOROVNA *mit einem Blick auf Borcov* Was denn schon wieder?

BORCOV Marie... Bist das du? Woher kommst du?

Marja Egorovna hat Borcov erkannt, schreit auf und springt von ihm weg in die Mitte der Schenke.

Geht ihr nach. Marie, ich bin es... Ich! *Lacht laut.* Meine Frau! Marie! Ja, wo bin ich denn? Leute, Licht!

MARJA EGOROVNA Scheren Sie sich fort! Sie lügen, das sind nicht Sie! Unmöglich! *Schlägt die Hände vors Gesicht.* Das ist eine Lüge, dummes Zeug!

BORCOV Die Stimme, die Bewegungen... Marie, ich bin es! Ich bin sofort... nicht mehr betrunken... Mir dreht sich der Kopf... Mein Gott! Halt, halt... ich verstehe nichts mehr. *Schreit.* Meine Frau! *Fällt ihr zu Füßen und schluchzt.*

Um die Eheleute versammelt sich eine Gruppe.

MARJA EGOROVNA Scheren Sie sich fort! *Zum Kutscher.* Denis, wir fahren! Ich kann hier nicht länger bleiben!

MERIK *springt auf und schaut ihr scharf ins Gesicht.* Das Partree! *Packt sie an der Hand.* Das ist sie! He, Leute! Die Ehefrau des Herrn!

MARJA EGOROVNA Scher dich fort, Bauer! *Versucht, ihre Hand aus seiner loszureißen.* Denis, was schaust du zu? *Denis und Tichon stürzen herzu und fallen Merik in den Arm.* Das ist eine Räuberhöhle! Laß meine Hand los! Ich habe keine Angst! ... Schert euch fort.

MERIK Warte, gleich laß ich dich los... Ich will dir nur etwas sagen... Etwas, damit du begreifst... Warte... *An Tichon und Denis gewandt.* Hände weg, Dreckskerle, laßt mich! Ich lasse sie nicht los, eh ichs ihr nicht gesagt habe! Warte... sofort. *Haut sich mit der Faust vor die Stirn.* Nein, Gott hat mir den Verstand nicht gegeben! Mir fällt das Wort für dich nicht ein!

MARJA EGOROVNA *reißt die Hand los* Scher dich fort! Trunkenbolde... Fahren wir, Denis! *Will zur Tür gehen.*

MERIK *vertritt ihr den Weg* Hier, wirf wenigstens noch ein Auge auf ihn! Schenk ihm wenigstens noch ein gutes Wort. Ich bitte dich bei Gott!

MARJA EGOROVNA Schafft mir diesen ... Narren in Christo vom Leibe.

MERIK Dann fahr zur Hölle, Weib, verfluchtes! *Holt mit der Axt aus.*

Schreckliche Aufregung. Alle springen auf, Lärm und Schreie des Entsetzens. Savva stellt sich zwischen Merik und Marja Egorovna... Denis stößt mit voller Kraft Merik zur Seite und trägt seine Herrin aus der Schenke. Danach stehen alle wie angewurzelt. Lang andauernde Pause.

BORCOV *greift mit den Händen in die Luft* Marie... Wo bist du, Marie!

NAZAROVNA Mein Gott, mein Gott... Die Seele habt ihr mir ausgerissen, ihr Mörder! Und was für eine heillose Nacht!

MERIK *läßt den Arm mit der Axt sinken* Habe ich sie umgebracht oder nicht?...

TICHON Danke Gott, dein Kopf ist noch heil...

MERIK Ich habe sie also nicht umgebracht ... *Geht torkelnd auf sein Lager zu.* Das Schicksal hat nicht gewollt, daß sie stirbt von einer gestohlenen Axt... *Fällt auf sein Lager und schluchzt.* Mir ist so schwer! So bitter schwer! Habt Mitleid, Rechtgläubige!

Vorhang

Schwanengesang

(Kalchas)

Dramatische Etüde in einem Akt

Personen

VASILIJ VASILJIČ SVETLOVIDOV, Komiker, ein alter Mann von 68 Jahren.
NIKITA IVANYČ, Souffleur, ein alter Mann.

Die Handlung spielt auf der Bühne eines Provinztheaters, nachts, nach der Vorstellung.

Die leere Bühne eines Provinztheaters mittleren Zuschnitts. Rechts eine Reihe ungestrichener, grob gezimmerter Türen, die zu den Garderoben führen; die linke Seite und der Bühnenhintergrund voller Gerümpel. Mitten auf der Bühne ein umgestürzter Hocker. – Nacht. Dunkel.

I

Svetlovidov im Kostüm des Kalchas, eine Kerze in der Hand, kommt aus seiner Garderobe und lacht laut.

SVETLOVIDOV Ist das ein Pfund! Ist das ein Ding. In der Garderobe eingeschlafen! Die Vorstellung ist schon längst zu Ende, alle sind weg, und ich schnarche in aller Seelenruhe vor mich hin. Ach, du alter Knacker, alter Knacker! Du alter Hund! Hast dich so besoffen, daß du im Sitzen eingeschlafen bist! Großartig! Gratuliere, alter Knabe! *Schreit.* Egorka! Egorka, Teufel! Petruška! Die schlafen, die Teufel, zur Hölle mit euch und zu Teufels Großmutter! Egorka! *Hebt den Hocker hoch, setzt sich darauf und stellt die Kerze auf dem Boden ab.* Nichts zu hören... Nur das Echo antwortet... Egorka und Petruška haben heute von mir für ihren Diensteifer drei Rubel bekommen – die spürt jetzt kein Hund mehr auf... Die sind weg, und sicher haben sie auch das Theater abgeschlossen, die Halunken ... *Dreht den Kopf.* Betrunken! Uff! Welche Unmengen Wein und Bier ich heute nach der Benefizvorstellung in mich hineingeschüttet habe, mein Gott! Im ganzen Körper nichts als Sprit, und im Mund ein ganzes Dutzend Zungen... Ekelhaft...

Pause.

Zu dumm... Hat sich vollaufen lassen, der alte Blödmann, und weiß selber nicht, aus welch freudigem Grunde... Uff, mein Gott!... Das Kreuz schmerzt, der Schädel brummt, ein Frösteln am ganzen Körper, und in der Seele ist es kalt und dunkel wie in einem Keller. Wenn dir schon die Gesundheit nicht zu schade ist, dann schone wenigstens dein Alter, Narr Ivanyč...

Pause.

Das Alter... Wie du es auch anstellst, ob du den Tapferen spielst oder den Narren – das Leben ist gelebt... achtundsechzig Jahre sind – fft, habe die Ehre! Die holst du nicht zurück... Die Flasche ist ausgetrunken bis zur Neige... Nur der Bodensatz ist noch drin... Ja... So stehen die Dinge, Vasjuška... Ob du willst oder nicht, du kannst schon mal die Rolle des Leichnams einstudieren. Gevatter Tod ist nicht mehr hinter den Bergen... *Er schaut geradeaus vor sich hin.* Da steh ich nun seit 45 Jahren auf der Bühne, und das Theater, scheint mir, seh ich heute nacht zum ersten Mal... Jawohl, zum ersten Mal... Ist doch komisch, weiß der Geier... *Tritt an die Rampe.* Nichts zu sehen... Na, der Souffleurskasten ist noch ein bißchen zu sehen... Da die Freiloge, ein Notenständer... alles übrige – dunkel. Eine schwarze, bodenlose Grube, ein richtiges Grab, in dem der Tod selbst sich versteckt hält... Brr!... ist das kalt! Es zieht aus dem Parkett wie aus einem Ofenloch... Der richtige Ort für Geisterbeschwörungen! Unheimlich, der Teufel solls holen... Es läuft mir kalt den Rücken hinunter... *Schreit.* Egorka! Petruška! Wo seid ihr Teufel? Herrgott, warum nenne ich dauernd den Satan beim Namen? Mein Gott, laß diese Wörter, laß das Trinken, du bist doch schon alt, wirst bald sterben... Mit 68 Jahren gehen andere zur Frühmesse, bereiten sich auf den Tod vor, und du... O Herr, du mein Gott! Schmutzige Wörter, versoffene Fratze, dies Narrenkostüm... Nicht mitanzusehen! Ich gehe mich schnell umziehen... Unheimlich! Wenn man hier eine Nacht lang herumsitzt, kann man noch sterben vor Angst ... *Geht zu seiner Garderobe.*

In diesem Moment erscheint aus der letzten Garderobe hinten auf der Bühne Nikita Ivanyč im weißen Kittel.

II

Svetlovidov und Nikita Ivanyč.

SVETLOVIDOV *hat Nikita Ivanyč gesehen, schreit vor Entsetzen auf und fährt zurück* Wer bist du? Was willst du? Wen suchst du? *Stampft mit den Füßen auf. Wer bist du?*

NIKITA IVANYČ Ich bins!

SVETLOVIDOV Wer bist du?

NIKITA IVANYČ *nähert sich ihm langsam* Ich bins ... Der Souffleur, Nikita Ivanyč... Vasil Vasiljič, ich bins!

SVETLOVIDOV *läßt sich erschöpft auf den Hocker sinken, er atmet schwer und zittert am ganzen Körper* Mein Gott! Wer ist das? Bist du es... du, Nikituška? Wa... was willst du hier?

NIKITA IVANYČ Ich übernachte hier in der Garderobe. Nur bitte, sagen Sie es Aleksej Fomič nicht, seien Sie so gut... Ich kann sonst nirgends übernachten, bei Gott, glauben Sie mir...

SVETLOVIDOV Du bists, Nikituška... Mein Gott, mein Gott! Sechzehn Vorhänge hatte ich, drei Kränze und viele Dinge habe ich geschenkt bekommen ... alle waren begeistert, aber nicht einer Menschenseele ist es eingefallen, den betrunkenen Alten zu wecken und nach Hause zu bringen... Ich bin ein alter Mann, Nikituška... 68 Jahre alt... Krank! Es schmachtet mein schwacher Geist... *Fällt dem Souffleur in die Arme und weint.* Geh nicht weg, Nikituška... Ich bin alt, schwach, muß bald sterben... Ich habe Angst, Angst!...

NIKITA IVANYČ *zärtlich und ehrerbietig* Es ist Zeit für Sie, nach Hause zu gehen, Vasil Vasiljič!

SVETLOVIDOV Ich werde nicht gehen! Ich habe kein Zuhause – nein, nein und nochmals nein!

NIKITA IVANYČ O Gott! Sie haben sogar vergessen, wo Sie wohnen!

SVETLOVIDOV Ich will nicht dorthin, ich will nicht! Dort bin ich allein... ich habe niemanden, Nikituška, keine Verwandten, keine Alte, keine Kinder... Ich bin allein wie der Wind auf dem Felde... Ich werde sterben, und niemand wird mehr an mich denken... Ich habe Angst, so allein... Ich habe niemanden, der mich wärmt, mich umsorgt, mich zu Bett bringt, wenn ich betrunken bin... Zu wem gehöre ich? Wer braucht mich? Wer liebt mich? Niemand liebt mich, Nikituška!

NIKITA IVANYČ *unter Tränen* Das Publikum liebt Sie, Vasil Vasiljič!

SVETLOVIDOV Das Publikum ist gegangen, es schläft und hat seinen Narren vergessen! Nein, niemand braucht mich, niemand liebt mich... Ich habe keine Frau, keine Kinder...

NIKITA IVANYČ Ach, das macht Ihnen Kummer...

SVETLOVIDOV Ich bin doch ein Mensch, ich lebe, in meinen Adern fließt Blut, kein Wasser. Ich bin Adeliger, Nikituška, aus guter Familie... Bevor ich in diese Grube hier geriet, habe ich beim Militär gedient, bei der Artillerie... Was war ich für ein Prachtkerl, ein schöner Mann, ehrenhaft, kühn, voll Feuer! Gott, wohin ist das alles entschwunden? Und dann, Nikituška, was war ich für ein Schauspieler, was? *Erhebt sich, stützt sich auf den Arm des Souffleurs.* Wohin ist das alles entschwunden, wo ist sie, diese Zeit? Mein Gott, ich habe eben in diese Grube geblickt – und mich an alles erinnert, an alles! Diese Grube hat 45 Jahre meines Lebens verschlungen, und was für eines Lebens, Nikituška! Ich blicke jetzt in diese Grube und sehe alles bis ins kleinste vor mir, so wie dein Gesicht. Die Begeisterung der Jugend, den Glauben, das Feuer, die Liebe der Frauen! Die Frauen, Nikituška!

NIKITA IVANYČ Vasil Vasiljič, für Sie ist es Zeit schlafen zu gehen.

SVETLOVIDOV Als ich ein junger Schauspieler war, als ich eben erst anfing, in Feuer zu verfallen, ich erinnere mich – da verliebte sich eine in mich wegen meines Spiels ... Elegant, schlank wie eine Pappel, jung, unschuldig, rein und lodernd wie das Morgenrot im Sommer! Dem Blick ihrer blauen Augen, ihrem wunderbaren Lächeln hätte keine Nacht widerstehen können. Die Meereswellen brechen sich am Stein, aber an den Wellen ihrer Locken brachen Felsblöcke, Eisschollen, Schneewehen! Ich erinnere mich, ich stehe vor ihr wie jetzt vor dir... Schön war sie an diesem Tage wie nie zuvor, sie sah mich an mit einem Blick, den ich selbst im Grabe nicht vergessen könnte... Zärtlichkeit, Samt, Tiefe, der Glanz der Jugend! Trunken, glücklich falle ich vor ihr auf die Knie, bitte sie um das Glück... *Fährt mit niedergeschlagener Stimme fort.* Und sie... sie sagt: Geben Sie die Bühne auf! Ge - ben - Sie - die - Büh - ne - auf! Verstehst du? Ich erinnere mich, an jenem Abend hatte ich zu spielen... Eine gemeine, eine Narrenrolle... Ich spielte und spürte dabei, wie mir die Augen aufgingen... Damals begriff ich, daß es eine heilige Kunst nicht gibt, daß alles Wahn und Betrug ist, daß ich ein Sklave bin, ein Spielzeug fremden Müßiggangs, ein Narr und Possenreißer! Und seitdem glaubte ich weder dem Applaus noch den Kränzen, noch den Begeisterungsstürmen ... Jawohl, Nikituška! Jemand applaudiert mir, kauft sich für einen Rubel meine Photographie, aber ich bin ihm fremd, ich bin für ihn – ein Dreck, fast eine Ko-

kotte… Aus Eitelkeit sucht er meine Bekanntschaft, aber so weit würde er sich nicht erniedrigen, daß er mir seine Schwester oder Tochter zur Frau gäbe… Ich glaube ihm nicht! *Läßt sich auf den Hocker sinken.* Ich glaube ihm nicht.

NIKITA IVANYČ Ich erkenne Sie nicht wieder, Vasil Vasiljič! Sogar Angst haben Sie mir eingejagt… Gehen wir nach Hause, seien Sie großmütig!

SVETLOVIDOV Damals ist mir ein Licht aufgegangen, und das, Nikituška, ist mich teuer zu stehen gekommen! Nach dieser Geschichte… nach diesem Mädchen begann ich, sinnlos herumzustromern, umsonst zu leben, ohne nach vorn zu blicken… Ich spielte alle möglichen Narren, Spötter, Hanswurste, verführte und verdarb die Gemüter, dabei: was war ich für ein Künstler, was für ein Talent! Ich habe mein Talent vergraben, meine Sprache verflacht und verhunzt, Gesicht und Ähnlichkeit verloren… Gefressen, verschlungen hat mich diese Grube! Ich habe es früher nicht bemerkt, aber heute, als ich aufgewacht war, habe ich zurückgeblickt, und hinter mir liegen 68 Jahre. Erst heute habe ich das Alter gesehen, ich bin alt! Das Lied ist aus! *Schluchzt.* Das Lied ist aus!

NIKITA IVANYČ Vasil Vasiljič! Mein Guter, Lieber… Beruhigen Sie sich… Herrgott! *Schreit.* Petruška! Egorka!

SVETLOVIDOV Und was für ein Talent, was für eine Kraft! Du kannst dir nicht vorstellen, was für eine Diktion, wieviel Gefühl und Grazie, wie viele Saiten hier… *schlägt sich vor die Brust* in dieser Brust erklingen! Ersticken könnte ich!… Hör zu, mein Alter, warte, laß mich Atem schöpfen… Hier, aus dem »Godunov«:

Zum Sohne auserkoren
Hat mich der Schatten Ioanns,
Dimitrij mich genannt aus seinem Grabe,
Hat um mich her die Völker aufgewiegelt
Und Godunov zum Opfer mir bestimmt.

Ich bin Zarewitsch. Schön. Ich schäme mich,
Daß eine stolze Polin mich erniedrigt.

Na, ist das schlecht? *Lebhaft.* Warte, hier aus dem »König Lear« ... Verstehst du, der Himmel schwarz, Regen, Donner – rrr! ... Blitze – sss! ... streifen den ganzen Himmel, und dann:

Zürnt, Winde, blast, bis daß die Backen platzen!
Ihr Cataracte, rast als Hurrikan,
Ersäuft die Türm, die Hähne auf den Türmen!
Ihr schwefelichten, schnellen Lichterblitze,
Vorboten ihr der schweren Donnerpfeile,
Die Eichen spalten, flieget auf mich zu,
Versengt mein graues Haupt! O Himmelsdonner,
Erschüttere das All und die Natur,
Zertrümmere auf eins den dicken Erdball,
Zerstreue mit dem Winde allen Samen,
Der undankbare Menschen nur gebiert.

Ungeduldig. Schnell die Worte des Narren! *Stampft mit den Füßen auf.* Gib mir schnell die Worte des Narren! Ich habe keine Zeit!

NIKITA IVANYČ *spielt den Narren* »Was ist, Gevatter? Es sitzt sich besser unter Dach, denk ich, als unterm Regen hinzuwanken? Wirklich, guter Onkel, du solltest dich mit deinen Töchtern versöhnen. In solchen Nächten geht es beiden schlecht, dem Weisen wie dem Narren.«

SVETLOVIDOV

So heule denn aus vollem Bauche! Heule,
Und blas, ersäufe, donnere und brenne!
Wozu mich schonen? Feuer, Wind und Donner,
Auch nicht der Regen sind die Töchter mein!
Euch schelt ich grausam nicht, ihr Elemente:
Euch gab ich nicht das Reich, solang ich lebte,
Euch nannte niemals meine Kinder ich.

Das ist Kraft! Talent! Ein Künstler! Noch etwas ... noch so etwas … zur Freude unsrer alten Tage … Nehmen wir etwas … *stimmt ein glückliches Lachen an* aus dem »Hamlet«! Also, ich beginne … Aber womit? Ah ja, das … *Spielt den Hamlet.* »Ach, da sind ja die Flötisten! Gib mir deine Flöte. *Zu Nikita Ivanyč.* Mir scheint, Ihr setzt mir allzu heftig nach.«

NIKITA IVANYČ »Glaubt mir, mein Prinz, alldem zugrunde liegt nur meine Liebe zu Ihnen und mein Eifer für den König.«

SVETLOVIDOV »Ich kann das nicht so recht begreifen. Spiel mir etwas vor.«

NIKITA IVANYČ »Ich kann nicht, Prinz.«

SVETLOVIDOV »Tu mir den Gefallen.«

NIKITA IVANYČ »Wirklich, ich kann nicht, Prinz!«

SVETLOVIDOV »Um Gottes willen, spiel!«

NIKITA IVANYČ »Ich kann durchaus nicht auf der Flöte spielen.«

SVETLOVIDOV »Es ist so leicht wie lügen. Halt die Flöte so, leg hier die Lippen an, die Finger dort und blas, die Flöte spielt von selbst!«

NIKITA IVANYČ »Ich hab es nie gelernt.«

SVETLOVIDOV »Jetzt sag doch einmal selbst: für wen hältst du mich denn eigentlich? Du willst auf meiner Seele spielen – und kannst es nicht einmal auf dieser Pfeife. Bin ich denn schlechter, einfacher als diese Flöte? Halte mich, für was du willst: du kannst mich quälen, aber kannst nicht auf mir spielen!« *Lacht laut und applaudiert.* Bravo! Da capo! Bravo! Was zum Teufel heißt hier Alter! Es gibt kein Alter, alles Unsinn, Quatsch! Die Kraft schießt mir wie ein Springquell durch alle Adern – das ist Jugend, Frische, Leben! Wo Talent ist, Nikituška, da gibt es kein Alter! Bist du sprachlos, Nikituška? Bist du baff? Warte, laß mich in Stimmung kommen … Oh, Herr du mein Gott! Und hör mal hier, was für Zärtlichkeit und Feingefühl, was für eine Musik! Psst … Stille!

Die Nacht ist still in der Ukraine.
Der Himmel licht, die Sterne scheinen,
Die Luft will nicht die Müdigkeit
Besiegen, und es glitzert leicht
Der Pappel silbrig Laub.

Man hört, daß eine Tür aufgestoßen wird.

Was war das?

NIKITA IVANYČ Da sind sicher Petruška und Egorka gekommen... Sie sind ein Talent, Vasil Vasiljič! Ein Talent!

SVETLOVIDOV *schreit, in Richtung des Geräuschs gewandt* Hierher, meine Falken! *Zu Nikita Ivanyč.* Es gibt kein Alter, das ist alles Unsinn, Galimathias... *Lacht laut, heiter.* Was weinst du denn? Du guter alter Dummkopf, was läßt du die Nase hängen? Das ist nicht gut! Das ist jetzt wirklich nicht gut! Komm, Alter, komm, hör auf, so dreinzuschauen! Warum schaust du so? Komm, komm... *Umarmt ihn unter Tränen.* Nicht weinen... Wo Kunst ist, wo Talent ist, da gibt es kein Alter, keine Einsamkeit, keine Krankheiten, und selbst der Tod ist halb so schwer... *Weint.* Nein, Nikituška, unser Lied ist aus. Was bin ich schon für ein Talent? Eine ausgepreßte Zitrone, ein Eiszapfen, ein rostiger Nagel, und du bist eine alte Theaterratte, Souffleur... Gehen wir! *Sie gehen.* Was bin ich schon für ein Talent? In ernsten Stücken tauge ich nur für Fortinbras' Gefolge... und auch dafür bin ich schon zu alt... Ja... Erinnerst du dich an die Stelle aus dem »Othello«, Nikituška?

Fahr, Ruhe, wohl, fahr wohl, Zufriedenheit!
Fahrt wohl, ihr helmbebuschten Heere
Und Schlachten ihr, in denen Ehrgeiz
Gehalten wird für eine hehre Tugend, –
Ihr alle, fahret wohl, mein wiehernd Roß,
Ihr Hörnerklang, der Trommel lautes Dröhnen,

Der Flöten Pfeifen und das Königsbanner,
Ihr Ehren alle, Ruhm und alle Größe,
Fahrt wohl, ruhmreicher Kriege Sorge!

NIKITA IVANYČ Sie sind ein Talent! Ein Talent!

SVETLOVIDOV Oder das hier:
Aus Moskau fort! Und nie mehr wiederkommen.
Ich dreh mich nicht mehr um,
Ich geh und suche in der Welt
Nach einem Ort, wo mein Gefühl,
Das so gekränkt ist, Ruhe findet!
Holt einen Wagen! Einen Wagen!

Geht mit Nikita Ivanyč ab.

Der Vorhang fällt langsam.

Der Bär

Schwank in einem Akt

N. N. Solovcov gewidmet

Personen

ELENA IVANOVNA POPOVA, junge Witwe mit Grübchen in den Wangen, Gutsbesitzerin.
GRIGORIJ STEPANOVIČ SMIRNOV, Gutsbesitzer, nicht alt.
LUKA, Lakai der Popova, ein alter Mann.

Salon im Hause der Popova.

I

Popova (in tiefer Trauer, läßt kein Auge von einer Photographie) und Luka.

LUKA Es ist nicht gut, gnädige Herrin... Sie richten sich nur zugrunde... Das Mädchen und die Köchin sind in die Beeren gegangen, alles, was Atem hat, freut sich, sogar die Katze, auch die kennt ihr Vergnügen und geht auf dem Hof spazieren, jagt junge Vögel, und Sie sitzen den lieben langen Tag im Zimmer, wie im Kloster, und haben keinerlei Vergnügen. Ja, wirklich! Ich meine, es ist jetzt ein Jahr, daß Sie das Haus nicht verlassen haben!...

POPOVA Und ich werde es nie mehr verlassen... Wozu? Mein Leben ist zu Ende. Er liegt im Grab, und ich habe mich in diesen vier Wänden begraben... Wir sind beide gestorben.

LUKA Ach was! Ich kann es nicht mehr hören, wirklich! Nikolaj Michajlovič sind gestorben, das ist nun mal so, war Gottes Wille, er schenke ihm das Himmelreich. Sie haben getrauert – und Schluß jetzt, alles hat Grenzen. Sie können doch nicht ihr Leben lang weinen und Trauer tragen. Meine Alte ist damals auch gestorben... Ja und? Ich habe getrauert, einen Monat geweint, und dann Schluß, mein Leben lang den Lazarus singen, das war die Alte gar nicht wert. *Seufzt.* Alle Nachbarn haben Sie vergessen... Selber fahren Sie nicht aus und lassen auch niemanden empfangen. Entschuldigen Sie, wir leben wie die Spinnen – und sehen nichts mehr von der weiten Welt. Meine Livree haben die Mäuse gefressen … Schön, wenn es keine guten Menschen gäbe, aber der Landkreis ist doch voll von Herrschaften … In Ryblovo steht ein Regiment, die Offiziere sind die reinsten Bongbongs, man kann sich nicht satt sehn an ihnen! Und in den Lagern kein Freitag ohne Ball, ich meine, und jeden Tag spielt die Militärkapelle Musik … Ach, gnädige Herrin, Mütterchen! So jung, so hübsch, wie Milch und Blut – Sie sollten nur zu Ihrem Vergnügen leben … Die Schönheit ist doch nicht auf ewig gegeben! Vergehen zehn Jahre, dann möchten Sie selbst als Pfau umherstolzieren und den Herren Offizieren Sand in die Augen streuen, aber dann wird es zu spät sein.

POPOVA *entschieden* Ich bitte dich, nie wieder damit anzufangen! Du weißt, seit Nikolaj Michajlovič gestorben ist, hat das Leben für mich jeden Wert verloren. Dir scheint, als sei ich am Leben, aber das scheint nur so! Ich habe mir geschworen, diese Trauer bis an mein Grab nicht abzulegen und niemanden mehr zu sehen … Hörst du? Möge sein Schatten sehen, wie ich ihn liebe … Ja, ich weiß, es ist dir kein Geheimnis, er war oft ungerecht zu mir, grausam und … und sogar untreu, aber ich werde ihm treu sein bis ans Grab und ihm beweisen, wie sehr ich lieben kann. Dort, jenseits des Grabes, wird er mich wiedersehen, so wie ich vor seinem Tode war.

LUKA Statt so zu reden, sollten Sie lieber im Garten spazierengehen, oder lassen Sie Toby oder Velikan anspannen und fahren die Nachbarn besuchen …

POPOVA Ach! … *Weint.*

LUKA Gnädige Herrin! … Mütterchen! … Was ist denn? Christus steh Ihnen bei!

POPOVA Er hat Toby so geliebt! Auf ihm ist er immer zu den Korčagins und den Vlasovs geritten. Wie wunderbar er mit ihm umgehen konnte! Wieviel Grazie lag in seiner Gestalt, wenn er mit ganzer Kraft in die Zügel griff! Erinnerst du dich? Toby, Toby! Laß ihm heute ein Achtel Hafer extra geben.

LUKA Zu Befehl!

Ein schrilles Klingeln.

POPOVA *schrickt zusammen* Wer ist das? Sag, daß ich niemanden empfange!

LUKA Zu Befehl! *Geht ab.*

II

Popova (allein).

POPOVA *betrachtet die Photographie* Du wirst sehen, Nicolas, wie sehr ich lieben und vergeben kann... Meine Liebe wird mit mir erlöschen, wenn mein armes Herz zu schlagen aufhört. *Lacht, unter Tränen.* Und du schämst dich nicht? Ich braves Kind, dein treues Ehefrauchen, habe mich eingeschlossen und werde dir treu sein bis ans Grab, du dagegen... und du schämst dich nicht, Dickerchen? Du hast mich betrogen, mir Szenen gemacht, mich wochenlang allein gelassen...

III

Popova und Luka.

LUKA *kommt aufgeregt herein* Gnädige Frau, da fragt jemand nach Ihnen. Er will Sie sehen...

POPOVA Aber du hast doch gesagt, daß ich seit dem Tode meines Mannes niemanden empfange?

LUKA Das habe ich, aber er will nichts hören, er sagt, die Sache sei sehr dringend.

POPOVA Ich - emp - fan - ge - nie - man - den!

LUKA Das habe ich ihm gesagt, aber der ... dieser Waldschrat... flucht und drängt mitten ins Haus... er steht schon im Eßzimmer...

POPOVA *gereizt* Gut, ich lasse bitten... Diese Flegel!

Luka geht ab.

Unerträglich sind diese Leute! Was wollen sie von mir? Wozu müssen sie meine Ruhe stören? *Seufzt.* Nein, ich muß anscheinend wirklich ins Kloster gehen... *Nachdenklich.* Jawohl, in ein Kloster.

IV

Popova, Luka und Smirnov.

SMIRNOV *im Eintreten, zu Luka* Holzkopf, du hörst dich wohl gern reden... Esel! *Hat Popova gesehen, würdevoll.* Gnädige Frau, habe die Ehre, mich vorzustellen: Oberleutnant der Artillerie im Ruhestand, Gutsbesitzer Grigorij Stepanovič Smirnov! Gezwungen, Sie in einer äußerst ernsten Sache zu behelligen...

POPOVA *ohne ihm die Hand zu geben* Sie wünschen?

SMIRNOV Ihr verstorbener Herr Gemahl, mit dem bekannt zu sein ich die Ehre hatte, ist mir auf zwei Wechsel eintausendzweihundert Rubel schuldig geblieben. Da mir morgen die Zahlung der Zinsen an die Landschaftsbank bevorsteht, würde ich Sie bitten, gnädige Frau, mir das Geld noch heute zurückzuzahlen.

POPOVA Tausendzweihundert ... Und wofür ist Ihnen mein Mann die schuldig geblieben?

SMIRNOV Er hat bei mir Hafer gekauft.

POPOVA *seufzt, zu Luka* Also, Luka, vergiß nicht, laß Toby ein Achtel Hafer extra geben.

Luka geht ab.

Zu Smirnov. Wenn Nikolaj Michajlovič Ihnen etwas schuldig geblieben ist, so werde ich es Ihnen selbstverständlich zurückzahlen; aber entschuldigen Sie bitte, ich habe heute kein Bargeld im Hause. Übermorgen kommt mein Verwalter aus der Stadt zurück, und ich werde ihm befehlen, Ihnen zu zahlen, was Ihnen zusteht, doch vorher kann ich Ihren Wunsch nicht erfüllen… Außerdem sind es heute sieben Monate her, daß mein Mann gestorben ist, weshalb ich jetzt ganz und gar nicht in einer Stimmung bin, die mich befähigte, mich mit Geldangelegenheiten zu befassen.

SMIRNOV Und ich bin jetzt in einer Stimmung, daß, wenn ich morgen die Zinsen nicht bezahle, ich morgen mit den Füßen zuerst durch den Schornstein fliege. Dann wird mein Gut gepfändet!

POPOVA Übermorgen bekommen Sie Ihr Geld.

SMIRNOV Ich brauche das Geld nicht übermorgen, sondern heute.

POPOVA Verzeihen Sie, heute kann ich es Ihnen nicht zahlen.

SMIRNOV Und ich kann nicht bis übermorgen warten.

POPOVA Was soll ich tun, wenn ich gerade keins habe!

SMIRNOV Sie können also nicht zahlen?

POPOVA Nein…

SMIRNOV Hm!… Ist das Ihr letztes Wort?

POPOVA Ja, mein letztes.

SMIRNOV Ihr letztes? Bestimmt?

POPOVA Bestimmt.

SMIRNOV Ergebensten Dank. Das wird notiert und aufgeschrieben. *Zuckt die Achseln.* Und da will man noch, daß ich kühles Blut bewahre! Treffe ich eben unterwegs den Steuereinnehmer, der fragt: »Warum dauernd so böse, Grigorij Stepanovič?« Aber bitte, wie soll man da nicht böse werden? Ich brauche dringend Geld… Gestern in aller Herrgottsfrühe bin ich losgefahren, habe alle meine Schuldner aufgesucht – wenn doch nur einer seine Schulden bezahlt hätte! Abgehetzt habe ich mich wie ein Hund, der Teufel weiß wo übernachtet – in einer Judenschenke neben dem Vodkafaß… Schließlich komme ich hierher, 70 Verst von zu Hause, hoffe auf mein Geld und werde empfangen mit »Stimmungen«! Wie soll man da nicht böse werden?

POPOVA Mir scheint, ich habe klar und deutlich gesagt: kommt mein Verwalter aus der Stadt zurück, bekommen Sie Ihr Geld.

SMIRNOV Ich komme nicht zu Ihrem Verwalter, sondern zu Ihnen! Was zum Waldschrat, entschuldigen Sie den Ausdruck, soll ich mit Ihrem Verwalter!

POPOVA Verzeihen Sie, mein Herr, ich bin nicht gewöhnt an diese merkwürdigen Ausdrücke, an solch einen Ton. Ich werde mir das nicht länger mitanhören. *Geht schnell ab.*

V

Smirnov (allein).

SMIRNOV Hat man Worte! Stimmung… Vor sieben Monaten ist mein Mann gestorben! Aber muß ich die Zinsen zahlen oder nicht? Ich frage Sie: muß ich die Zinsen zahlen oder nicht? Schön, Ihr Mann ist gestorben, Stimmungen und all der Hokuspokus… der Verwalter, hol ihn der Teufel, ist weggefahren, und was soll ich jetzt bitte tun? Vor meinen Gläubigern im Luftballon davonfliegen, ja? Oder Anlauf nehmen und mit dem Schädel gegen die Wand rennen? Ich komme zu Gruzdev – nicht zu Hause, Jaroševič hält sich versteckt, mit Kuricyn habe ich mich auf den Tod zerstritten, den hätte ich beinahe zum Fenster rausgeworfen, Mazutov hat die Cholerina, und die hier – Stimmungen. Keine Canaille zahlt! Und alles nur, weil ich sie verwöhnt habe, weil ich eine Heulsuse bin, ein Waschlappen, ein altes Weib! Viel zu zartfühlend bin ich zu ihnen! Aber wartet! Ihr sollt mich kennenlernen! Ich lasse nicht mit mir spaßen, hols der Teufel! So wahr ich hier sitze, bleibe ich hier sitzen, bis sie zahlt! Brr!... Habe ich eine Wut heute, habe ich eine Wut! Mir zittern vor Wut alle Sehnen, mir bleibt die Luft weg... Pfui, mein Gott, mir wird richtig übel! *Schreit.* Bedienung!

VI

Smirnov und Luka.

LUKA *kommt herein* Was wollen Sie?
SMIRNOV Bring mir Kvas oder Wasser!

Luka geht ab.

Nein, was sagt man zu dieser Logik! Ein Mensch braucht dringend Geld, ist nahe dran, sich aufzuhängen, aber sie zahlt nicht, denn, man höre und staune, sie ist nicht in der Stimmung, sich mit Geldangelegenheiten zu befassen!... Die echte Weiber-Korsett-Logik! Deshalb rede ich nicht gern mit Frauen und habe es nie gern getan. Lieber auf einem Pulverfaß sitzen als mit einer Frau reden. Brr!... Ich habe Schüttelfrost – so hat mich dieser Weiberrock in Wut gebracht! Ich brauche so ein poetisches Wesen nur von weitem zu sehen, schon bekomme ich Wadenkrämpfe vor Wut. Nach dem Schutzmann möchte man rufen!

VII

Smirnov und Luka.

LUKA *kommt herein und reicht Wasser* Die gnädige Herrin sind krank und empfangen nicht.

SMIRNOV Scher dich raus!

Luka geht ab.

Sind krank und empfangen nicht! Nicht nötig, empfang mich nicht... So wahr ich hier sitze, bleibe ich hier sitzen, bis du mir mein Geld gibst. Sei eine Woche krank, ich bleibe eine Woche hier sitzen... Sei ein Jahr lang krank – ich bleibe auch ein Jahr... Ich hole mir, was mir gehört, Mütterchen! Mich rührst du nicht mit deiner Trauer und den Grübchen in den Wangen... Diese Grübchen kennen wir! *Schreit zum Fenster hinaus.* Semën, spann aus! Wir fahren nicht so bald weiter! Ich bleibe hier! Sag im Stall Bescheid, daß sie den Pferden Hafer geben! Du Rindvieh, das linke Beipferd hat sich schon wieder im Zügel verheddert! *Äfft ihn nach.* Macht doch nichts... Dir geb ichs gleich, von wegen macht doch nichts! *Geht vom Fenster weg.* Es ist zum Haareraufen ... eine unerträgliche Hitze, niemand zahlt, die Nacht schlecht geschlafen, und hier noch ein trauernder Weiberrock mit Stimmungen ... Kopfschmerzen habe ich ... Ob ich einen Vodka trinke? Ja, ich trinke einen. *Schreit.* Bedienung!

LUKA *kommt herein* Was wollen Sie?

SMIRNOV Bring mir ein Gläschen Vodka!

Luka geht ab.

Uff! *Setzt sich und mustert sich.* Ich muß schon sagen, eine schöne Erscheinung! Völlig verstaubt, die Stiefel schmutzig, ungewaschen, ungekämmt, Stroh auf der Weste... Das Dämchen muß mich für einen Räuber gehalten haben. *Gähnt.* Ist ja ein bißchen unhöflich, in solch einem Aufzug in einem Salon zu erscheinen, aber macht nichts... ich bin hier nicht als Gast, sondern als Gläubiger, und für Gläubiger gelten keine Kleidervorschriften...

LUKA *kommt herein und serviert Vodka* Sie nehmen sich zu viel heraus, mein Herr...

SMIRNOV *zornig* Was?

LUKA Ich... ich meine nichts... eigentlich...

SMIRNOV Weißt du, mit wem du sprichst?! Halts Maul!

LUKA *beiseite* Der sitzt uns im Nacken, der Waldschrat... Den hat der Satan geschickt...

Luka geht ab.

SMIRNOV Ach, habe ich eine Wut! Eine Wut, ich glaube, ich könnte die ganze Welt zu Pulver zerreiben... Mir wird richtig übel... *Schreit.* Bedienung!

VIII

Popova und Smirnov.

POPOVA *kommt herein, die Augen niedergeschlagen* Mein Herr, in meiner Einsamkeit bin ich der menschlichen Stimme schon seit langem entwöhnt und ertrage kein Geschrei. Ich bitte Sie mit Nachdruck, stören Sie meine Ruhe nicht!

SMIRNOV Zahlen Sie mir mein Geld, und ich fahre.

POPOVA Ich sagte Ihnen bereits auf gut russisch: ich habe zur Zeit kein Bargeld, warten Sie bis übermorgen.

SMIRNOV Ich hatte ebenfalls die Ehre, Ihnen auf gut russisch zu sagen: ich brauche das Geld nicht übermorgen, sondern heute. Wenn Sie es mir heute nicht zahlen, muß ich mich morgen aufhängen.

POPOVA Aber was soll ich denn tun, wenn ich kein Geld habe? Wie sonderbar!

SMIRNOV Sie zahlen also nicht sofort? Nein?

POPOVA Ich kann nicht...

SMIRNOV Wenn das so ist, bleibe ich und werde hier sitzen bleiben, bis ich es habe... *Setzt sich.* Übermorgen wollen Sie zahlen? Hervorragend! Dann bleibe ich bis übermorgen hier sitzen. So wahr ich hier sitze, bleibe ich hier sitzen... *Springt auf.* Ich frage Sie: muß ich morgen die Zinsen zahlen oder nicht?... Oder glauben Sie, ich scherze?

POPOVA Mein Herr, ich bitte Sie, nicht zu schreien! Hier ist nicht der Pferdestall!

SMIRNOV Ich frage Sie nicht nach dem Pferdestall, sondern – muß ich morgen die Zinsen zahlen oder nicht?

POPOVA Sie wissen nicht, wie man sich Damen gegenüber benimmt!

SMIRNOV Und ob ich weiß, wie man sich Damen gegenüber benimmt!

POPOVA Nein, das wissen Sie nicht! Sie sind ein ungezogener, grober Mensch! Anständige Menschen sprechen nicht so mit Damen!

SMIRNOV Ach, das ist ja reizend! Und wie soll ich mit Ihnen sprechen? Französisch vielleicht? *Fängt vor Wut an zu lispeln.* Madam, sche wu pri... bin ich glücklich, daß Sie mir mein Geld nicht zahlen... Pardon, daß ich Sie behellige! Was haben wir heute für herrliches Wetter! Und diese Trauer steht Ihnen gut! *Macht einen Kratzfuß.*

POPOVA Das ist plump und grob.

SMIRNOV *äfft sie nach* Das ist plump und grob. Ich weiß nicht, wie man sich Damen gegenüber benimmt! Gnädige Frau, ich habe in meinem Leben mehr Frauen gesehen als Sie Spatzen! Dreimal habe ich mich wegen Frauen im Duell geschossen, zwölf Frauen habe ich verlassen, neun haben mich verlassen! Jawohl! Es gab eine Zeit, da habe ich den Dummkopf gespielt, habe Süßholz geraspelt, Honig geschmiert, Perlen verstreut, Kratzfüße gemacht... Ich habe geliebt, gelitten, den Mond angeseufzt, bin ermattet, dahingeschmolzen, erkaltet ... Ich habe leidenschaftlich geliebt, rasend, auf jede Art, hol mich der Teufel, ich habe wie eine Elster geschwätzt von der Frauenemanzipation, habe für das zarte Gefühl mein halbes Vermögen durchgebracht, aber heute – ergebenster Diener! Heute führt ihr mich nicht mehr an! Es reicht! Schwarze Augen, brennende Augen, rote Lippen, Grübchen in den Wangen, Mondschein, Flüstern, scheues Atmen – auf all das, gnädige Frau, gebe ich heute keinen Kupfergroschen mehr! Ich spreche nicht von Anwesenden, aber alle Frauen, ob groß oder klein, sind Zierpuppen, Klatschbasen, Heuchlerinnen, sind zänkisch, verlogen bis ins Mark, eitel, kleinlich, unbarmherzig, ihre Logik ist empörend, und was das hier betrifft *schlägt sich mit der flachen Hand vor die Stirn,* entschuldigen Sie die Offenheit, da gibt noch ein Spatz jedem Philosophen im Weiberrock zehn Punkte vor! Schaut man sich so ein poetisches Geschöpf an: Musselin, Parfum, eine Halbgöttin, millionenfaches Entzücken, aber wirft man einen Blick in die Seele – ist es ein ganz gewöhnliches Krokodil! *Packt eine Stuhllehne, der Stuhl kracht und bricht in sich zusammen.* Aber das empörendste ist, daß dieses Krokodil sich aus irgendeinem Grunde einbildet, sein chef-d'œuvre, sein Privileg und Monopol sei – das zarte Gefühl! Hol mich der Teufel, hängen Sie mich an diesem Nagel auf, mit den Füßen nach oben – kann eine Frau jemanden lieben, außer ihrem Bologneserhündchen?... In der Liebe kann sie nur jammern und greinen! Wo der Mann leidet und Opfer bringt, da äußert ihre Liebe sich nur darin, daß sie mit dem Rock wedelt und versucht, ihn noch fester an der Nase zu packen. Sie haben das Unglück, eine Frau zu sein, also kennen Sie die weibliche Natur aus eigener Anschauung. Sagen Sie mir ehrlich: haben Sie in Ihrem Leben auch nur eine Frau gesehen, die aufrichtig, treu und beständig gewesen wäre? Das haben Sie nicht! Treu und beständig sind nur alte Weiber und Mißgeburten! Eher begegnen Sie einer gehörnten Katze oder einer weißen Schnepfe als einer beständigen Frau!

POPOVA Gestatten Sie, wer ist dann Ihrer Ansicht nach treu und beständig in der Liebe? Etwa der Mann?

SMIRNOV Jawohl, der Mann!

POPOVA Der Mann! *Böses Lachen.* Der Mann treu und beständig in der Liebe! Das ist ja ganz was Neues! *Mit Feuer.* Welches Recht haben Sie, das zu sagen? Die Männer – treu und beständig! Wenn wir schon dabei sind, sage ich Ihnen: von allen Männern, die ich kenne und gekannt habe, war der Beste mein verstorbener Mann... Ich habe ihn geliebt, leidenschaftlich, mit meinem ganzen Wesen, so wie eine denkende junge Frau nur lieben kann; ich habe ihm meine Jugend geschenkt, mein Glück, mein Leben, mein Vermögen, ich habe durch ihn geatmet, ihn angebetet wie eine Götzendienerin, und... und – was war? Dieser beste aller Männer hat mich auf Schritt und Tritt auf die gewissenloseste Weise betrogen! Nach seinem Tode fand ich in seinem Schreibtisch eine Schublade voller Liebesbriefe, und zu Lebzeiten – die Erinnerung daran ist entsetzlich! – ließ er mich wochenlang allein, machte vor meinen Augen anderen Frauen den Hof und war mir untreu, mit meinem Geld hat er um sich geworfen, mein Gefühl verspottet... Und trotzdem habe ich ihn geliebt und war ihm treu... Mehr noch, er ist gestorben, und ich bin ihm noch immer treu. Ich habe mich auf ewig in diesen vier Wänden begraben und werde bis an mein Grab diese Trauer nicht ablegen...

SMIRNOV *verächtliches Lachen* Trauer!... Ich begreife nicht, wofür Sie mich halten? Als wüßte ich nicht, weshalb Sie diesen schwarzen Domino tragen und sich in Ihren vier Wänden vergraben! Ja, ja! Das ist so geheimnisvoll, so poetisch! Und fährt irgendein Junker oder kurzgeschwänzter Dichter vorbei, blickt er zu den Fenstern auf und denkt: »Hier lebt die geheimnisvolle Tamara, die sich aus Liebe zu ihrem Mann in ihren vier Wänden begraben hat!« Diesen Hokuspokus kennen wir!

POPOVA *fährt auf* Was? Wie können Sie es wagen, mir all das zu sagen?

SMIRNOV Sie haben sich lebendig begraben, aber doch den Puder nicht vergessen!

POPOVA Wie können Sie es wagen, in dieser Weise mit mir zu sprechen?

SMIRNOV Bitte schreien Sie nicht, ich bin nicht Ihr Verwalter! Sie müssen mir schon gestatten, die Dinge beim Namen zu nennen. Ich bin keine Frau und gewohnt, unumwunden meine Meinung zu sagen. Bitte schreien Sie nicht!

POPOVA Nicht ich schreie, Sie schreien! Bitte lassen Sie mich in Ruhe!

SMIRNOV Zahlen Sie mir mein Geld, und ich fahre.

POPOVA Ich werde Ihnen kein Geld geben!

SMIRNOV Doch, Sie werden!

POPOVA Nun erst recht nicht, keine Kopeke bekommen Sie. Lassen Sie mich endlich in Ruhe!

SMIRNOV Ich habe weder das Vergnügen, Ihr Gatte zu sein, noch Ihr Bräutigam, also machen Sie mir bitte keine Szenen. *Setzt sich.* Ich mag das nicht.

POPOVA *schnaubend vor Zorn* Sie haben sich hingesetzt?

SMIRNOV Ich habe mich hingesetzt.

POPOVA Ich bitte Sie zu gehen!

SMIRNOV Geben Sie mir das Geld ... *Beiseite.* Habe ich eine Wut! Habe ich eine Wut!

POPOVA Ich wünsche keine Unterhaltung mit unverschämten Rüpeln. Bitte scheren Sie sich hinaus!

Pause.

Sie gehen nicht? Nein?

SMIRNOV Nein.

POPOVA Nein?

SMIRNOV Nein.

POPOVA Na schön! *Klingelt.*

IX

Die Vorigen und Luka.

POPOVA Luka, begleite diesen Herren hinaus!

LUKA *tritt auf Smirnov zu* Gnädiger Herr, bitte gehen Sie, wenn man es befiehlt! Es gibt keinen Grund, hier...

SMIRNOV *springt auf* Halts Maul! Weißt du, mit wem du sprichst? Ich mache Salat aus dir!

LUKA *faßt sich ans Herz* Allmächtiger!... Ihr Heiligen!... *Fällt in einen Sessel.* Mir ist übel, übel! Es verschlägt mir den Atem!

POPOVA Wo ist denn Daša? Daša! *Schreit.* Daša! Pelageja! Daša! *Klingelt.*

LUKA Och! Sie sind alle in die Beeren gegangen... Niemand ist zu Hause... Mir ist übel! Wasser!

POPOVA Scheren Sie sich gefälligst hinaus!

SMIRNOV Möchten Sie sich nicht etwas höflicher ausdrükken?

POPOVA *ballt die Fäuste, stampft mit dem Fuß auf* Sie Bauer! Sie grober Bär! Flegel! Monstrum!

SMIRNOV Wie? Was haben Sie gesagt?

POPOVA Ich sagte, Sie sind ein Bär, ein Monstrum!

SMIRNOV *geht zum Angriff über* Gestatten Sie, welches Recht haben Sie, mich zu beleidigen?

POPOVA Jawohl, ich beleidige Sie... na und? Denken Sie, ich hätte Angst vor Ihnen?

SMIRNOV Und Sie denken wohl, weil Sie ein poetisches Geschöpf sind, hätten Sie das Recht, jemanden ungestraft zu beleidigen? Ja? An die Barriere!

LUKA Allmächtiger!... Ihr Heiligen!... Wasser!

SMIRNOV Wir werden uns schießen!

POPOVA Sie denken wohl, weil Sie gesunde Fäuste und einen Stiernacken haben, hätte ich Angst vor Ihnen? Wie? Sie Flegel!

SMIRNOV An die Barriere! Ich erlaube niemandem, mich zu beleidigen, und sehe nicht darauf, daß Sie eine Frau, ein schwaches Geschöpf sind!

POPOVA *versucht ihn zu überschreien* Sie Bär! Bär! Bär!

SMIRNOV Es ist Zeit, endlich das Vorurteil abzulegen, daß nur Männer für Beleidigungen zu zahlen haben! Wenn Gleichberechtigung, dann Gleichberechtigung, hols der Teufel! An die Barriere!

POPOVA Sie wollen sich schießen? Bitte sehr!

SMIRNOV Und zwar sofort!

POPOVA Jawohl, sofort! Von meinem Mann habe ich noch ein Paar Pistolen... Ich bringe sie gleich... *Geht schnell in Richtung Tür und kommt zurück.* Mit welcher Wonne ich Ihnen eine Kugel vor Ihre vernagelte Stirn knallen werde! Der Teufel soll Sie holen! *Geht ab.*

SMIRNOV Die schieße ich ab wie ein Küken! Ich bin kein kleiner Junge, kein sentimentaler Grünschnabel, für mich gibt es keine schwachen Geschöpfe!

LUKA Lieber junger Herr!... *Fällt in die Knie.* Sei gnädig, hab Mitleid mit mir altem Mann, geh! Du hast mich zu Tode erschreckt, und jetzt willst du dich auch noch schießen!

SMIRNOV *hört nicht auf ihn* Sich schießen, das ist die wahre Gleichberechtigung, die wahre Frauenemanzipation! Da sind beide Geschlechter gleich! Aus Prinzip werde ich sie abschießen! Aber was sagt man zu so einer Frau? *Äfft sie nach.* »Der Teufel soll Sie holen... ich knalle eine Kugel vor Ihre vernagelte Stirn ...« Was sagt man dazu? Feuerrot geworden, die Augen blitzen ... Sie hat die Forderung angenommen! Ehrenwort, so eine sehe ich zum ersten Mal im Leben...

LUKA Lieber Herr, geh! Und ewig werd ich für dich beten!

SMIRNOV Das ist eine Frau! Das sehe ich erst jetzt! Eine echte Frau! Kein Sauertopf, keine Schlafmütze, sondern Feuer, Schwarzpulver, eine Rakete! Eigentlich schade um sie!

LUKA *weint* Junger Herr... Lieber, geh!

SMIRNOV Die gefällt mir wirklich! Ja, wirklich! Trotz Grübchen in den Wangen, sie gefällt mir! Der würde ich sogar die Schulden erlassen ... meine Wut ist verflogen ... Erstaunliche Frau!

X

Die Vorigen und Popova.

POPOVA *kommt mit den Pistolen herein* Hier sind die Pistolen... Aber bevor wir beginnen, zeigen Sie mir bitte, wie man schießt... Ich habe noch nie im Leben eine Pistole in der Hand gehalten.

LUKA Rette uns, Herrgott, erbarme dich... Ich geh den Gärtner und den Kutscher holen... Warum sitzt uns diese Strafe im Nacken... *Geht ab.*

SMIRNOV *untersucht die Pistolen* Wissen Sie, es gibt verschiedene Pistolensorten ... Es gibt die speziellen Duellpistolen Marke Mortimer, mit Zündkapsel. Das hier sind Revolver vom System Smith & Wesson, drei Schuß, mit Extractor, zentriertes Feuer... Prachtvolle Pistolen!... Die kosten mindestens 90 Rubel das Paar... Man hält einen Revolver so... *Beiseite.* Die Augen, diese Augen! Die Frau hat Feuer!

POPOVA So?

SMIRNOV Ja, so... Dann spannen Sie den Hahn... und so wird gezielt... Den Kopf ein wenig zurück! Strecken Sie den Arm aus, wie es sich gehört... Ja, so... Und dann drücken Sie mit dem Finger auf dieses Ding – das ist alles... Nur, die Hauptregel: keine Aufregung und ohne Eile zielen... Aufpassen, daß die Hand nicht zittert.

POPOVA Gut... Aber im Zimmer zu schießen ist unbequem, kommen Sie mit in den Garten.

SMIRNOV Gehen wir. Nur mache ich Sie darauf aufmerksam, daß ich in die Luft schießen werde.

POPOVA Das hat noch gefehlt! Und warum?

SMIRNOV Weil... weil... Warum, das ist meine Sache!

POPOVA Haben Sie den Mut verloren? Ja? A-a-a-ah! Nein, mein Herr, keine Ausflüchte! Bitte folgen Sie mir! Ich werde nicht eher ruhen, als ich Ihnen ein Loch in die Stirn geschossen habe... diese Stirn hier, die ich so hasse! Sie haben den Mut verloren?

SMIRNOV Ja, ich habe ihn verloren.

POPOVA Sie lügen! Warum wollen Sie sich nicht mehr schlagen?

SMIRNOV Weil... weil Sie... mir gefallen.

POPOVA *böses Lachen* Ich gefalle ihm! Er wagt zu sagen, daß ich ihm gefalle! *Zeigt zur Tür.* Sie können gehen.

SMIRNOV *legt schweigend den Revolver hin, nimmt seine Mütze und geht; an der Tür bleibt er stehen, eine halbe Minute sehen sich beide schweigend an; dann sagt er, unentschlossen auf die Popova zu.* Hören Sie... Sind Sie immer noch böse?... Ich habe ja auch eine Mordswut, aber verstehen Sie... wie soll ich mich ausdrücken... Ich meine, wissen Sie, die Geschichte ist die, im Grunde genommen... *Schreit.* Ja bin ich denn schuld, daß Sie mir gefallen? *Packt eine Stuhllehne, der Stuhl kracht und bricht in sich zusammen.* Weiß der Teufel, haben Sie zerbrechliche Möbel! Sie gefallen mir! Begreifen Sie? Ich... ich bin fast in Sie verliebt!

POPOVA Scheren Sie sich fort – ich hasse Sie!

SMIRNOV Mein Gott, was für eine Frau! Nie im Leben habe ich so etwas gesehen! Ich bin erledigt! Ich bin verloren! Ich sitze wie die Maus in der Mausefalle!

POPOVA Scheren Sie sich fort, oder ich schieße!

SMIRNOV Schießen Sie! Sie begreifen nicht, welch ein Glück es ist, zu sterben unter den Blicken dieser wundervollen Augen, zu sterben von einem Revolver, der gehalten wird von dieser kleinen weichen Hand... Ich habe den Verstand verloren! Überlegen und entscheiden Sie schnell, denn wenn ich von hier fortgehe, werden wir uns nie wiedersehen! Entscheiden Sie sich... Ich bin von Adel, ein anständiger Mensch, habe zehntausend Jahreseinkommen ... treffe das Kopekenstück in der Luft ... habe ausgezeichnete Pferde... Wollen Sie meine Frau werden?

POPOVA *empört, schüttelt den Revolver* Schießen wir uns! An die Barriere!

SMIRNOV Ich habe den Verstand verloren ... Ich begreife nichts mehr... *Schreit.* Diener, Wasser!

POPOVA *schreit* An die Barriere!

SMIRNOV Ich habe den Verstand verloren, ich bin verliebt wie ein dummer Junge, wie ein Dummkopf! *Packt sie am Arm, sie schreit auf vor Schmerz.* Ich liebe Sie! *Fällt auf die Knie.* Ich liebe Sie, wie ich noch nie geliebt habe! Zwölf Frauen habe ich verlassen, neun haben mich verlassen, aber keine habe ich so geliebt wie Sie... Ich habe Süßholz geraspelt, bin wie Syrup zerflossen, dahingeschmolzen... ich knie vor Ihnen wie ein Dummkopf und trage Ihnen meine Hand an... Schmach und Schande! Fünf Jahre habe ich mich nicht verliebt, hatte es mir geschworen, und plötzlich rassele ich hinein wie die Deichsel in den fremden Wagenkasten! Ich trage Ihnen meine Hand an. Ja oder nein? Sie wollen nicht? Dann eben nicht! *Steht auf und geht schnell zur Tür.*

POPOVA Warten Sie...

SMIRNOV *bleibt stehen* Nun?

POPOVA Nichts, gehen Sie... Übrigens, warten Sie... Nein, gehen Sie, gehen Sie! Ich hasse Sie! Oder nein... Gehen Sie nicht! Ach, wenn Sie wüßten, was ich für eine Wut habe, was ich für eine Wut habe! *Wirft den Revolver auf den Tisch.* Die Finger sind mir abgestorben von diesem Dreckding... *Zerreißt vor Wut ihr Taschentuch.* Was stehen Sie da? Scheren Sie sich hinaus!

SMIRNOV Leben Sie wohl.

POPOVA Ja, ja, gehen Sie!... *Schreit.* Wo wollen Sie denn hin? Warten Sie... Nein, gehen Sie. Ach, habe ich eine Wut! Kommen Sie mir nicht zu nahe, kommen Sie mir nicht zu nahe!

SMIRNOV *tritt auf sie zu* Habe ich eine Wut! Ich habe mich verliebt wie ein Gymnasiast, habe auf den Knien gelegen... Ich kriege Schüttelfrost ... *Grob.* Ich liebe Sie! Das hat mir gerade noch gefehlt, daß ich mich in Sie verliebe! Morgen muß ich die Zinsen zahlen, die Heuernte hat angefangen, und jetzt noch Sie... *Faßt sie um die Taille.* Das werde ich mir nie verzeihen...

POPOVA Scheren Sie sich fort! Hände weg! Ich... hasse Sie! An die Ba-barriere!

Langer Kuß.

XI

Die Vorigen, Luka mit einer Axt, der Gärtner mit einer Harke, der Kutscher mit einer Heugabel und Knechte mit Knüppeln.

LUKA *sieht das sich küssende Pärchen* Allmächtiger!

Pause.

POPOVA *die Augen niedergeschlagen* Luka, sag dort, im Pferdestall, Toby bekommt heute gar keinen Hafer.

Vorhang

Der Heiratsantrag

Schwank in einem Akt

Personen

STEPAN STEPANOVIČ ČUBUKOV, Gutsbesitzer.
NATALJA STEPANOVNA, seine Tochter, 25 Jahre alt.
IVAN VASILJEVIČ LOMOV, Čubukovs Nachbar, ein gesunder, wohlgenährter, um seine Gesundheit besorgter Gutsbesitzer.

Die Handlung spielt auf dem Gut Čubukovs.

Salon im Hause Čubukov.

I

Čubukov und Lomov (Auftritt in Frack und weißen Handschuhen).

ČUBUKOV *geht ihm entgegen* Täubchen, wen sehe ich! Ivan Vasiljevič! Wie ich mich freue! *Drückt ihm die Hand.* Genau, das ist aber eine Überraschung, Mütterchen ... Wie geht es Ihnen?

LOMOV Ich danke Ihnen. Und wie beliebt es Ihnen zu gehen?

ČUBUKOV Es geht, mein Engel, dank Ihren Gebeten undsoweiter. Setzen Sie sich, bitte ergebenst... Genau, es ist nämlich nicht schön, seine Nachbarn zu vergessen, mein Mütterchen. Täubchen, aber warum denn so offiziell? Im Frack, in Handschuhen undsoweiter. Fahren Sie etwa irgendwohin, mein Kostbarer?

LOMOV Nein, ich komme nur zu Ihnen, verehrter Stepan Stepanyč.

ČUBUKOV Aber wozu denn im Frack, mein Herzblatt? Das ist ja wie zu einem Neujahrsempfang!

LOMOV Sehen Sie, worum es geht. *Faßt ihn unter.* Ich bin zu Ihnen gekommen, verehrter Stepan Stepanyč, um Sie mit einer Bitte zu behelligen. Ich hatte schon mehrmals die Ehre, mich um Hilfe an Sie zu wenden, und immer haben Sie, sozusagen... aber verzeihen Sie, ich bin so aufgeregt. Ich trinke ein Glas Wasser, verehrter Stepan Stepanyč. *Trinkt Wasser.*

ČUBUKOV *beiseite* Geld will er! Er kriegt aber keins! *Zu ihm.* Worum geht es, mein Schöner?

LOMOV Sehen Sie, Verehr Stepanyč ... pardon, Stepan Verehryč ... das heißt, ich bin schrecklich aufgeregt, wie Sie zu sehen belieben ... Mit einem Wort, nur Sie können mir helfen, obwohl ich es, natürlich, durch nichts verdient habe und ... nicht das Recht besitze, auf Ihre Hilfe zu rechnen ...

ČUBUKOV Ach, doch nicht so umständlich, Mütterchen! Sprechen Sie, schnell! Nun?

LOMOV Gleich ... Sofort. Es geht darum, ich bin gekommen, um Sie um die Hand Ihrer Tochter Natalja Stepanovna zu bitten.

ČUBUKOV *freudig* Aber Mütterlein! Ivan Vasiljevič! Wiederholen Sie es noch einmal – ich habe mich wohl verhört!

LOMOV Ich habe die Ehre, Sie zu bitten ...

ČUBUKOV *unterbricht* Täubchen ... Ich freue mich ja so undsoweiter ... Genau und dergleichen mehr ... *Umarmt und küßt ihn.* Das war doch schon immer mein Wunsch, schon so lange. *Zerdrückt eine Träne.* Und immer habe ich Sie geliebt, mein Engel, wie meinen eigenen Sohn. Schenke Gott euch beiden Glück und Liebe undsoweiter, ich habe es mir so gewünscht ... Aber was stehe ich da wie ein Klotz? Ganz verdattert vor Freude, völlig verdattert! Och, ich habe es mir von Herzen ... Ich gehe Nataša rufen und dergleichen mehr.

LOMOV *gerührt* Verehrter Stepan Stepanyč, was meinen Sie, kann ich auf ihre Einwilligung rechnen?

ČUBUKOV Aber, genau, so ein schöner Mann und ... und da soll sie nicht einwilligen! Verliebt wie eine Katze wird sie sein undsoweiter ... Gleich! *Geht ab.*

II

Lomov (allein).

LOMOV Ist das kalt... Ich zittere am ganzen Körper, wie vor dem Examen. Hauptsache, man hat sich entschlossen. Wer zu lange überlegt, schwankt, viel herumredet und auf sein Ideal oder die wahre Liebe wartet, der heiratet nie... Brr!... Ist das kalt! Natalja Stepanovna ist eine ausgezeichnete Hausfrau, nicht häßlich, gebildet... was will ich mehr? Aber ich bekomme vor Aufregung schon Ohrensausen. *Trinkt Wasser.* Und am Heiraten führt kein Weg vorbei... Erstens bin ich schon 35 – sozusagen das kritische Alter. Zweitens brauche ich ein geordnetes, geregeltes Leben... Ich habe einen Herzfehler, ständig Herzklopfen, bin jähzornig und rege mich immer schrecklich auf... Da, schon zittern mir die Lippen, und im rechten Augenlid zuckt ein kleiner Muskel... Aber das schrecklichste ist – mein Schlaf. Kaum lege ich mich ins Bett und will einschlafen, da macht in meiner linken Hüfte etwas – zack! und versetzt mir einen Schlag direkt bis in die Schulter und in den Kopf... Ich springe auf wie ein Wahnsinniger, gehe im Zimmer auf und ab und lege mich wieder hin, aber kaum will ich einschlafen, da macht es in der Hüfte wieder – zack! Und so gehts an die zwanzigmal...

III

Natalja Stepanovna und Lomov.

NATALJA STEPANOVNA *kommt herein* Also so was! Sie sind es, und Papa hat gesagt: Geh, da ist ein Käufer, der will Ware. Guten Tag, Ivan Vasiljevič!

LOMOV Guten Tag, verehrte Natalja Stepanovna!

NATALJA STEPANOVNA Entschuldigen Sie, ich bin in Schürze und Hauskleid... Wir pulen gerade Erbsen aus zum Trocknen. Warum waren Sie so lange nicht bei uns? Setzen Sie sich...

Sie setzen sich.

Wollen Sie einen Imbiß?

LOMOV Nein danke, ich habe bereits gegessen.

NATALJA STEPANOVNA Rauchen Sie... Hier sind Streichhölzer... Ein großartiges Wetter, und gestern hat es so geregnet, daß die Knechte den ganzen Tag nichts tun konnten. Und Sie, wieviel Heu haben Sie gemacht? Ich, stellen Sie sich vor, habe es nicht abwarten können und habe die ganze Wiese gemäht, und jetzt werd ich dessen selber nicht mehr froh, ich fürchte, mir wird mein Heu verfaulen. Ich hätte besser noch gewartet. Aber was soll denn das? Sie sind ja im Frack! Das ist ja ganz was Neues! Fahren Sie etwa auf einen Ball? Übrigens sind Sie dicker geworden... Im Ernst, was soll dieser Aufzug?

LOMOV *aufgeregt* Sehen Sie, verehrte Natalja Stepanovna... Es geht darum, daß ich mich entschlossen habe, Sie zu bitten, mich anzuhören... Natürlich werden Sie erstaunt sein und sogar böse werden, aber ich... *Beiseite.* Mir ist schrecklich kalt!

NATALJA STEPANOVNA Worum geht es?

Pause.

Nun?

LOMOV Ich werde versuchen, mich kurz zu fassen. Ihnen, verehrte Natalja Stepanovna, ist bekannt, daß ich bereits lange, von Kindheit an, die Ehre habe, Ihre Familie zu kennen. Meine verstorbene Tante und ihr Gemahl, von denen ich, wie Sie zu wissen belieben, mein Land geerbt habe, haben Ihren Herrn Papa und Ihre verstorbene Frau Mama stets hoch verehrt. Das Geschlecht der Lomov und das Geschlecht der Čubukov pflegten untereinander stets die freundschaftlichsten und, man kann sogar sagen, geradezu verwandtschaftliche Beziehungen. Zudem schließt mein Land, wie Sie zu wissen belieben, direkt an das Ihre an. Wenn Sie sich zu erinnern belieben, meine Ochsenwiesen grenzen an Ihren Birkenwald.

NATALJA STEPANOVNA Pardon, wenn ich Sie unterbreche. Sie sagen »meine Ochsenwiesen«... Gehören sie etwa Ihnen?

LOMOV Jawohl, mir...

NATALJA STEPANOVNA Na, so weit kommts! Die Ochsenwiesen gehören uns, nicht Ihnen!

LOMOV Nein, sie gehören mir, verehrte Natalja Stepanovna.

NATALJA STEPANOVNA Das ist mir neu. Woher gehören sie denn Ihnen?

LOMOV Wieso woher? Ich spreche von den Ochsenwiesen, die sich wie ein Keil zwischen Ihren Birkenwald und das Brandmoor schieben.

NATALJA STEPANOVNA Nun ja, ja... Die gehören uns...

LOMOV Nein, Sie irren, verehrte Natalja Stepanovna – sie gehören mir.

NATALJA STEPANOVNA Nehmen Sie Vernunft an, Ivan Vasiljevič! Seit wann gehören sie denn Ihnen?

LOMOV Seit wann? Soweit ich mich entsinne, haben sie schon immer uns gehört.

NATALJA STEPANOVNA Also, Sie müssen schon entschuldigen!

LOMOV Es geht aus den Papieren hervor, verehrte Natalja Stepanovna. Die Ochsenwiesen waren einmal strittig – das stimmt; aber heute ist jedermann bekannt, daß sie mir gehören. Darüber kann es keinerlei Streit geben. Belieben Sie zu sehen, die Großmutter meiner Tante hatte den Bauern des Großvaters Ihres Herrn Papa diese Wiesen zur unbefristeten und abgabefreien Nutzung überlassen, dafür, daß sie für sie Ziegel brannten. Die Bauern des Großvaters Ihres Herrn Papa haben diese Wiesen vierzig Jahre lang abgabefrei genutzt und sich daran gewöhnt, sie für ihr Eigentum zu halten, dann jedoch, als die Verordnung erlassen wurde…

NATALJA STEPANOVNA Es ist durchaus nicht so, wie Sie es erzählen! Sowohl mein Großvater als auch mein Urgroßvater waren der Ansicht, ihr Land reiche bis zum Brandmoor – das heißt, die Ochsenwiesen gehören uns. Was gibt es da zu streiten? – verstehe ich nicht. Es ist geradezu ärgerlich!

LOMOV Ich werde Ihnen die Papiere zeigen, Natalja Stepanovna!

NATALJA STEPANOVNA Nein, Sie scherzen einfach oder wollen mich ärgern… Wirklich eine schöne Überraschung! Wir besitzen seit dreihundert Jahren Land, und plötzlich wird uns erklärt, das Land gehöre uns nicht! Ivan Vasiljevič, verzeihen Sie, aber ich glaube, ich höre nicht recht… Es geht mir nicht um diese Wiesen. Das sind ganze fünf Desjatinen, die kosten vielleicht dreihundert Rubel, aber mich empört die Ungerechtigkeit. Sagen Sie, was Sie wollen, aber Ungerechtigkeit kann ich nicht ertragen.

LOMOV Hören Sie mich zu Ende, ich flehe Sie an! Die Bauern des Großvaters Ihres Herrn Papa haben, wie ich bereits zu sagen die Ehre hatte, für die Großmutter meiner Tante Ziegel gebrannt. Tantchens Großmutter hat, im Wunsch, ihnen etwas Gutes zu tun…

NATALJA STEPANOVNA Großvater, Großmutter, Tantchen… ich verstehe gar nichts! Die Wiesen gehören uns, und damit Schluß!

LOMOV Sie gehören mir!

NATALJA STEPANOVNA Nein, uns! Und wenn Sie zwei Tage brauchen, um es mir zu beweisen, und wenn Sie zehn, fünfzehn Fräcke anziehen, sie gehören uns, uns, uns! … Ich will nichts von Ihrem, aber auch nichts von Meinem verlieren… Wie Sie wünschen!

LOMOV Natalja Stepanovna, ich brauche diese Wiesen nicht,

es geht mir nur ums Prinzip. Wenn es beliebt, dann bitte, ich schenke sie Ihnen.

NATALJA STEPANOVNA Ich kann sie Ihnen schenken, sie gehören mir!... Das ist zumindest alles sehr sonderbar, Ivan Vasiljevič! Bis heute haben wir Sie für einen guten Nachbarn, für einen Freund gehalten, voriges Jahr haben wir Ihnen unsere Dreschmaschine geliehen, weshalb wir das eigene Getreide erst im November dreschen konnten, und Sie behandeln uns wie Zigeuner! Sie schenken mir mein eigenes Land. Entschuldigen Sie, das ist kein gutnachbarliches Verhalten! Ich finde, es ist sogar eine Frechheit, wenn Sie so wollen...

LOMOV Sie meinen also, ich sei ein Usurpator? Gnädige Frau, nie habe ich mir fremde Ländereien angeeignet, und mich dessen zu bezichtigen werde ich niemandem erlauben... *Geht schnell zur Wasserkaraffe und trinkt Wasser.* Die Ochsenwiesen gehören mir!

NATALJA STEPANOVNA Das stimmt nicht, uns gehören sie!

LOMOV Sie gehören mir!

NATALJA STEPANOVNA Das stimmt nicht! Ich werde es Ihnen beweisen! Noch heute schicke ich meine Mäher auf diese Wiesen!

LOMOV Was?

NATALJA STEPANOVNA Noch heute schicke ich meine Mäher dorthin!

LOMOV Dann jage ich sie zum Teufel!

NATALJA STEPANOVNA Unterstehen Sie sich!

LOMOV *faßt sich ans Herz* Die Ochsenwiesen gehören mir! Verstehen Sie? Mir!

NATALJA STEPANOVNA Schreien Sie bitte nicht! Schreien und vor Wut schnauben können Sie bei sich zu Hause, aber hier halten Sie sich bitte in Grenzen!

LOMOV Gnädige Frau, wenn ich nicht dieses schreckliche, qualvolle Herzklopfen hätte, wenn mir das Blut nicht in den

Schläfen pochte, würde ich anders mit Ihnen reden! *Schreit.* Die Ochsenwiesen gehören mir!

NATALJA STEPANOVNA Uns!

LOMOV Mir!

NATALJA STEPANOVNA Uns!

LOMOV Mir!

IV

Die Vorigen und Čubukov.

ČUBUKOV *im Eintreten* Was ist denn hier los? Warum schreit ihr so?

NATALJA STEPANOVNA Papa, erkläre bitte diesem Herrn, wem die Ochsenwiesen gehören: uns oder ihm?

ČUBUKOV *zu ihm* Hühnchen, die Wiesen gehören uns!

LOMOV Aber ich bitte Sie, Stepan Stepanyč, woher gehören sie Ihnen? Seien doch wenigstens Sie vernünftig! Die Großmutter meiner Tante hat diese Wiesen den Bauern Ihres Großvaters zur unbefristeten, abgabefreien Nutzung überlassen. Die Bauern haben das Land vierzig Jahre lang genutzt und sich daran gewöhnt, als wärs ihr eigenes, als aber die Verordnung erlassen wurde...

ČUBUKOV Gestatten Sie, mein Kostbarer... Sie vergessen dabei, daß die Bauern Ihrer Großmutter tatsächlich nichts gezahlt haben und dergleichen mehr, weil die Wiesen damals strittig waren undsoweiter... Heute dagegen, genau, weiß jeder Hund, daß sie uns gehören. Sie haben also den Flurplan nicht eingesehen!

LOMOV Ich werde Ihnen beweisen, daß sie mir gehören!

ČUBUKOV Das werden Sie nicht, mein Liebling.

LOMOV Doch, ich werde es beweisen!

ČUBUKOV Mütterchen, warum denn so schreien? Mit Geschrei, genau, werden Sie gar nichts beweisen. Ich will nichts von Ihrem, aber auch nichts von Meinem verlieren. Wieso auch? Und wenn wir schon dabei sind, mein Liebchen, wenn Sie die Absicht haben, uns die Wiesen streitig zu machen undsoweiter, dann schenke ich sie lieber den Bauern als Ihnen. So ist das!

LOMOV Ich verstehe nicht! Welches Recht haben Sie, fremdes Eigentum zu verschenken?

ČUBUKOV Sie müssen mir schon erlauben zu entscheiden, ob ich das Recht habe oder nicht. Genau, junger Mann, ich bin es nicht gewohnt, daß man in so einem Ton mit mir redet undsoweiter. Ich bin doppelt so alt wie Sie, junger Mann, und bitte Sie, ohne Agitation mit mir zu sprechen und dergleichen mehr.

LOMOV Nein, Sie wollen mich einfach für dumm verkaufen und verspotten mich! Mein Land nennen Sie Ihr Eigentum und wollen noch, daß ich ruhig Blut bewahre und menschlich mit Ihnen rede! So handeln keine guten Nachbarn, Stepan Stepanyč! Sie sind kein Nachbar, Sie sind ein Usurpator!

ČUBUKOV Wa-as? Was haben Sie gesagt?

NATALJA STEPANOVNA Papa, schick sofort die Mäher auf die Wiesen!

ČUBUKOV *zu Lomov* Was haben Sie gesagt, gnädiger Herr?

NATALJA STEPANOVNA Die Ochsenwiesen gehören uns, und ich gebe sie nicht her, ich gebe sie nicht her, ich gebe sie nicht her!

LOMOV Das werden wir ja sehen! Ich werde Ihnen vor Gericht beweisen, daß sie mir gehören!

ČUBUKOV Vor Gericht? Reichen Sie ruhig Klage ein, gnädiger Herr und dergleichen mehr! Tun Sies nur! Ich kenne Sie, genau, Sie warten ja nur auf die Gelegenheit, vor Gericht zu gehen undsoweiter… Knauserige Natur! Ihr ganzes Geschlecht war prozeßwütig! Das ganze!

LOMOV Ich bitte Sie, mein Geschlecht nicht zu beleidigen! Im Geschlecht der Lomovs hat es nur ehrbare Menschen gegeben und keinen einzigen, der wegen Unterschlagung vor Gericht gestanden hätte wie Ihr Onkel!

ČUBUKOV In Ihrem Geschlecht waren dafür alle wahnsinnig!

NATALJA STEPANOVNA Alle, alle, alle!

ČUBUKOV Ihr Großvater war Quartalssäufer, und Ihre jüngere Tante, genau, Nastasja Michajlovna, ist mit einem Architekten durchgebrannt undsoweiter...

LOMOV Und Ihre Mutter hatte schiefe Hüften. *Faßt sich ans Herz.* Es zuckt in meiner Hüfte... Der Schlag in den Kopf... Mein Gott!... Wasser!

ČUBUKOV Und Ihr Vater war Kartenspieler und ein Vielfraß.

NATALJA STEPANOVNA Und Ihre Tante ein Klatschweib wie kaum eins!

LOMOV Mein linker Fuß ist abgestorben... Und Sie sind ein Intrigant... Oh, mein Herz!... Und es ist ein offenes Geheimnis, daß Sie die Wahlen durch Bestech... Ich sehe Sterne... Wo ist mein Hut?

NATALJA STEPANOVNA Das ist niederträchtig! Ehrlos! Widerwärtig!

ČUBUKOV Und Sie selbst, genau, sind ein heimtückischer, doppelzüngiger und ränkesüchtiger Mensch! Jawohl!

LOMOV Da ist er, der Hut... Mein Herz... Wo geht es hinaus? Wo ist die Tür? Oh... Ich glaube, ich sterbe... Mein Fuß will nicht mehr... *Geht zur Tür.*

ČUBUKOV *folgt ihm* Und daß Sie keinen Fuß mehr über meine Schwelle setzen!

NATALJA STEPANOVNA Klagen Sie ruhig! Wir werden ja sehen!

Lomov geht taumelnd ab.

V

Čubukov und Natalja Stepanovna.

ČUBUKOV Pfui Teufel! *Geht erregt auf und ab.*

NATALJA STEPANOVNA Ist das ein Spitzbube, wie? Da soll man noch an gute Nachbarn glauben!

ČUBUKOV Halunke! Lächerliche Vogelschcuche!

NATALJA STEPANOVNA So eine Mißgeburt! Reißt sich fremdes Land unter den Nagel und wagt noch, einen zu beschimpfen.

ČUBUKOV Und dieser Stubenhocker, genau, diese Vogelscheuche hat die Frechheit und macht auch noch einen Antrag undsoweiter! Ha! Einen Antrag!

NATALJA STEPANOVNA Was für einen Antrag?

ČUBUKOV Was schon für einen! Er war da, um dir einen Antrag zu machen.

NATALJA STEPANOVNA Einen Heiratsantrag? Mir? Warum hast du mir das nicht früher gesagt?

ČUBUKOV Sogar in Frack hat er sich deshalb geworfen! Dieses Würstchen! Rotznase!

NATALJA STEPANOVNA Mir? Einen Heiratsantrag? Ach! *Fällt in einen Sessel und stöhnt.* Hol ihn zurück! Hol ihn zurück! Ach! Hol ihn zurück!

ČUBUKOV Wen?

NATALJA STEPANOVNA Schnell, schnell! Mir ist übel! Hol ihn zurück! *Hysterie.*

ČUBUKOV Was ist? Was hast du? *Faßt sich an den Kopf.* Ich Unglücksmensch! Ich erschieße mich! Ich hänge mich auf! Die quälen mich zu Tode!

NATALJA STEPANOVNA Ich sterbe! Hol ihn zurück!

ČUBUKOV Huuh! Gleich. Heul nicht! *Läuft hinaus.*

NATALJA STEPANOVNA *allein, stöhnt* Was haben wir angerichtet! Hol ihn zurück! Hol ihn zurück!

ČUBUKOV *kommt hereingelaufen* Er kommt gleich undsoweiter, hol ihn der Teufel! Uff! Sprich du mit ihm, genau, ich werde es nicht tun...

NATALJA STEPANOVNA *stöhnt* Hol ihn zurück!

ČUBUKOV *schreit* Er kommt gleich, habe ich dir gesagt! Oh, Schöpfer, welch eine Prüfung, Vater einer erwachsenen Tochter zu sein! Ich schneide mir die Kehle durch! Ich schneide mir unbedingt die Kehle durch! Wir haben den Menschen beschimpft, beleidigt, hinausgeworfen, und das warst alles du... du!

NATALJA STEPANOVNA Nein, du!

ČUBUKOV Also ich bin schuld, genau!

In der Tür erscheint Lomov.

Also sprich du mit ihm! *Geht ab.*

VI

Natalja Stepanovna und Lomov.

LOMOV *kommt herein, entkräftet* Dieses schreckliche Herzklopfen ... Mein Fuß ist abgestorben ... das Zucken in der Hüfte...

NATALJA STEPANOVNA Verzeihen Sie, Ivan Vasiljevič, wir haben uns die Köpfe heiß geredet... Ich erinnere mich jetzt: die Ochsenwiesen gehören tatsächlich Ihnen.

LOMOV Ich habe schreckliches Herzklopfen ... Die Wiesen gehören mir... In beiden Augenlidern zuckt es...

NATALJA STEPANOVNA Sie gehören Ihnen, Ihnen... Setzen Sie sich...

Sie setzen sich.

Wir waren im Unrecht.

LOMOV Es war mehr aus Prinzip... Es ging mir nicht um das Land, sondern um das Prinzip.

NATALJA STEPANOVNA Genau, das Prinzip... Aber sprechen wir doch von etwas anderem.

LOMOV Um so mehr, als ich Beweise habe. Die Großmutter meiner Tante hatte den Bauern des Großvaters Ihres Herrn Papa...

NATALJA STEPANOVNA Genug, genug... *Beiseite.* Womit soll ich beginnen?... *Zu ihm.* Gehen Sie bald auf die Jagd?

LOMOV Auf den Birkhahn, verehrte Natalja Stepanovna, nach der Mahd denke ich anzufangen. Ach, haben Sie es gehört? Stellen Sie sich vor, welch ein Unglück! Mein Ugadaj, den Sie zu kennen belieben, lahmt seit neuestem.

NATALJA STEPANOVNA Welch ein Jammer! Und weshalb?

LOMOV Ich weiß nicht... Wahrscheinlich hat er sich das Bein ausgerenkt, oder die andern Hunde haben ihn gebissen... *Seufzt.* Der beste Hund weit und breit, vom Geld ganz zu schweigen! Ich habe Mironov doch 125 Rubel für ihn bezahlt.

NATALJA STEPANOVNA Da haben Sie zuviel bezahlt, Ivan Vasiljevič!

LOMOV Ich fand das sehr billig. Ein wunderbarer Hund.

NATALJA STEPANOVNA Papa hat für seinen Otkataj 85 Rubel bezahlt, und Otkataj ist doch bei weitem besser als Ihr Ugadaj!

LOMOV Otkataj besser als Ugadaj? *Lacht.* Otkataj besser als Ugadaj!

NATALJA STEPANOVNA Natürlich ist er besser! Otkataj ist zwar noch jung, noch nicht ausgewachsen, aber in Figur und Geläuf hat nicht mal Volčaneckij einen besseren Hund.

LOMOV Erlauben Sie, Natalja Stepanovna, aber Sie vergessen

dabei, daß er einen etwas zu kurzen Fang hat, und ein Hund mit zu kurzem Fang kann das Wild nie richtig fassen!

NATALJA STEPANOVNA Zu kurzer Fang? Das höre ich zum ersten Mal!

LOMOV Ich versichere Sie, der Unterkiefer ist kürzer als der Oberkiefer.

NATALJA STEPANOVNA Haben Sie nachgemessen?

LOMOV Ja. Um Wild zu stellen, ist er natürlich brauchbar, aber zum Apportieren – wohl kaum...

NATALJA STEPANOVNA Erstens ist unser Otkataj ein reinrassiger Langhaarborzoj, Sohn von Zaprjagaj und Stamezka, während man bei Ihrem vor lauter Flecken und Sprenkeln nicht mal mehr die Rasse erkennt... Außerdem ist er alt und krumm wie ein Klappergaul...

LOMOV Alt schon, aber ich würde ihn nicht für fünf Ihrer Otkatajs hergeben!... Ist es denn die Möglichkeit? Ugadaj ist ein Hund, Otkataj dagegen... lächerlich, darüber zu streiten... So etwas wie Ihren Otkataj hat jeder Hundepfleger zu Dutzenden. Ein Viertelhunderter wären dafür noch ein stolzer Preis.

NATALJA STEPANOVNA Ihnen sitzt heute der Widerspruchsgeist im Nacken, Ivan Vasiljevič! Erst gehören die Ochsenwiesen Ihnen, dann ist Ugadaj plötzlich besser als Otkataj. Ich mag nicht, wenn jemand etwas anderes sagt, als er denkt. Sie wissen doch sehr wohl, daß Otkataj hundertmal besser ist als Ihr... als Ihr blöder Ugadaj. Wozu dem widersprechen?

LOMOV Natalja Stepanovna, ich sehe, Sie halten mich für blind oder für dumm. Begreifen Sie doch, Ihr Otkataj hat einen zu kurzen Fang!

NATALJA STEPANOVNA Das stimmt nicht.

LOMOV Er hat einen zu kurzen Fang!

NATALJA STEPANOVNA *schreit* Das stimmt nicht!

LOMOV Warum schreien Sie, gnädige Frau?

NATALJA STEPANOVNA Und warum reden Sie so einen

Quatsch? Es ist doch empörend! Ihr Ugadaj ist langsam reif für den Gnadenschuß, und Sie vergleichen ihn mit Otkataj!

LOMOV Entschuldigen Sie, ich kann diesen Streit nicht fortsetzen. Ich habe Herzklopfen.

NATALJA STEPANOVNA Ich habe bemerkt: diejenigen Jäger streiten am meisten, die am wenigsten Ahnung haben.

LOMOV Gnädige Frau, ich bitte Sie, schweigen Sie … Mir springt das Herz… *Schreit.* Schweigen Sie!

NATALJA STEPANOVNA Ich schweige nicht, ehe Sie nicht zugeben, daß Otkataj hundertmal besser ist als Ihr Ugadaj!

LOMOV Hundertmal schlechter! Verrecken soll er, Ihr Otkataj! Meine Schläfen… mein Auge… meine Schulter…

NATALJA STEPANOVNA Und Ihr verblödeter Ugadaj, der braucht gar nicht mehr zu verrecken, der ist es nämlich schon!

LOMOV *weint* Schweigen Sie! Ich habe eine Herzruptur!!

NATALJA STEPANOVNA Ich schweige nicht!

VII

Die Vorigen und Čubukov.

ČUBUKOV *kommt herein* Was ist denn schon wieder?

NATALJA STEPANOVNA Papa, sag ehrlich, auf Ehre und Gewissen: welcher Hund ist besser – unser Otkataj oder sein Ugadaj?

LOMOV Stepan Stepanovič, ich flehe Sie an, sagen Sie nur das eine: hat Ihr Otkataj einen zu kurzen Fang oder nicht? Ja oder nein?

ČUBUKOV Und wenn es so wäre! Als wär das so wichtig! Dafür gibt es weit und breit keinen besseren Hund undsoweiter.

LOMOV Aber mein Ugadaj ist doch besser? Seien Sie ehrlich!

ČUBUKOV Regen Sie sich nicht auf, Kostbarer … Erlauben

Sie... Ihr Ugadaj, genau, hat seine guten Eigenschaften... Dichte Behaarung, feste Läufe, ist schmal gebaut und dergleichen mehr. Aber dieser Hund, wenn Sie es wissen wollen, mein Schöner, hat zwei wesentliche Mängel: er ist alt und hat einen zu kurzen Fang.

LOMOV Entschuldigen Sie, ich habe Herzklopfen ... Halten wir uns an die Fakten ... Belieben Sie sich zu erinnern, in den Maruskinschen Auen lief mein Ugadaj Ohr an Ohr mit Razmachaj, dem Hund des Grafen, während Ihr Otkataj eine Verst weit hinterherlief.

ČUBUKOV Ja, weil der Hundepfleger des Grafen ihn mit der Hetzpeitsche geschlagen hatte.

LOMOV Und das zu Recht. Alle Hunde waren hinter dem Fuchs her, und Otkataj hatte derweil einen Hammel am Wickel!

ČUBUKOV Das stimmt nicht! ... Liebling, ich bin ein jähzorniger Mensch, und, genau, ich bitte Sie, lassen wir diesen Streit. Geschlagen hat er ihn, weil jeder neidisch wird, wenn er einen fremden Hund sieht... Jawohl! Da packt jeden der Haß! Auch Sie, gnädiger Herr, sind da nicht ohne Fehl! Kaum sehen Sie, genau, daß ein anderer Hund besser ist als Ihr Ugadaj, schon fangen Sie an mit diesem und jenem... ebenselbigem... und dergleichen mehr... Ich erinnere mich noch an alles!

LOMOV Ich auch!

ČUBUKOV *äfft ihn nach* Ich auch ... Und woran, wenn ich bitten darf?

LOMOV Ich habe Herzklopfen... Mein Fuß ist abgestorben... Ich kann nicht mehr.

NATALJA STEPANOVNA *äfft ihn nach* Ich habe Herzklopfen... Was sind Sie überhaupt für ein Jäger? Sie sollten in der Küche auf dem Ofen liegen und Kakerlaken knacken, aber nicht auf die Fuchshatz gehen! Herzklopfen...

ČUBUKOV Tatsächlich, was sind Sie schon für ein Jäger? Bei Ihrem Herzklopfen sollten Sie, genau, besser zu Hause bleiben und nicht im Sattel herumbaumeln. Wenn Sie wenigstens jagen würden, aber so reiten Sie doch nur mit, um Streit zu stiften und fremde Hunde zu behindern undsoweiter. Ich bin ein jähzorniger Mensch, lassen wir dieses Gespräch. Sie, genau, sind alles andere als ein Jäger!

LOMOV Und Sie sind ein Jäger? Sie reiten doch nur mit, um sich beim Grafen lieb Kind zu machen und zu intrigieren ... mein Herz ... Sie Intrigant!

ČUBUKOV Wa-as? Ich ein Intrigant? *Schreit.* Schweigen Sie!

LOMOV Intrigant.

ČUBUKOV Grünschnabel! Rotznase!

LOMOV Alte Ratte! Jesuit!

ČUBUKOV Schweig, sonst schieße ich dich mit der Donnerbüchse ab wie ein Rebhuhn! Fatzke!

LOMOV Jeder weiß, daß – oh, mein Herz! – Ihre verstorbene Frau Sie verprügelt hat ... Mein Fuß ... die Schläfen ... Sterne ... ich falle, ich falle! ...

ČUBUKOV Und dich hat deine Haushälterin unterm Pantoffel!

LOMOV Da, da, da ... mein Herz ist gesprungen! Es hat mir die Schulter weggerissen ... Wo ist meine Schulter? ... Ich sterbe! *Fällt in einen Sessel.* Einen Arzt! *Ohnmacht.*

ČUBUKOV Milchbart! Rotznase! Fatzke! Mir ist übel! *Trinkt Wasser.* Mir ist übel!

NATALJA STEPANOVNA Sie und ein Jäger! Sie können auf einem Pferd ja nicht mal sitzen. *Zu ihrem Vater.* Papa, was hat er? Papa! Sieh doch, Papa! *Kreischt auf.* Ivan Vasiljevič! Er ist tot!

ČUBUKOV Mir ist übel! ... Es verschlägt mir den Atem! ... Luft!

NATALJA STEPANOVNA Er ist tot! *Schüttelt Lomov am Ärmel.* Ivan Vasiljevič! Ivan Vasiljevič! Was haben wir angerichtet! Er ist tot! *Fällt in einen Sessel.* Einen Arzt, einen Arzt! *Hysterie.*

ČUBUKOV Och! ... Was ist denn? Was hast du?

NATALJA STEPANOVNA *stöhnt* Er ist tot! ... Tot!

ČUBUKOV Wer ist tot? *Mit einem Blick auf Lomov.* Tatsächlich, er ist tot! Großer Gott! Wasser! Einen Arzt! *Führt ein Glas Wasser an Lomovs Lippen.* Trinken Sie! ... Nein, er trinkt nicht ... Also ist er tot und dergleichen mehr ... Ich Unglücksmensch! Warum jage ich mir keine Kugel in den Kopf? Warum habe ich mir bis heute nicht die Kehle durchgeschnitten? Worauf warte ich noch? Gebt mir ein Messer! Gebt mir eine Pistole!

Lomov bewegt sich leicht.

Er lebt wieder auf, scheints ... Trinken Sie Wasser! ... Ja, so ...

LOMOV Sterne ... Nebel ... Wo bin ich?

ČUBUKOV Heiratet so schnell wie möglich, ihr beiden und – zum Waldschrat mit euch! Sie ist einverstanden! *Legt Lomovs Hand in die seiner Tochter.* Sie ist einverstanden und dergleichen mehr. Ich erteile euch meinen Segen undsoweiter. Nur mich laßt in Frieden!

LOMOV Wie? Was? *Richtet sich auf.* Wie was?

ČUBUKOV Sie ist einverstanden! Na? Küßt euch und ... und zum Teufel mit euch!

NATALJA STEPANOVNA *stöhnt* Er lebt ... Ja, ja, ich bin einverstanden ...

ČUBUKOV Küßt euch!

LOMOV Wie? Wie was? *Küßt sich mit Natalja Stepanovna.* Sehr angenehm ... Erlauben Sie, worum geht es? Ah ja, verstehe ... Mein Herz ... Sterne ... Ich bin glücklich, Natalja Stepanovna ... *Küßt ihr die Hand.* Mein Fuß ist abgestorben ...

NATALJA STEPANOVNA Ich ... ich bin ebenfalls glücklich ...

ČUBUKOV Ein Berg fällt mir vom Herzen ... Uff!

NATALJA STEPANOVNA Aber ... trotzdem, geben Sie jetzt wenigstens zu: Ugadaj ist schlechter als Otkataj.

LOMOV Besser!

NATALJA STEPANOVNA Schlechter!

ČUBUKOV Da gehts schon los mit dem Familienglück! Champagner!

LOMOV Besser!

NATALJA STEPANOVNA Schlechter! Schlechter! Schlechter!

ČUBUKOV *versucht sie zu überschreien* Champagner! Champagner!

Vorhang

Tragöde wider Willen

(Aus dem Leben der Sommerfrischler)

Schwank in einem Akt

Personen

IVAN IVANOVIČ TOLKAČOV, Familienvater.
ALEKSEJ ALEKSEEVIČ MURAŠKIN, sein Freund.

Die Handlung spielt in Petersburg, in Muraškins Wohnung.

Muraškins Arbeitszimmer. Weiche Polstermöbel. – Muraškin sitzt am Schreibtisch. Tolkačov tritt ein, in den Händen einen gläsernen Lampenschirm, ein Kinderfahrrad, drei Hutkartons, ein großes Kleiderbündel, eine Basttasche voll Bierflaschen und viele kleine Bündel. Er läßt den leeren Blick durchs Zimmer schweifen und sinkt entkräftet auf das Sofa.

MURAŠKIN Guten Tag, Ivan Ivanyč! Wie ich mich freue! Wo kommst du her?

TOLKAČOV *schwer atmend* Mein Lieber, Liebster... Ich habe eine Bitte an dich... Ich flehe dich an... leih mir bis morgen deinen Revolver. Sei ein Freund!

MURAŠKIN Wozu brauchst du einen Revolver?

TOLKAČOV Ich brauche ihn... Oh, Gott!... Gib mir Wasser... Schnell, Wasser!... Ich brauche ihn... Nachts muß ich durch den dunklen Wald fahren, und da dachte ich... für alle Fälle. Leih ihn mir, sei so gut!

MURAŠKIN Du lügst doch, Ivan Ivanyč! Was zum Teufel für ein dunkler Wald? Wahrscheinlich hast du was vor? Ich sehe es dir an, du hast etwas Schlimmes vor! Aber was ist mit dir? Ist dir übel?

TOLKAČOV Warte, laß mich verschnaufen ... Oh, du lieber Gott. Ich bin hundemüde. Am ganzen Körper und im Schädel, als hätte jemand Schaschlyk aus mir gemacht. Ich kann es nicht länger ertragen. Sei ein Freund, stell keine Fragen, verlange keine Einzelheiten... gib mir den Revolver! Ich flehe dich an!

MURAŠKIN Genug jetzt! Ivan Ivanyč, was für ein Kleinmut? Du bist Familienvater, Staatsrat! Schäm dich!

TOLKAČOV Familienvater? Ein Märtyrer bin ich! Ein Packesel, Neger, Sklave, ein Schuft, der immer noch auf etwas wartet, anstatt sich ins Jenseits zu befördern! Ein Waschlappen bin ich, ein Holzkopf, ein Idiot! Wozu lebe ich? Wofür? *Springt auf.* Na, sage mir, wofür ich lebe? Wozu diese endlose Reihe moralischer und physischer Leiden? Märtyrer für eine Idee sein, das könnte ich verstehen, aber Märtyrer weiß der Teufel wofür, für Damenröcke und Lampenschirme, nein! – ergebenster Diener! Nein, nein, nein! Mir reicht es! Mir reichts!

MURAŠKIN Schrei nicht so, die Nachbarn können es hören!

TOLKAČOV Sollen sie es doch hören, mir ist es egal! Gibst du mir den Revolver nicht, gibt ihn mir ein anderer, ich werde nicht länger unter den Lebenden weilen! Das ist beschlossene Sache!

MURAŠKIN Halt, du hast mir einen Knopf abgerissen. Beruhige dich. Ich begreife immer noch nicht, worin ist dein Leben so schlecht?

TOLKAČOV Worin? Du fragst: worin? Bitte, ich werde es dir erzählen! Bitte sehr! Ich will mich dir gegenüber aussprechen, vielleicht wird mir davon leichter. Setzen wir uns. Also, hör zu... Oh, du lieber Gott, die Atemnot!... Nehmen wir zum Beispiel nur den heutigen Tag. Nehmen wir ihn. Wie du weißt, habe ich von zehn Uhr bis vier in der Kanzlei zu brummen. Eine Affenhitze, Schwüle, die Fliegen und, mein Lieber, ein unbeschreibliches Chaos. Der Sekretär hat Urlaub genommen, Chrapov ist auf Hochzeitsreise, das kleine Gelichter der Kanzleischreiber ist übergeschnappt vor Sommerhäusern, Amouren und Liebhaberaufführungen. Alle sind unausgeschlafen, übermüdet, halbtot vor Erschöpfung, daß du nichts Vernünftiges zustande bringst... Den Sekretär vertritt ein Subjekt, auf dem linken Ohr taub und verliebt; die Bittsteller, verblödet, rennen durcheinander und haben es eilig, sind böse, drohen – ein Tohuwabohu, daß man nach der Polizei rufen möchte. Ein Krawall, der reinste Hexensabbat. Und diese verdammte Arbeit: ein und dasselbe, ein und dasselbe,

Anfrage, Stellungnahme, Anfrage, Stellungnahme – eintönig wie die Meereswellen. Verstehst du, so, daß einem die Augen aus dem Kopf fallen. Gib mir Wasser... Du kommst aus der Behörde, zerschlagen, gerädert, möchtest essen gehen und dich aufs Ohr hauen, aber nein! – vergiß nicht, du bist Sommergast, das heißt, du bist ein Sklave, ein Dreck, ein Bastwisch, ein Lutschbonbon, also bitte, alter Hundesohn, mach dich auf die Socken und erledige die Aufträge. Es ist bei uns doch mittlerweile lieber Brauch: wenn der Sommergast in die Stadt fährt, dann ist, von der Frau Gemahlin zu schweigen, jedes Schwein von Nachbar befugt und berechtigt, ihm einen Sack mit Aufträgen aufzubinden. Die Frau Gemahlin verlangt, daß ich bei der Modistin vorbeifahre und sie beschimpfe, weil die Taille zu weit und die Schulterpartie zu eng ist; Sonjičkas Schuhe müssen umgetauscht werden, für die Schwägerin für 20 Kop. ponceaurote Seide nach Muster und drei Ellen Tresse... Hier, warte, ich lese dir vor. *Holt einen Zettel aus der Tasche und liest.* Lampenschirm; 1 Pfund Schinkenwurst; Nelken und Zimt zu 5 Kop.; Rizinusöl für Miša; 10 Pfund Puderzucker; von zu Hause den Kupferkessel und den Zuckermörser mitbringen; Karbolsäure, persisches Pulver, zu 10 Kop. Puder; 20 Flaschen Bier; Essigessenz und ein Korsett für M-lle Chanceau Größe Nr. 82... uff! und von zu Hause Mišas Übergangsmantel und Galoschen mitbringen. Soweit der Tagesbefehl der Frau Gemahlin und Familie. Jetzt die Aufträge der lieben Bekannten und Nachbarn, der Teufel soll sie holen. Vlasins feiern morgen Volodjas Namenstag, er soll ein Fahrrad bekommen; Frau Oberstleutnant Vichrin ist in anderen Umständen, deshalb bin ich verpflichtet, zur Hebamme zu fahren und um ihren Besuch zu bitten. Und so weiter undsoweiter. Fünf Zettel habe ich in der Tasche, und das Taschentuch besteht nur noch aus Knoten. Ja, mein Lieber, und so rennst du in der Zeit zwischen Dienst und Zug wie ein Hund durch die Stadt, mit hängender Zunge – rennst, rennst und verfluchst dein Leben. Vom Warenhaus in die Apotheke, von der Apotheke zur Modistin, von der Modistin ins Wurstgeschäft, von dort wieder in die Apotheke. Hier stolperst du, da vergißt du dein Geld, an der dritten Stelle vergißt du zu bezahlen, und man jagt dir mit Geschrei hinterher, an der vierten trittst du einer Dame auf die Schleppe... tffu! Diese Hetzerei macht dich fuchsteufelswild und so fertig, daß dir danach die ganze Nacht die Knochen knacken und du von Krokodilen träumst. Also, die Aufträge sind erledigt, alles ist besorgt, aber jetzt: wie verpackst du die ganze Musik? Wie zum Beispiel bringst du den schweren Kupfermörser nebst Stößel mit dem Lampenschirm unter einen Hut, oder die Karbolsäure mit dem Tee? Wie kombinierst du Bierflaschen mit diesem Fahrrad? Eine Sklavenarbeit, eine Denksportaufgabe, ein Rebus! Aber zerbrich dir nur den Kopf, denk dir alles mögliche aus, irgend etwas geht trotzdem zu Bruch, du verschüttest etwas, und auf dem Bahnhof und im Zug stehst du da mit verrenkten Armen, gespreizten Beinen, klemmst mit dem Kinn irgendein Bündel an dich, vollbehängt mit Tüten, Kartons und anderem Dreck. Fährt dann der Zug an, werfen die Leute dein Gepäck durch die Gegend: du hast mit deinen Sachen fremde Plätze belegt. Sie schreien, rufen nach dem Kondukteur, drohen dich aus dem Zug zu werfen, aber was soll ich denn machen? Ich stehe da und klimpere mit den Augen, wie ein verprügelter Esel. Jetzt hör weiter. Ich komme im Sommerhaus an. Hier möchte man einen trinken, nach all den Mühen der Gerechten, möchte essen und sich schnarchen legen – nicht wahr? –, aber nichts da. Die teure Frau Gemahlin liegt schon lange auf der Lauer. Kaum hast du die Suppe herunter, da macht sie schon zapzarapp! und der Knecht Gottes sitzt in der Falle: möchte er nicht bitte mitkommen zur Liebhaberaufführung oder in den Tanzklub? Wage ja nicht zu protestieren. Du bist der Ehemann, und das Wort »Ehemann« bedeutet, in die Sprache der Sommergäste übersetzt, ein stummes Tier, auf dem man reiten und Lasten befördern kann, soviel man will und ohne befürchten zu müssen, daß der Tierschutzverein einschreitet. Also, du gehst mit und machst große Augen über den »Skandal in einer edlen Familie« oder irgendeine »Motnja«, klatschst auf Befehl der Frau Gemahlin Beifall und siechst, siechst, siechst dahin und wartest nur darauf, daß dich jeden Augenblick der Schlag trifft. Im Klub darfst du den Tänzern zuschauen und für die liebe Frau Gemahlin Kavaliere aussuchen, und wenn Kavaliere fehlen, tanz die Quadrille bitte selber. Du tanzt mit irgendeiner Krivulja Ivanovna, lächelst idiotisch und denkst: »Wie lange noch, Herrgott?« Nach Mitternacht kommst du aus dem Theater oder vom Ball zurück, da bist du kein Mensch mehr, sondern ein halber Kadaver, zum Wegwerfen. Aber endlich hast du dein Ziel erreicht: du hast dich ausgezogen und liegst im Bett. Herrlich, schließ die Augen und schlaf... Es ist alles so schön, so poetisch und warm, verstehst du, kein Kindergeplärr nebenan, die Frau Gemahlin nicht da, ein reines Gewissen – schöner braucht es gar nicht zu sein. Du schläfst ein – und plötzlich... plötzlich hörst du: dss!... Mücken! *Springt auf.* Die Mücken, dreimal verflucht sollen sie sein, die Mücken! Eine ägyptische Plage, die Inquisition! Dss!... Das summt so kläglich, so kümmerlich, als ob es dich um Verzeihung bitte, aber beißt, das Viehzeugs, daß du dich eine ganze Stunde kratzen mußt. Du rauchst, schlägst nach ihnen, steckst den Kopf unter die Decke – es gibt keine Rettung. Schließlich und endlich pfeifst du drauf und läßt dich von ihnen zerfleischen: freßt, verfluchte Biester! Aber du hast dich an die Mückenstiche noch nicht gewöhnt, da kommt schon die nächste ägyptische Plage: unten im Saal beginnt die Frau Gemahlin mit ihren Tenören Romanzen einzustudieren. Den Tag über schlafen sie, nachts bereiten sie sich auf ihre Liebhaberkonzerte vor. Oh, du mein Gott! Tenöre sind solch eine Qual, kein Vergleich mit den Mükken. *Singt.* »Sag nicht, die Jugend hättest du zerstört...« »Und wieder stehe ich vor dir, bezaubert...« Oh, diese Halunken! Die Seele quälen sie dir aus dem Leib! Um sie wenigstens ein klein wenig zu übertönen, greife ich zu diesem Trick: ich klopfe mit dem Finger in Höhe des Ohrs gegen die Schläfe. Und so klopfe ich bis vier Uhr, bis sie endlich gehen. Oh, gib mir noch Wasser, mein Lieber… Ich kann nicht mehr… Ja, und so stehst du, unausgeschlafen, um sechs Uhr auf und Marsch – zur Bahnstation, zum Zug. Du rennst, hast Angst, dich zu verspäten, und draußen ist alles verdreckt, alles neblig, kalt, brr! Und kommst du in die Stadt, geht die Leier von vorn los. So ist das, mein Lieber. Ein Leben, kann ich dir sagen, ein Hundeleben, das man seinem schlimmsten Feind nicht wünscht. Verstehst du – ich bin krank! Atemnot, Sodbrennen, Angstzustände, der Magen will nicht mehr, mir wird schwarz vor Augen… Glaubst du, ich bin zum Psychopathen geworden… *Schaut sich um.* Aber das bleibt unter uns… Ich will Čečott oder Meržeevskij aufsuchen. Manchmal, mein Lieber, überkommt mich etwas Teuflisches. In Momenten der Wut und Verblödung, wenn die Mücken stechen oder die Tenöre singen, wird mir plötzlich schwarz vor Augen, plötzlich springst du auf, rennst wie besessen im ganzen Haus herum und schreist: »Blut will ich sehen! Blut!« Und tatsächlich, in solchen Momenten möchte man jemanden mit dem Messer durchbohren oder einen Stuhl auf seinem Schädel zertrümmern. Da siehst du, wohin die Sommerfrische führt! Und niemand bedauert dich, niemand hat Mitleid mit dir, es ist, als müßte alles so sein. Sie lachen dich noch aus. Aber begreif doch, ich bin ein Lebewesen, ich will leben! Das ist kein Vaudeville, sondern eine Tragödie! Hör zu, wenn du mir den Revolver nicht gibst, hab wenigstens Mitleid mit mir!

MURAŠKIN Das habe ich.

TOLKAČOV Ich sehe, was für Mitleid ihr habt… Leb wohl. Ich muß gehen, Strömlinge kaufen, Wurst… Zahnpulver brauche ich noch, und dann zum Bahnhof.

MURAŠKIN Wo ist dein Sommerhaus?

TOLKAČOV In Dochlaja rečka.

MURAŠKIN *freudig* Wirklich? Hör mal, kennst du da nicht eine Olga Pavlovna Finberg?

TOLKAČOV Doch. Ich bin sogar mit ihr bekannt.

MURAŠKIN Was du nicht sagst! Ist das ein Zufall! Wie gut sich das trifft, wie nett von dir…

TOLKAČOV Was denn?

MURAŠKIN Lieber Freund, Liebster, kannst du mir nicht eine kleine Bitte erfüllen? Sei ein Freund! Na, gib mir dein Ehrenwort, daß du sie erfüllst!

TOLKAČOV Was denn?

MURAŠKIN Tu es für mich, aus Freundschaft! Ich flehe dich an, Liebster! Erstens bestelle Olga Pavlovna einen Gruß, sage ihr, daß ich gesund und munter bin und ihr das Händchen küsse. Zweitens nimm ihr eine Kleinigkeit mit. Sie hat mich beauftragt, ihr eine Nähmaschine zu kaufen, und ich habe niemanden, der sie ihr bringt… Nimm sie ihr mit, Liebster! Und bei der Gelegenheit auch hier diesen Käfig mit dem Kanarienvogel… nur Vorsicht, sonst bricht das Türchen ab… Was schaust du mich so an?

TOLKAČOV Nähmaschine… Käfig mit dem Kanarienvogel… Zeisige… Hänflinge…

MURAŠKIN Ivan Ivanovič, was hast du denn? Wieso bist du rot angelaufen?

TOLKAČOV *stampft mit den Füßen auf* Her mit der Maschine! Wo ist der Käfig? Setz dich oben drauf! Friß den Menschen! Zerfleische ihn! Gib ihm den Rest! *Ballt die Fäuste.* Blut will ich sehen! Blut! Blut!

MURAŠKIN Du bist wahnsinnig geworden!

TOLKAČOV *geht auf ihn los* Blut! Blut!

MURAŠKIN *entsetzt* Er ist wahnsinnig geworden! *Schreit.* Petruška! Marja! Wo seid ihr? Hilfe, rettet mich!

TOLKAČOV *jagt ihn durchs Zimmer* Blut! Blut!

Vorhang

Die Hochzeit

Szene in einem Akt

Personen

EVDOKIM ZACHAROVIČ ŽIGALOV, Kollegienregistrator i. R.
NASTASJA TIMOFEEVNA, seine Frau.
DAŠENKA, ihre Tochter.
ĖPAMINOND MAKSIMOVIČ APLOMBOV, ihr Bräutigam.
FËDOR JAKOVLEVIČ REVUNOV-KARAULOV, Kapitän 2. Ranges i. R.
ANDREJ ANDREEVIČ NJUNIN, Agent einer Versicherungsgesellschaft.
ANNA MARTYNOVNA ZMEJUKINA, Hebamme, um die 30, im grell ponceauroten Kleid.
IVAN MICHAJLOVIČ JATJ, Telegraphist.
CHARLAMPIJ SPIRIDONOVIČ DYMBA, Konditor, Grieche.
DMITRIJ STEPANOVIČ MOZGOVOJ, Matrose der Freiwilligen Flotte.
Brautführer, Kavaliere, Lakaien und so fort.

Die Handlung spielt in einem der Säle der Speisewirtschaft Andropov.

Hell erleuchteter Saal. Großer Tisch, zum Festbankett gedeckt. An dem Tisch hantieren Lakaien im Frack. Hinter der Bühne spielt die Musik die letzte Figur einer Quadrille.

Zmejukina, Jatj und ein Brautführer (gehen über die Bühne).

ZMEJUKINA Nein, nein, nein!
JATJ *folgt ihr* Erbarmen! Erbarmen!
ZMEJUKINA Nein, nein, nein!
BRAUTFÜHRER *eilt ihnen nach* Herrschaften, so geht es nicht! Wo wollen Sie hin? Und der Grang-rong? Grang-rong, sil-wuplä!

Sie gehen ab.

Auftritt Nastasja Timofeevna und Aplombov.

NASTASJA TIMOFEEVNA Statt mich mit verschiedenen Wörtern zu belästigen, sollten Sie lieber tanzen gehen.
APLOMBOV Ich bin nicht irgendein Spinoza, daß ich mit den Füßen Kringel mache. Ich bin ein positiver Mensch mit Charakter und sehe keinerlei Zerstreuung in eitlen Vergnügungen. Aber es geht nicht ums Tanzen. Verzeihen Sie, maman, aber vieles an Ihrem Handeln verstehe ich nicht. Zum Beispiel hatten Sie mir, außer den Gegenständen des Hausgebrauchs, als Mitgift zu Ihrer Tochter zwei Lotterielose versprochen. Wo sind die?
NASTASJA TIMOFEEVNA Ich habe irgendwie Kopfweh ... Sicher vom Wetter ... Tauwetter wirds geben!
APLOMBOV Reden Sie nicht um den heißen Brei herum. Heute nämlich habe ich erfahren, daß Ihre Lose im Pfandhaus liegen.

Entschuldigen Sie, maman, aber so handeln einzig und allein Exploitateure. Ich sage das nicht aus Egoistizismus – ich brauche Ihre Lose nicht, sondern aus Prinzip, und mich reinzulegen, werde ich niemandem gestatten. Ich habe Ihre Tochter glücklich gemacht, und wenn Sie mir die Lose heute nicht geben, wird Ihre Tochter bei mir nichts zu lachen haben. Ich bin ein vornehmer Mensch!

NASTASJA TIMOFEEVNA *überblickt den Tisch und zählt die Gedecke* Eins, zwei, drei, vier, fünf…

LAKAI Der Koch läßt fragen, wie Sie das Eis zu servieren befehlen: mit Rum, mit Madeira, oder mit ohne?

APLOMBOV Mit Rum. Und sag dem Wirt, daß zuwenig Wein da ist. Sag, er soll noch Haut-Sauterne bringen lassen. *Zu Nastasja Timofeevna.* Außerdem hatten Sie versprochen und ausgemacht war, daß heute zum Essen ein General kommt. Wo ist er, fragt man sich?

NASTASJA TIMOFEEVNA Das, mein Lieber, ist nicht meine Schuld.

APLOMBOV Wessen dann?

NASTASJA TIMOFEEVNA Andrej Andreič ist schuld… Er war gestern bei uns und hat versprochen, einen leibhaftigen General mitzubringen. *Seufzt.* Sicher hat er nirgends einen gefunden, sonst hätte er ihn mitgebracht… Glauben Sie, uns sei das Geld zu schade? Für unser eigenes Kind ist uns nichts zu schade. Wenn es ein General sein soll, dann bitte – einen General…

APLOMBOV Aber weiter… Jedem, auch Ihnen, maman, ist bekannt: bevor ich Ihrer Dašenka den Antrag gemacht habe, hat ihr dieser Telegraphist Jatj den Hof gemacht. Warum haben Sie ihn eingeladen? Hätten Sie sich nicht denken können, daß mir das unangenehm ist?

NASTASJA TIMOFEEVNA Oh, wie heißt du doch? Epaminond Maksimyč, du bist noch keinen Tag lang verheiratet und machst mich und Dašenka schon wahnsinnig mit deinem Gerede. Wie soll das erst in einem Jahr werden? Stumpfsinnig bist du, uch, stumpfsinnig!

APLOMBOV Gefällt Ihnen die Wahrheit nicht? Aha! Eben, eben! Dann handeln Sie doch vornehm! Ich will von Ihnen nur das eine: seien Sie vornehm!

Durch den Saal tanzen, von einer Tür zur anderen, Paare den Grand-rond. Das erste Paar bilden der Brautführer und Dašenka, das letzte Jatj und Zmejukina. Das letzte Paar verlangsamt den Schritt und bleibt im Saal zurück.

Žigalov und Dymba kommen herein und gehen zum Tisch.

BRAUTFÜHRER *schreit* Promnad! Messjöh, Promnad! *Hinter der Bühne.* Promnad!

Die Paare ab.

JATJ *zu Zmejukina* Erbarmen! Erbarmen Sie sich, bezaubernde Anna Martynovna!

ZMEJUKINA Ach, Sie… Ich sagte Ihnen doch bereits, ich bin heute nicht bei Stimme.

JATJ Ich flehe Sie an, singen Sie! Nur einen einzigen Ton! Erbarmen Sie sich! Nur einen einzigen Ton!

ZMEJUKINA Sie gehen mir auf die Nerven… *Setzt sich und fächelt sich Luft zu.*

JATJ Nein, Sie sind einfach unbarmherzig! So ein grausames Geschöpf, gestatten Sie, mich so auszudrücken, und so eine wundervolle, wundervolle Stimme! Mit so einer Stimme, entschuldigen Sie den Ausdruck, darf man keine Geburtshilfe betreiben, sondern muß Konzerte singen in öffentlichen Versammlungen! Zum Beispiel, wie göttlich Sie diese Fioritur singen… die hier… *Singt.* »Ich habe Sie geliebt, doch liebte ich vergeblich…« Wundervoll!

ZMEJUKINA *singt* »Ich habe Sie geliebt, doch noch ist Liebe möglich...« Meinen Sie das?

JATJ Ja, genau! Wundervoll!

ZMEJUKINA Nein, ich bin heute nicht bei Stimme. Hier, fächeln Sie mir Luft zu... Eine Hitze ist das! *Zu Aplombov.* Ėpaminond Maksimyč, warum so melancholisch? Sie, der Bräutigam? Daß Sie sich nicht schämen, altes Scheusal! Woran denken Sie die ganze Zeit?

APLOMBOV Heiraten ist ein ernster Schritt! Der will gründlich und von allen Seiten durchdacht sein.

ZMEJUKINA Was seid ihr alle bloß für widerwärtige Skeptiker! In eurer Nähe ersticke ich noch... Gebt mir Atmosphäre! Hört ihr? Gebt mir Atmosphäre! *Fängt an zu singen.*

JATJ Wundervoll! Wundervoll!

ZMEJUKINA Fächeln Sie, fächeln Sie, sonst spüre ich, ich bekomme gleich eine Herzruptur. Sagen Sie bitte, wovon ist mir so stickig?

JATJ Das kommt, weil Sie schwitzen...

ZMEJUKINA Pfui, sind Sie vulgär! Unterstehen Sie sich, sich so auszudrücken!

JATJ Pardon! Natürlich, Sie sind ja, entschuldigen Sie den Ausdruck, aristokratische Gesellschaft gewöhnt und...

ZMEJUKINA Ach, lassen Sie mich in Frieden! Gebt mir Poesie, Begeisterung! Fächeln Sie, fächeln Sie...

ŽIGALOV *zu Dymba* Trinken wir noch einen, oder? *Schenkt ein.* Trinken darf man zu jeder Tages- und Nachtzeit. Hauptsache, Charlampij Spiridonyč, man vergißt sein Geschäft nicht. Trinke, um zu leben, aber lebe nicht, um zu trinken... Und wenn wir schon beim Trinken sind, warum dann nicht auch trinken? Trinken ist nicht verboten... Auf Ihr Wohl! *Sie trinken.* Gibt es bei Ihnen in Griechenland Tiger?

DYMBA Es gibt.

ŽIGALOV Und Löwen?

DYMBA Löwen es gibt auch. In Rußland es gibt nichts, in Griechenland es gibt alles. Dort ich habe meine Vater und Onkel und Brüder, aber hier – nichts.

ŽIGALOV Hm ... Und gibt es in Griechenland auch Pottwale?

DYMBA Es gibt alles.

NASTASJA TIMOFEEVNA *zu ihrem Mann* Warum müßt ihr schon vor dem Essen trinken? Erst sollten sich alle setzen. Und stocher nicht mit der Gabel am Hummer herum... der ist für den General. Vielleicht kommt er ja noch...

ŽIGALOV Und gibt es in Griechenland Hummer?

DYMBA Es gibt... Dort es gibt alles.

ŽIGALOV Hm... Und Kollegienregistratoren?

ZMEJUKINA Ich kann mir vorstellen, was in Griechenland für eine Atmosphäre ist!

ŽIGALOV Sicher gibt es dort auch viel Unehrlichkeit. Griechen sind doch genau wie die Armenier oder Zigeuner. Da verkauft dir einer einen Schwamm, oder einen Goldfisch, und ist doch nur darauf aus, dir zuviel abzugaunern. Trinken wir noch einen, oder?

NASTASJA TIMOFEEVNA Noch einen vorher? Wir sollten uns jetzt alle setzen. Es ist bald zwölf Uhr...

ŽIGALOV Zu Tisch, also zu Tisch. Herrschaften, ich bitte ergebenst! Zu Tisch! *Schreit.* Zu Tisch die jungen Leute!

NASTASJA TIMOFEEVNA Liebe Gäste, darf ich bitten! Setzen Sie sich!

ZMEJUKINA *setzt sich an den Tisch* Gebt mir Poesie! Und er, der Wilde, sucht den Sturm, als ob in Stürmen Ruhe wär. Gebt mir Sturm!

JATJ *beiseite* Eine bemerkenswerte Frau! Ich bin verliebt! Über beide Ohren verliebt!

Herein kommen Dašenka, Mozgovoj, die Brautführer, Kavaliere, Fräulein usw. Alle setzen sich geräuschvoll zu Tisch; einminütige Pause. Die Musik spielt einen Marsch.

MOZGOVOJ *steht auf* Meine Herrschaften! Ich muß Ihnen Folgendes sagen… Es stehn sehr viele Trinksprüche und Reden an. Schieben wir sie also nicht auf, sondern beginnen mit ihnen sofort. Meine Herrschaften, ich schlage vor: trinken wir auf die Jungvermählten!

Die Musik spielt einen Tusch. Hurra. Anstoßen.

MOZGOVOJ Sauer will versüßet sein!

ALLE Sauer! Sauer!

Aplombov und Dašenka küssen sich.

JATJ Wundervoll! Wundervoll! Ich muß Ihnen zum Ausdruck bringen, meine Herrschaften, um die gebotene Gerechtigkeit walten zu lassen, dieser Saal und überhaupt die Räumlichkeit sind großartig! Vorzüglich, bezaubernd. Nur wissen Sie, was zur wahren Festlichkeit fehlt? Die elektrische Beleuchtung, entschuldigen Sie den Ausdruck! In allen Ländern ist sie bereits eingeführt, die elektrische Beleuchtung, nur Rußland ist zurückgeblieben.

ŽIGALOV *tiefsinnig* Die Elektrizität… Hm… In meinen Augen ist elektrische Beleuchtung die pure Gaunerei… Da stecken sie ein Kohlestäbchen rein und denken, uns blauen Dunst vorzumachen! Nein, mein Bester, wenn schon Beleuchtung, dann gib uns kein Stäbchen Kohle, sondern was Richtiges, Handfestes, was zum Anfassen! Gib uns Feuer – verstehst du? – Feuer, das es in der Natur gibt und nicht in der Einbildung!

JATJ Wenn Sie schon einmal eine elektrische Batterie gesehen hätten, woraus die besteht, würden Sie anders reden.

ŽIGALOV Will ich gar nicht sehn, die Gaunerei. Die schmieren nur das einfache Volk an … Pressen die letzten Säfte heraus … Die kennen wir, die … Und Sie, mein Herr junger Mensch, sollten, statt hier für Gaunereien einzutreten, lieber was trinken und den anderen einschenken. Ist doch wahr!

APLOMBOV Ich stimme völlig mit Ihnen überein, Herr Papa. Wozu hier gelehrte Gespräche führen? Ich habe nichts dagegen, auch selbst über alle möglichen Entdeckungen im wissenschaftlichen Sinne zu sprechen, aber alles zu seiner Zeit! *Zu Dašenka.* Was ist deine Meinung, ma schär?

DAŠENKA Die wollen ihre Bildung vorzeigen und reden immer von Dingen, die keiner versteht.

NASTASJA TIMOFEEVNA Wir sind in unsrem Leben Gottseidank ohne Bildung ausgekommen und haben nun schon für die dritte Tochter einen guten Menschen gefunden. Wenn Sie finden, wir wären ungebildet, warum kommen Sie dann zu uns? Gehen Sie doch zu Ihren Gebildeten!

JATJ Ich, Nastasja Timofeevna, habe Ihre Familie stets verehrt, und wenn ich von elektrischer Beleuchtung sprach, so bedeutet das nicht, daß ich es aus Hochmut getan hätte. Bitte, ich kann sogar trinken. Ich habe Darja Evdokimovna immer einen guten Bräutigam gewünscht. Heutzutage, Nastasja Timofeevna, ist es schwer, einen guten Menschen zu finden. Heutzutage ist doch jeder, der in die Ehe eintritt, nur auf seinen Vorteil aus, aufs Geld …

APLOMBOV Das ist eine Anspielung!

JATJ *bekommt es mit der Angst* Da ist keine Spur von einer Anspielung … Ich spreche nicht von Anwesenden … Ich meine nur so … allgemein … Ich bitte Sie! Jeder weiß, daß Sie aus Liebe heiraten … Die Mitgift ist doch jämmerlich.

NASTASJA TIMOFEEVNA Nein, sie ist nicht jämmerlich! Reden ohne Sinn, mein Herr, bringt kein Gewinn! Außer eintausend Rubel in bar bekommt sie drei Saloppen, Bettwäsche und alle Möbel. Geh hin und finde so eine Mitgift noch einmal!

JATJ Nicht doch... Die Möbel sind wirklich schön und... und die Saloppen, natürlich, ich meinte nur, weil er beleidigt ist, ich hätte eine Anspielung gemacht.

NASTASJA TIMOFEEVNA Dann lassen Sie doch Ihre Anspielungen. Wir schätzen Sie wegen Ihrer Eltern und haben Sie zur Hochzeit eingeladen, und Sie da mit Ihrem Gerede. Wenn Sie gewußt haben, daß Ėpaminond Maksimyč um seines Vorteils willen heiratet, warum haben Sie dann bis heute geschwiegen? *Weinerlich.* Dabei habe ich es aufgezogen, gehegt und gepflegt... gehütet wie einen smaragdenen Diamanten, mein armes Mädelchen...

APLOMBOV Und Sie glauben ihm? Ergebensten Dank! Ich danke verbindlichst! *Zu Jatj.* Und Sie, Herr Jatj, sind zwar mein Bekannter, aber ich erlaube Ihnen in einem fremden Hause keine derartigen Unverschämtheiten! Wenn Sie bitte gehen würden!

JATJ Wie meinen?

APLOMBOV Ich wünschte, Sie wären ein Ehrenmann wie ich! Mit einem Wort, würden Sie bitte gehen!

Die Musik spielt einen Tusch.

KAVALIERE *zu Aplombov* Laß das! Hör schon auf! Lohnt das denn? Setz dich! Laß!

JATJ Nein, ich ... Ich habe doch ... Ich begreife nicht einmal... Bitte sehr, ich gehe... Nur geben Sie mir erst die fünf Rubel zurück, die Sie sich voriges Jahr von mir geliehen haben, für die Pikeeweste, entschuldigen Sie den Ausdruck. Ich trinke noch ein Glas und... und gehe, nur zahlen Sie zuerst Ihre Schulden zurück.

KAVALIERE Aufhören, aufhören! Es reicht! Lohnt das wegen solcher Lappalien?

BRAUTFÜHRER *schreit* Auf das Wohl der Brauteltern Evdokim Zacharyč und Nastasja Timofeevna!

Die Musik spielt einen Tusch. Hurra.

ŽIGALOV *gerührt, verbeugt sich nach allen Seiten* Ich danke Ihnen! Werte Gäste! Ich danke Ihnen sehr, daß Sie uns nicht vergessen haben und beehren, uns nicht verschmäht haben!... Und glauben Sie nicht, ich wäre ein Gauner oder es wäre Falschheit meinerseits, es kommt einfach von den Gefühlen! Direkt aus der Seele! Für gute Menschen ist uns nichts zu schade! Wir danken ergebenst! *Küßt sich mit den Gästen.*

DAŠENKA *zu ihrer Mutter* Mama, warum weinen Sie denn? Ich bin so glücklich!

APLOMBOV Maman ist erregt wegen der bevorstehenden Trennung. Ich dagegen würde ihr raten, lieber an unser vorhinniges Gespräch zu denken.

JATJ Nicht weinen, Nastasja Timofeevna! Denken Sie doch: was sind die Tränen des Menschen? Kleinmütige Psychiatrie und nichts weiter!

ŽIGALOV Und gibt es in Griechenland den echten Reizker?

DYMBA Es gibt. Dort es gibt alles.

ŽIGALOV Aber Pfifferlinge gibt es bestimmt keine.

DYMBA Pfifferlinge es gibt auch. Dort es gibt alles.

MOZGOVOJ Charlampij Spiridonyč, Sie sind an der Reihe mit Ihrer Rede! Meine Herrschaften, er soll seine Rede halten!

ALLE *zu Dymba* Eine Rede! Eine Rede! Er ist an der Reihe!

DYMBA Wieso? Ich nicht verstehe welche... Was ist das?

ZMEJUKINA Nein, nein! Keine Widerrede! Sie sind an der Reihe! Stehen Sie auf!

DYMBA *steht auf, verlegen* Ich kanne sagen so... Welche Rußland und welche Griechenland. Jetzt welche Leute in Rußland und welche in Griechenland... Und welche Siffe swimmen auf dem Meer, das heißt auf russisch Schiffe, und auf dem Land welche versiedene Eisenbahne... Wir sein Griechen, Sie sein Russen und ich nichts brauchen... Ich kanne sagen so... Welche Rußland und welche Griechenland.

Auftritt Njunin.

NJUNIN Halt, meine Herrschaften, noch nicht essen! Warten Sie! Nastasja Timofeevna, auf eine Minute! Kommen Sie hierher! *Führt Nastasja Timofeevna beiseite, atemlos.* Gleich kommt der General... Ich habe doch noch einen aufgetrieben... Ich bin völlig erledigt... Ein echter General, solider alter Herr, achtzig vielleicht, wenn nicht neunzig...

NASTASJA TIMOFEEVNA Und wann kommt er?

NJUNIN Jeden Augenblick. Ihr Lebtag werden Sie mir dankbar sein. Das ist kein General, sondern Zucker, ein Boulanger! Keine Fußtruppe, keine Infanterie, sondern von der Flotte! Dem Titel nach Kapitän zweiten Ranges, das ist bei denen auf See dasselbe wie Generalmajor, oder im Zivildienst Wirklicher Staatsrat. Entschieden dasselbe. Noch höher sogar.

NASTASJA TIMOFEEVNA Schwindelst du auch nicht, Andrjušenka?

NJUNIN Also nun, bin ich vielleicht ein Gauner, ja? Seien Sie ganz beruhigt!

NASTASJA TIMOFEEVNA *seufzt* Man wirft sein Geld nicht gern zum Fenster hinaus, Andrjušenka...

NJUNIN Seien Sie ganz beruhigt! Das ist kein General, sondern ein Bild von einem General! *Mit erhobener Stimme.* Ich sage also zu ihm: »Sie haben uns ganz vergessen, Euer Exzellenz, sage ich. Das ist nicht schön, Euer Exzellenz, seine alten Bekannten zu vergessen! Nastasja, sage ich, Timofeevna hat sich bitter über Sie beklagt!« *Geht an den Tisch und setzt sich.* Da sagt er: »Aber ich bitte dich, mein Freund, wie kann ich denn da hingehn, wenn ich den Bräutigam nicht einmal kenne?« – »Aber ich bitte Sie, Euer Exzellenz, wozu die Umstände? Der Bräutigam, sage ich, ist ein sehr guter Mensch, eine Seele von einem Menschen. Er arbeitet, sage ich, als Taxator bei der Kreditkasse, aber glauben Sie nicht, Euer Exzellenz, er wäre so eine Jammergestalt oder ein

Herzbube. In Kreditkassen, sage ich, arbeiten heutzutage sogar schon adelige Damen.« Da klopfte er mir auf die Schulter, wir rauchten eine Havanna-Zigarre, und jetzt kommt er ... Halt, Herrschaften, noch nicht essen...

APLOMBOV Und wann kommt er?

NJUNIN Jeden Augenblick. Als ich von ihm fortging, hatte er schon die Galoschen in der Hand. Halt, Herrschaften, noch nicht essen.

APLOMBOV Dann muß jetzt also ein Marsch gespielt werden...

NJUNIN *schreit* He, Musiker! Einen Marsch!

Die Musik spielt eine Minute lang einen Marsch.

LAKAI *meldet* Herr Revunov-Karaulov!

Žigalov, Nastasja Timofeevna und Njunin laufen ihm entgegen.

Auftritt Revunov-Karaulov.

NASTASJA TIMOFEEVNA *verbeugt sich* Herzlich willkommen, Euer Exzellenz! Sehr angenehm!

REVUNOV Überaus!

ŽIGALOV Euer Exzellenz, wir sind keine angesehenen, keine hochgestellten Menschen, wir sind einfache Leute, aber denken Sie nicht, es wäre Falschheit meinerseits oder irgendeine Gaunerei. Gute Menschen haben bei uns den ersten Platz, für sie ist uns nichts zu schade. Herzlich willkommen!

REVUNOV Überaus erfreut!

NJUNIN Darf ich vorstellen, Euer Exzellenz! Das ist der jungvermählte Ėpaminond Maksimyč Aplombov mit seiner junggebor... ich meine jungvermählten Gemahlin! Ivan Michajlovič Jatj, Angestellter im Telegraphenamt! Der Ausländer griechischen Namens aus dem Konditorgewerbe Charlampij Spiridonyč Dymba! Osip Lukič Babelmandebskij! Und so weiter undsoweiter... Alle übrigen sind kleine Fische. Setzen Sie sich, Euer Exzellenz!

REVUNOV Überaus! Pardon, meine Herrschaften, ich muß Andrjuška zwei Worte sagen. *Führt Njunin beiseite.* Ich bin ein bißchen verlegen, Freundchen... Wieso nennst du mich Euer Exzellenz? Ich bin doch kein General! Kapitän 2-ten Ranges, das ist sogar noch unter dem Oberst.

NJUNIN *spricht ihm ins Ohr, als sei er taub* Ich weiß, Fëdor Jakovlevič, aber haben Sie die Güte, erlauben Sie uns, Sie mit Euer Exzellenz anzureden! Die Familie hier, wissen Sie, ist patriarchalisch, verehrt die Vorgesetzten und liebt die Ehrbezeugung vor Ranghöheren...

REVUNOV Ja, wenn das so ist... *Geht an den Tisch.* Überaus!

NASTASJA TIMOFEEVNA Setzen Sie sich, Euer Exzellenz! Haben Sie die Güte! Greifen Sie zu, Euer Exzellenz! Nur müssen Sie entschuldigen, Sie sind von Hause aus Feineres gewöhnt, bei uns geht es einfach zu!

REVUNOV *hat nicht richtig verstanden* Was? Hm... Jawohl.

Pause.

Jawohl... Früher haben die Menschen immer einfach gelebt und waren zufrieden. Ich habe zwar Rang und Titel, und lebe trotzdem einfach... Kommt heute Andrjuša zu mir und lädt mich hier bei Ihnen zur Hochzeit ein. Wie kann ich da hingehn, sage ich, wenn ich niemanden kenne? Das ist doch peinlich! Aber da sagt er: »Das sind einfache Leute, patriarchalische, die freuen sich über jeden Gast...« Ja, wenn das so ist... warum nicht? Freut mich sehr. Zu Hause langweile ich mich allein, und wenn meine Anwesenheit auf der Hochzeit jemandem Vergnügen bereitet, dann tu ihm den Gefallen, sage ich...

ŽIGALOV Also, von Herzen, Euer Exzellenz! Ich verehre Sie!

Ich selbst bin ein einfacher Mensch, ohne alle Gaunerei, ich verehre Menschen wie Sie. Essen Sie, Euer Exzellenz!

APLOMBOV Sind Sie schon lange außer Diensten, Euer Exzellenz?

REVUNOV Wie? Ja, ja ... so ist es ... Das stimmt. Jawohl ... Aber verzeihen Sie, was soll denn das heißen? Der Salzhering ist sauer... das Brot sauer. Das kann man unmöglich essen.

ALLE Sauer! Sauer!

Aplombov und Dašenka küssen sich.

REVUNOV He-he-he... Auf Ihr Wohl.

Pause.

Tja... Früher war alles einfach und alle waren zufrieden... Ich liebe die Einfachheit... Ich bin ja schon alt, habe 1865 meinen Abschied genommen... Ich bin zweiundsiebzig Jahre alt... Ja. Natürlich geht es nicht ohne das, auch früher hat man gelegentlich dem Überfluß gehuldigt, aber... *Hat Mozgovoj gesehen.* Sie da... Matrose, wie?

MOZGOVOJ Sehr wohl.

REVUNOV Aha... So ist das... Ja... Der Dienst zur See war immer schwer. Da hatte man was zu knobeln und sich den Kopf zu zerbrechen. Da hat jedes unbedeutende Wort sozusagen seinen besonderen Sinn! Zum Beispiel: In die Wanten, enter auf! Fock und Großsegel los! Was bedeutet das? Der Matrose verstehts! He-he. Das ist eine Mathematik für sich!

NJUNIN Auf das Wohl Seiner Exzellenz Fëdor Jakovlevič Revunov-Karaulov!

Die Musik spielt einen Tusch. Hurra.

JATJ Euer Exzellenz, Sie beliebten sich soeben betreffs der Schwierigkeiten des Dienstes bei der Flotte zu äußern. Aber ist der im Telegraphenamt denn leichter? Heute, Euer Exzellenz, kann niemand in den Telegraphendienst treten, der nicht französisch und deutsch lesen und schreiben kann. Aber das schwierigste bei uns ist die Telegrammübermittlung. Furchtbar kompliziert! Wollen Sie bitte zuhören. *Klopft mit der Gabel auf den Tisch, das Tickern eines Morsetelegraphen imitierend.*

REVUNOV Und was bedeutet das?

JATJ Das bedeutet: ich verehre Sie, Euer Exzellenz, wegen Ihrer Tugend. Denken Sie, das ist leicht? Oder das hier... *Klopft.*

REVUNOV Lauter... Ich höre nichts...

JATJ Das bedeutet: Madame, wie bin ich glücklich, Sie in meinen Armen zu halten!

REVUNOV Was denn für eine Madame? Ja... *Zu Mozgovoj.* Und wenn man voll vor dem Wind segelt und... und man muß Unterbram- und Oberbramsegel setzen! Da lautet das Kommando: An die Salings, enter auf! Unterbram- und Oberbramsegel los... Und während an den Rahen die Segel gehißt werden, holen sie an Unterbram- und Oberbramsegel die Schotten durch, Fallen und Brassen...

BRAUTFÜHRER *steht auf* Meine sehr verehrten Herren und meine sehr verehrten Da...

REVUNOV *unterbricht* Tjaa... Da gibt es noch viele Kommandos ... Ja ... Unterbramschoten und Oberbramschoten durchholen, Fallen los!! Nicht wahr? Aber was bedeutet das und was ist der Sinn? Ganz einfach! Sie holen Unterbram- und Oberbramschoten durch und heißen die Fallen ... alles gleichzeitig! Wobei die Oberbramschoten und Fallen beim Hissen gleichgezogen werden und, je nachdem, die Brassen von den Segeln gefiert, und wenn die Schoten durchgeholt sind, die Fallen gehißt, werden Unterbrambrassen und Oberbrambrassen durchgeholt und die Rahen gebraßt, je nach Windrichtung...

NJUNIN *zu Revunov* Fëdor Jakovlevič, die Gastgeberin bittet Sie, von etwas anderem zu sprechen. Die Gäste verstehen nichts davon und finden es langweilig...

REVUNOV Was? Wer findet es langweilig? *Zu Mozgovoj.* Junger Mensch! Und wenn zum Beispiel das Schiff am Wind liegt und man unter vollen Segeln über Steuerbord halsen und vor den Wind gehen will. Wie lautet da das Kommando? Na so: Alle Mann an Deck! Halse über Steuerbordbug!... He-he...

NJUNIN Genug, Fëdor Jakovlevič! Essen Sie.

REVUNOV Und sowie alle Mann an Deck sind, lautet das Kommando: An die Plätze! Halse über Steuerbordbug! Ach, das ist ein Leben! Man gibt das Kommando und schaut zu, wie die Matrosen in Blitzesschnelle an ihre Plätze stürzen und Bram und Brassen auseinandertragen. Dann hält man es einfach nicht aus und ruft: Prachtvoll, Jungs! *Verschluckt sich und hustet.*

BRAUTFÜHRER *beeilt sich, die eingetretene Pause zu nutzen* An diesem sozusagen heutigen Tage, an dem wir, versammelt zu Ehren unseres geliebten...

REVUNOV *unterbricht* Jawohl! Und alles muß man im Kopf behalten! Zum Beispiel: Fockschot, Großsegelschot fieren!...

BRAUTFÜHRER *beleidigt* Warum unterbricht er dauernd. So kommen wir mit keiner einzigen Rede zu Ende!

NASTASJA TIMOFEEVNA Wir sind ungebildet, Euer Exzellenz, wir verstehen einfach nichts davon, erzählen Sie uns lieber etwas aus Anlaß der Ehe...

REVUNOV *hat nicht gehört* Danke, ich habe bereits gegessen. Was ist zähe, sagten Sie? Danke sehr... Ja. Die alten Zeiten... Aber es ist schon herrlich, junger Mensch! Da segelt man dahin auf dem Meer, kennt keine Sorgen und... *mit bebender Stimme* kennen Sie die Begeisterung, wenn man über den Bug wendet? Welchem Seemann schlägt das Herz nicht höher beim Gedanken an dieses Manöver?! Denn kaum ertönt das Kommando: Alle Mann an Deck! Wende über den Bug – durchzuckt es alle wie ein elektrischer Funke. Angefangen vom Kommandanten bis hinunter zum letzten Matrosen – alles fiebert vor Erregung...

ZMEJUKINA Wie langweilig! Wie langweilig!

Allgemeines Murren.

REVUNOV *hat nicht richtig gehört* Danke, ich habe bereits gegessen. *Mit Hingabe.* Alles ist bereit, alles hat die Augen auf den Ersten Offizier gerichtet... An die Fock- und Großsegelbrassen steuerbord, an die Kreuzbrassen backbord, an die Konterbrassen backbord! kommandiert der Erste Offizier. Alles augenblicklich ausgeführt... Fockschot, Klüverschot fieren... hart steuerbord! *Steht auf.* Das Schiff neigt sich zum Wind, und endlich killen die Segel. Der Erste Offizier: – An den Brassen, an den Brassen nicht schlafen, und er selbst richtet den Blick aufs Großtoppsegel, und wenn, endlich, auch dieses Segel killt, das heißt der Augenblick der Wende eingetreten ist, ertönt mit Donnerstimme das Kommando: Großtoppsegel auf, Brassen los! Dann fliegt alles und flattert – der Turm zu Babel! –, alles fehlerlos ausgeführt. Die Wende ist geschafft!

NASTASJA TIMOFEEVNA *aufbrausend* Ein General, und ein Benehmen wie ein Flegel... Auf Ihre alten Tage sollten Sie sich schämen!

REVUNOV Wie war die Frage? Was soll ich nehmen? Nein, ich habe bereits gegessen... Danke sehr.

NASTASJA TIMOFEEVNA *laut* Sie sollten sich schämen, auf Ihre alten Tage! Ein General, und benimmt sich wie ein Flegel!

NJUNIN *verlegen* Aber meine Herrschaften... lohnt das denn? Also wirklich...

REVUNOV Erstens bin ich kein General, sondern Kapitän zweiten Ranges, was in der militärischen Rangtabelle dem Oberstleutnant entspricht.

NASTASJA TIMOFEEVNA Wenn Sie kein General sind, wofür

haben Sie dann Geld genommen? Wir haben Ihnen kein Geld gezahlt, damit Sie sich wie ein Flegel benehmen!

REVUNOV *befremdet* Was für Geld?

NASTASJA TIMOFEEVNA Sie wissen schon, was für welches. Sie haben doch wohl von Andrej Andreevič einen Viertelhunderter bekommen... *Zu Njunin.* Und du, Andrjušenka, schäm dich! So einen habe ich dich nicht gebeten zu angaschieren!

NJUNIN Da haben wirs... Lassen Sie mich! Lohnt das denn?

REVUNOV Engagieren... bezahlen... Was soll das heißen?

APLOMBOV Aber erlauben Sie... Sie haben doch von Andrej Andreevič fünfundzwanzig Rubel bekommen?

REVUNOV Was für fünfundzwanzig Rubel? *Hat begriffen.* Ach, so ist das! Jetzt verstehe ich alles ... Wie ekelhaft! Wie ekelhaft!

APLOMBOV Sie haben das Geld doch bekommen?

REVUNOV Keinerlei Geld habe ich bekommen! Scheren Sie sich fort! *Kommt hinter dem Tisch hervor.* Wie ekelhaft! Was für eine Niedertracht! Einen alten Menschen, einen Seemann, verdienten Offizier so zu beleidigen!... Wenn das eine anständige Gesellschaft wäre, könnte ich jemanden zum Duell fordern, aber so, was kann ich schon tun? *Verloren.* Wo ist die Tür? Nach welcher Seite soll ich gehen? Bedienung, führ mich hinaus! Bedienung! *Geht.* Was für eine Niedertracht! Wie ekelhaft! *Geht ab.*

NASTASJA TIMOFEEVNA Andrjušenka, wo sind denn die fünfundzwanzig Rubel?

NJUNIN Ja, lohnt es sich denn, über solche Lappalien zu reden? Was spielt das schon für eine Rolle! Hier sind alle fröhlich, und Sie reden weiß der Teufel wovon... *Schreit.* Auf das Wohl der Jungvermählten! Musik, einen Marsch! Musik!

Die Musik spielt einen Marsch.

Auf das Wohl der Jungvermählten!

ZMEJUKINA Mir ist so stickig! Gebt mir Atmosphäre! In eurer Nähe ersticke ich!

JATJ *begeistert* Sie sind wundervoll! Wundervoll!

Lärm.

BRAUTFÜHRER *versucht, den Lärm zu überschreien* Meine sehr verehrten Herren und meine sehr verehrten Damen! An diesem sozusagen heutigen Tage...

Vorhang

Die Nacht vor der Verhandlung

Ein Fragment

Personen

FËDOR NIKITYČ GUSEV, Herr in würdigem Alter.
ZINOČKA, seine junge Frau.
ALEKSEJ ALEKSEIČ ZAJCEV, Reisender.
STATIONSAUFSEHER.

Die Handlung spielt auf einer Poststation in einer Winternacht.

Poststation. Ein düsteres Zimmer mit verrußten Wänden, große Divane, mit Wachstuch bezogen. Ein gußeisernes Öfchen mit einem Rohr, das sich durch das ganze Zimmer zieht.

Zajcev (mit Koffer), Stationsaufseher (mit einer Kerze).

ZAJCEV Und ein Gestank ist hier bei Ihnen, Señor! Man bekommt kaum Luft! Es stinkt nach Siegellack, irgendwas Saurem, nach Wanzen... Pfui!

STATIONSAUFSEHER Ohne Geruch geht es nicht.

ZAJCEV Wecken Sie mich morgen um sechs Uhr... Und daß die Trojka bereitsteht... Ich muß gegen neun Uhr in der Stadt sein.

STATIONSAUFSEHER Geht in Ordnung...

ZAJCEV Wie spät ist es jetzt?

STATIONSAUFSEHER Halb zwei... *Geht ab.*

ZAJCEV *zieht Pelz und Filzstiefel aus* Ist das kalt! Ich bin halb verrückt vor Kälte... Ich habe gerade das Gefühl, als hätte man mich mit Schnee beworfen, mit Wasser übergossen und dann ganz fürchterlich verdroschen ... Solche Schneeverwehungen, solch ein höllischer Schneesturm, daß man meint, noch fünf Minuten an der Luft, und es ist Schluß aus vorbei. Ich bin erledigt. Und das alles weshalb? Schön, wenn ich zum Stelldichein führe oder eine Erbschaft anzutreten, aber ich fahre doch ins eigene Verderben... Ein schrecklicher Gedanke... Morgen tagt in der Stadt das Kreisgericht, und ich fahre dorthin – als Angeklagter. Die Anklage lautet auf versuchte Bigamie, Fälschung des Testaments meiner Großmutter um eine Summe von nicht mal dreihundert Rubel und versuchter Mord an einem Billardmarqueur. Die Geschworenen werden mich vergattern – daran besteht kein

Zweifel. Heute bin ich hier, morgen abend im Gefängnis, und ein halbes Jahr später – in den kalten Schluchten Sibiriens... Brrr!

Pause.

Übrigens, ich habe einen Ausweg aus der schrecklichen Lage. Ich habe einen! Für den Fall, daß mich die Geschworenen vergattern, wende ich mich an meinen alten Freund... Den treuen, zuverlässigen Freund! *Holt aus dem Koffer einen großen Revolver.* Hier ist er! Na, mein Kleiner? Den habe ich bei Čeprakov gegen zwei Hunde eingetauscht. Mit dem ist sogar sich Erschießen ein Vergnügen gewissermaßen... *Zärtlich.* Kleiner, bist du auch geladen? *Mit feiner Stimme, als antworte er für den Revolver.* Ja, ich bin geladen... *Mit seiner Stimme.* Sicher knallt es wie der Donner, wenn du losgehst? *Fein.* Ja, wie der Donner... *Mit seiner Stimme.* Ach du mein dummer kleiner Liebling... Komm, leg dich schlafen... *Küßt den Revolver und legt ihn in den Koffer zurück.* Sowie ich höre »schuldig«, sofort macht es – peng! mir in die Stirn, und aus der Traum... Aber ich bin verteufelt durchgefroren... Brrr! Muß mich aufwärmen... *Macht Armgymnastik und hüpft vor dem Öfchen auf und ab.* Brrr!

Zinočka schaut zur Tür herein und verschwindet sofort wieder.

Was war das? Mir war, als habe jemand zu dieser Tür hereingeschaut... Hm... Ja, da hat jemand hereingeschaut... Also habe ich Nachbarn? *Horcht an der Tür.* Nichts zu hören... Kein Ton... Sicher ebenfalls Reisende... Schön wäre, sie zu wecken und, wenn es anständige Menschen sind, sich mit ihnen zu einer Partie Whint hinzusetzen... Groß Schlemm ohne Trumpf! Interessante Geschichte, hol mich der Teufel... Und noch schöner, wenn es eine Frau wäre. Nichts kann ich allerdings weniger ausstehen als Reiseabenteuer... Man ist auf Reisen und rennt manchmal in einen Roman hinein, wie man ihn bei keinem Turgenev findet... Ich erinnere mich, wie ich einmal auf dieselbe Weise im Gouvernement Samara unterwegs war. Ich stieg in einer Poststation ab... Es ist Nacht, verstehen Sie, im Ofen zirpt das Heimchen, Stille... Ich sitze am Tisch und trinke Tee... Plötzlich höre ich ein geheimnisvolles Rascheln... Die Tür geht auf und...

ZINOČKA *hinter der Tür* Es ist empörend! Nicht auszuhalten! Das ist keine Poststation, sondern eine Frechheit! *Schaut zur Tür herein, schreit.* Aufseher! Aufseher! Wo stecken Sie?

ZAJCEV *beiseite* Ist sie nicht reizend? *Zu ihr.* Gnädige Frau, der Aufseher ist nicht da. Dieser Flegel schläft jetzt. Was wünschen Sie? Kann ich Ihnen nicht helfen?

ZINOČKA Es ist schrecklich, schrecklich! Die Wanzen wollen mich vermutlich ganz auffressen!

ZAJCEV Wirklich? Die Wanzen? Ach ... wie können sie es wagen?

ZINOČKA *unter Tränen* Mit einem Wort, es ist schrecklich! Ich reise sofort ab! Sagen Sie diesem Schurken von Aufseher, er soll die Pferde anspannen! Die Wanzen haben mir alles Blut ausgesogen!

ZAJCEV Sie Ärmste! Sie sind so hübsch, und plötzlich... Nein, das ist unmöglich!

ZINOČKA *schreit* Aufseher!

ZAJCEV Gnädige Frau... mademoiselle...

ZINOČKA Ich bin nicht mademoiselle... Ich bin verheiratet...

ZAJCEV Um so besser ... *Beiseite.* Entzückend! *Zu ihr.* Ich meine, ich will sagen, da ich nicht die Ehre habe, gnädige Frau, Ihren Namen zu kennen, und da ich meinerseits ein anständiger Mensch von Adel bin, erkühne ich mich, Ihnen meine Dienste anzutragen... Ich kann Ihrem Kummer abhelfen...

ZINOČKA Wie das?

ZAJCEV Ich habe die schöne Angewohnheit – immer persisches Pulver mit mir zu führen... Erlauben Sie, es Ihnen reinen Herzens anzutragen, aus tiefster Seele!

ZINOČKA Ach ja, bitte!

ZAJCEV Dann werde ich es gleich... sofort... aus dem Koffer holen. *Läuft zum Koffer und wühlt darin.* Was für Äuglein, das Näschen... Das gibt einen Roman! Ich ahne es! *Reibt sich die Hände.* Das ist nun mal meine fortune: kaum lande ich irgendwo auf einer Poststation, schon gibt es einen Roman... Sie ist so hübsch, daß mir sogar Funken aus den Augen stieben... Da ist es! *Kehrt an die Tür zurück.* Hier ist Ihr Erlöser...

Zinočka streckt hinter der Tür die Hand aus.

Nein, wenn Sie erlauben, komme ich zu Ihnen ins Zimmer und streue es selbst.

ZINOČKA Nein, nein... Wie könnten Sie zu mir ins Zimmer kommen?

ZAJCEV Warum denn nicht? Da ist doch nichts Besonderes dabei, um so mehr... um so mehr, als ich Arzt bin, und Ärzte und Damenfriseure haben das Recht, ins Privatleben einzudringen...

ZINOČKA Schwindeln Sie auch nicht, daß Sie Arzt sind? Im Ernst?

ZAJCEV Ehrenwort!

ZINOČKA Na, wenn Sie Arzt sind ... meinetwegen ... Nur, wozu wollen Sie sich die Mühe machen? Ich kann doch meinen Mann zu Ihnen schicken ... Fedja! Fedja! Wach doch auf, du Walroß.

Stimme Gusevs: »Ah?«

Komm her, der Doktor ist so liebenswürdig, uns persisches Pulver anzubieten. *Verschwindet.*

ZAJCEV Fedja! Besten Dank, welche Überraschung! Kommt wie gerufen, dieser Fedja! Hol ihn der Teufel! Kaum hat man sich bekannt gemacht, wie es sich gehört, hat eben noch glücklich gelogen, sich als Arzt ausgegeben, und plötzlich – Fedja ... Als hätte man mich mit kaltem Wasser übergossen ... Die kriegt kein persisches Pulver ... Und hübsch ist sie auch nicht ... Die hergelaufene Fratze ... nicht Fisch, nicht Fleisch ... Nicht ausstehen kann ich solche Frauen!

GUSEV *in Chalat und Nachtmütze* Habe die Ehre, Sie zu begrüßen, Doktor ... Meine Frau sagte mir eben, Sie hätten persisches Pulver.

ZAJCEV *grob* Jawoll!

GUSEV Seien Sie so gut, geben Sie uns ein wenig davon. Die Karawanzerei ist in der Übermacht ...

ZAJCEV Nehmen Sie!

GUSEV Ich danke ergebenst ... Bin Ihnen sehr dankbar. Hat auch Sie der Schneesturm überrascht?

ZAJCEV Ja!

GUSEV Tja ... ein schreckliches Wetter ... Und wohin belieben Sie zu reisen?

ZAJCEV In die Stadt.

GUSEV Wir fahren ebenfalls in die Stadt. Morgen habe ich dort Schwerstarbeit zu leisten, ich sollte schlafen, aber gegen die Karawanzerei ist man machtlos ... Unsere Poststationen sind eine Unverschämtheit. Wanzen, Kakerlaken, alle möglichen Skorpione ... Wenn es in meiner Macht stünde, ich würde sämtlichen Stationsaufsehern wegen der Wanzen Artikel 112 Zivilstrafgesetz aufbrummen, wie den Bauern, die ihr Vieh frei herumlaufen lassen. Ich bin Ihnen sehr dankbar, Doktor ... In welchen Krankheiten belieben Sie zu praktizieren?

ZAJCEV In Brust ... und ... und in Kopfkrankheiten.

GUSEV Tja ... Habe die Ehre ... *Geht ab.*

ZAJCEV Verdammter Popanz. Wenn es in meiner Macht stünde, würde ich ihn von Kopf bis Fuß in persischem Pulver verbuddeln. Ausnehmen würde ich die Canaille, zehn Runden hintereinander würde er keine drei Stiche machen! Oder noch besser eine Partie Billard und ihm aus Versehen das Queue in die Rippen stoßen, daß er noch eine Woche daran denkt... Statt einer Nase so einen Knollen, im ganzen Gesicht blaue Adern, eine Warze auf der Stirn und... erdreistet sich plötzlich, so eine Frau zu haben! Was hat er für ein Recht? Es ist empörend! Nein, das ist sogar gemein... Und da fragt man noch, warum ich das Leben so düster sehe? Da soll einer nicht zum Pessimisten werden!

GUSEV *in der Tür* Zinočka, genier dich nicht... Er ist Arzt! Stell dich nicht an und frag ihn... Du brauchst keine Angst zu haben... Šervecov hat dir nicht geholfen, er kann dir vielleicht helfen... *Zu Zajcev.* Entschuldigen Sie, Doktor, wenn ich Sie behellige. Sagen Sie bitte, wovon hat meine Frau so eine Beklemmung auf der Brust? Der Husten, wissen Sie... bedrückt sie, so als ob etwas geronnen wäre... Woher kommt das?

ZAJCEV Das setzt ein langes Gespräch voraus... Auf Anhieb ist das nicht zu bestimmen...

GUSEV Ja nun? Zeit haben wir... schlafen können wir sowieso nicht. Untersuchen Sie sie, mein Bester!

ZAJCEV *beiseite* Ganz schön reingefallen bin ich da!

GUSEV *ruft* Zina! was bist du nur für eine, wirklich... *Zu ihm.* Sie geniert sich... Ist schüchtern, ganz wie ich... Tugend ist ja was Schönes, aber wozu die Extreme? Sich vor dem Arzt zu genieren, wenn man krank ist, das ist schon das Letzte...

ZINOČKA *kommt herein* Wirklich, es ist mir so peinlich...

GUSEV Schon gut, schon gut... *Zu ihm.* Ich muß dazu bemerken, sie ist bei Šervecov in Behandlung. Er ist ein guter, herzensguter Mensch, ein lustiger Patron, der was von seiner Sache versteht, aber ... wer kennt sich da schon aus? Ich habe kein Vertrauen zu ihm! Es ist mehr ein Gefühl, aber was will man machen! Ich sehe, Doktor, Sie sind indisponiert, aber seien Sie so liebenswürdig!

ZAJCEV Ich... ich habe nichts dagegen... Schon gut... *Beiseite.* Ist das eine Situation!

GUSEV Untersuchen Sie sie, und ich gehe derweil zum Aufseher und lasse ihn den Samovar anheizen... *Geht ab.*

ZAJCEV Bitte setzen Sie sich...

Sie setzen sich.

Wie alt sind Sie?

ZINOČKA Zweiundzwanzig...

ZAJCEV Hm... Ein gefährliches Alter. Bitte Ihren Puls! *Fühlt den Puls.* Hm... Tja...

Pause.

Worüber lachen Sie?

ZINOČKA Schwindeln Sie auch nicht, daß Sie Arzt sind?

ZAJCEV Auch das noch! Wofür halten Sie mich? Hm... der Puls ist in Ordnung... Tja... Und das kleine weiche Händchen... Hols der Teufel, ich liebe Reiseabenteuer! Da fährt man und fährt und trifft plötzlich auf so ein... Händchen... Lieben Sie die Medizin?

ZINOČKA Ja.

ZAJCEV Wie angenehm! Schrecklich angenehm! Bitte Ihren Puls!

ZINOČKA Aber, aber, aber... halten Sie sich in Grenzen!

ZAJCEV Dieses Stimmchen, die Äuglein huschen hin und her... Allein von dem Lächeln kann man verrückt werden... Ist Ihr Mann eifersüchtig? Sehr? Ihren Puls... allein der Puls, und ich sterbe vor Glück!

ZINOČKA Aber erlauben Sie, mein Herr... Mein Herr! Ich sehe, Sie halten mich für so eine... Sie täuschen sich, mein Herr! Ich bin verheiratet, mein Mann hat seine Stellung in der Gesellschaft.

ZAJCEV Ich weiß, ich weiß, aber bin denn ich schuld, daß Sie so schön sind?

ZINOČKA Und ich, mein Herr, erlaube Ihnen nicht... Bitte

lassen Sie mich, sonst muß ich Maßnahmen ergreifen … Mein Herr! Ich liebe und achte meinen Mann zu sehr, als daß ich einem hergelaufenen Frechling auf Durchreise erlauben würde, mir die verschiedensten Trivialitäten zu sagen … Sie täuschen sich zu sehr, wenn Sie meinen, ich wäre… Da kommt, glaube ich, mein Mann… Ja, ja, er kommt… Was schweigen Sie denn? Worauf warten Sie? Na los… nun küssen Sie mich schon!

ZAJCEV Liebste. *Küßt sie.* Mein Kätzchen, Spätzchen! *Küßt sie.*

ZINOČKA Aber, aber, aber…

ZAJCEV Mein Katerchen… *Küßt sie.* Mäuschen… *Sieht Gusev hereinkommen.* Noch eine Frage: wann ist der Husten stärker – dienstags oder donnerstags?

ZINOČKA Samstags…

ZAJCEV Hm… Bitte Ihren Puls!

GUSEV *beiseite* Als hätte sich hier jemand geküßt … Genau dasselbe wie bei Šervecov… Verstehe einer diese Medizin… *Zu seiner Frau.* Zinočka, nimm das ernst… So geht es nicht… Man darf seine Gesundheit nicht vernachlässigen! Du mußt aufmerksam zuhören, was der Doktor dir sagt. Die Medizin macht heute Riesenfortschritte! Riesenschritte!

ZAJCEV Oh, ja! Sehen Sie, ich muß Ihnen sagen … Die Gesundheit Ihrer Frau ist einstweilen nicht in Gefahr, aber wenn sie sich nicht ernstlich behandeln läßt, kann ihre Krankheit böse enden: mit Herzruptur und Entzündung des Gehirns…

GUSEV Siehst du, Zinočka! Siehst du! Solche Sorgen habe ich mit dir… ich kann es kaum mit ansehen, wirklich…

ZAJCEV Ich verschreibe ihr gleich etwas… *Reißt aus dem Meldebuch der Station einen Fetzen Papier, setzt sich und schreibt.* Sic transit… zwei Drachmen… Gloria mundi … eine Unze… Aquae destillatae … zwei Gran … Nehmen Sie dieses Pulver, dreimal am Tag…

GUSEV In Wasser oder in Wein?

ZAJCEV In Wasser.

GUSEV In abgekochtem?

ZAJCEV Ja, in abgekochtem.

GUSEV Darf ich Ihnen meinen aufrichtigen Dank sagen, Doktor…

Das Jubiläum
Schwank in einem Akt

Personen

ŠIPUČIN ANDREJ ANDREEVIČ, Verwaltungsratspräsident der Gesellschaft für wechselseitigen Kredit in N., ein junger Mann, trägt Monokel.

TATJANA ALEKSEEVNA, seine Frau, 25 Jahre alt.

CHIRIN KUZMA NIKOLAEVIČ, Buchhalter der Bank, ein alter Mann.

MERČUTKINA NASTASJA FEDOROVNA, eine alte Frau in Saloppe.

Mitglieder der Bank.

Angestellte der Bank.

Die Handlung spielt in der N-schen Bank für wechselseitigen Kredit.

Arbeitszimmer des Verwaltungsratspräsidenten. Links eine Tür, die ins Kontor der Bank führt. Zwei Schreibtische. Die Einrichtung anspruchsvoll, betont luxuriös: samtbezogene Möbel, Blumen, Statuen, Teppiche, Telephon. – Mittag.

Chirin allein; er trägt Filzstiefel.

CHIRIN *schreit zur Tür hinaus* Schickt jemand in die Apotheke, Baldriantropfen zu fünfzehn Kopeken holen, und laßt ins Zimmer des Direktors frisches Wasser bringen! Hundertmal muß man es euch sagen! *Geht an seinen Tisch.* Ich bin völlig erledigt. Da schreibe ich nun schon den vierten Tag und mache kein Auge zu; von morgens bis abends schreibe ich hier, von abends bis zum Morgen zu Hause. *Hustet.* Und dann noch die Entzündung im ganzen Körper. Schüttelfrost, Fieber, Husten, in den Beinen das Reißen und vor den Augen solche … Ausrufewörter. *Setzt sich.* Unser Zieraffe von Direktor, dieser Halunke, will heute auf der Generalversammlung einen Vortrag halten: »Unsere Bank in der Gegenwart und in der Zukunft«. Der Westentaschengambetta… *Schreibt.* Zwei… eins… eins… sechs… null… sieben… Dann sechs… null… eins… sechs… Er will Staub aufwirbeln, und ich kann hier sitzen und für ihn arbeiten wie ein Zuchthäusler!… Er hat zu diesem Vortrag nur die Lyrik geliefert, sonst nichts, und ich kann den lieben langen Tag auf dem Rechenbrett klappern, der Teufel hole seine Seele!… *Klappert auf dem Rechenbrett.* Ich kann es nicht ausstehn! *Schreibt.* Also, eins… drei… sieben… zwei… eins… null… Aber er hat versprochen, mich für meine Mühen zu belohnen. Wenn heute alles klappt und es ihm gelingt, den Leuten ein X für ein U vorzumachen, hat er mir eine Gedenkmünze in Gold und dreihundert Belohnung versprochen ... Wir werden sehen. *Schreibt.* Aber wenn meine Mühen umsonst waren, dann, Freundchen, gnade dir Gott... Ich bin ein jähzorniger Mensch... Wenn mich die Wut packt, Freundchen, kann ich ein Verbrechen begehen... Jawohl!

Hinter der Bühne Lärm. Stimme Šipučins: »Ich danke! Ich danke! Ich bin gerührt!« Auftritt Šipučin. Er trägt Frack und weiße Krawatte; in den Händen das ihm soeben überreichte Album.

ŠIPUČIN *in der Tür stehend und zum Kontor gewandt* Dieses Ihr Geschenk, teure Kollegen, werde ich bis zu meinem Tode aufbewahren als Erinnerung an die glücklichsten Tage meines Lebens! Jawohl, meine Herren! Noch einmal: ich danke Ihnen! *Wirft einen Luftkuß nach draußen und geht zu Chirin.* Mein teurer, mein hochverehrter Kuzma Nikolaič!

Während er auf der Bühne ist, kommen von Zeit zu Zeit Angestellte mit Papieren zur Unterschrift und gehen wieder ab.

CHIRIN *steht auf* Habe die Ehre, Andrej Andreič, Ihnen zum fünfzehnten Jahrestag unserer Bank zu gratulieren, und wünsche Ihnen, daß...

ŠIPUČIN *drückt ihm kräftig die Hand* Ich danke, mein Teurer! Ich danke! Aus Anlaß des heutigen bedeutsamen Tages, unseres Jubiläums, finde ich, können wir uns küssen!...

Sie küssen sich.

Ich freue, freue mich sehr! Dank für Ihre Dienste... für alles, alles Dank! Wenn ich, solange ich die Ehre habe, Verwaltungsratsvorsitzender dieser Bank zu sein, je etwas Nützliches getan habe, so verdanke ich das vor allem meinen Kollegen. *Seufzt.* Ja, mein Lieber, fünfzehn Jahre! Fünfzehn Jahre, so wahr ich Šipučin heiße! *Lebhaft.* Und, was macht mein Vortrag? Bewegt er sich voran?

CHIRIN Ja. Es fehlen noch fünf Seiten.

ŠIPUČIN Sehr schön. Also wird er bis drei Uhr fertig?

CHIRIN Wenn mich niemand stört, ja. Es fehlen nur noch ein paar Lappalien.

ŠIPUČIN Großartig. Großartig, so wahr ich Šipučin heiße! Die Generalversammlung beginnt um vier. Bitte, Täubchen, geben Sie mir die erste Hälfte, ich will sie studieren... Geben Sie her... *Nimmt den Vortrag.* In diesen Vortrag setze ich große Hoffnungen... Das ist meine profession de foi, oder besser gesagt, mein Feuerwerk... Mein Feuerwerk, so wahr ich Šipučin heiße! *Setzt sich und liest für sich den Vortrag.* Aber müde bin ich, höllisch müde... Nachts hatte ich einen Podagraanfall, den ganzen Morgen habe ich mit Besorgungen und Laufereien zugebracht, dann diese Aufregungen, Ovationen, diese Agitation... müde bin ich!

CHIRIN *schreibt* Zwei... null... null... drei... neun... zwei... null... Mir ist grün vor Augen von all diesen Zahlen... Drei... eins... sechs... vier... eins... fünf... *Klappert auf dem Rechenbrett.*

ŠIPUČIN Und noch eine Unannehmlichkeit... Heute morgen war Ihre Frau Gemahlin bei mir und hat sich wieder über Sie beschwert. Sie sagte, Sie seien gestern abend auf sie und Ihre Schwägerin mit dem Messer losgegangen. Kuzma Nikolaič, wie sieht das denn aus? Aj-aj!

CHIRIN *schroff* Andrej Andreič, ich erdreiste mich aus Anlaß des Jubiläums, eine Bitte an Sie zu richten. Ich bitte Sie, und sei es aus Respekt vor meiner Zuchthäuslerarbeit, sich nicht in mein Familienleben einzumischen. Ich bitte darum!

ŠIPUČIN Sie haben einen unmöglichen Charakter, Kuzma Nikolaič! Sie sind ein sehr guter, ehrenwerter Mensch, aber Frauen gegenüber benehmen Sie sich wie ein Jack. Wirklich. Ich begreife nicht, warum Sie sie so hassen?

CHIRIN Und ich begreife nicht, warum Sie sie so lieben.

Pause.

ŠIPUČIN Die Angestellten haben mir eben dieses Album überreicht, und die Aktionäre, wie ich höre, wollen mir eine Grußadresse und eine Silberkanne überreichen... *Spielt mit dem Monokel.* Das ist schön, so wahr ich Šipučin heiße! Das wird seine Wirkung nicht verfehlen ... Die Reputation der Bank braucht nun mal einen gewissen Pomp, zum Teufel! Sie gehören zum Haus, Sie wissen das natürlich... Die Grußadresse habe ich selber geschrieben, die Silberkanne selber gekauft... Na schön, und der Einband der Grußadresse hat fünfundvierzig Rubel gekostet, aber ohne das geht es nicht. Von selbst wären die nie drauf gekommen. *Schaut sich um.* Und was sagen Sie zu der Einrichtung? Ist das eine Einrichtung? Da wird immer gesagt, ich sei kleinlich, ich würde darauf bestehen, daß die Türklinken geputzt sind, daß die Angestellten moderne Krawatten tragen, daß vor dem Eingang ein dicker Portier steht. Nein nein, meine Herren! Türklinken und dicke Portiers sind keine Kleinigkeiten. Bei mir zu Hause kann ich ein Spießbürger sein, da kann ich essen und schlafen wie ein Schwein, mich vollaufen lassen...

CHIRIN Bitte keine Anspielungen!

ŠIPUČIN Wer macht denn hier Anspielungen! Was haben Sie für einen unmöglichen Charakter ... Also, ich sage Ihnen: zu Hause kann ich Spießer, Parvenü sein und meinen Gewohnheiten gehorchen, aber hier – bitte alles en grand. Das hier ist die Bank! Hier muß jedes Detail imponieren, sozusagen, durch sein triumphales Aussehen. *Hebt vom Boden einen Papierfetzen auf und wirft ihn in den Kamin.* Mein Verdienst besteht gerade darin, daß ich die Reputation der Bank gesteigert habe! ... Der

Ton macht die Musik! So wahr ich Šipučin heiße! *Mustert Chirin.* Mein Teurer, jeden Augenblick kann die Deputation der Aktionäre hier erscheinen, und Sie in Filzstiefeln, mit diesem Schal... in einer Jacke von undefinierbarer Farbe... Sie hätten den Frack anziehen sollen oder, na, den schwarzen Gehrock...

CHIRIN Mir ist meine Gesundheit wichtiger als Ihre Herren Aktionäre. Ich habe eine Entzündung im ganzen Körper.

ŠIPUČIN *erregt* Aber geben Sie zu, das ist Unordnung! Sie ruinieren das ganze Ensemble!

CHIRIN Wenn die Deputation kommt, kann ich mich ja verstecken. Das ist nicht weiter schlimm ... *Schreibt.* Sieben ... eins... sieben... zwei... eins... fünf... null... *Klappert auf dem Rechenbrett.* Auch ich kann Unordnung nicht ausstehn! Sie hätten gut daran getan, zum Jubiläumsbankett keine Damen einzuladen...

ŠIPUČIN Ach was, Lappalien...

CHIRIN Ich weiß, damit es schicker aussieht, holen Sie sich heute den ganzen Saal voller Damen, aber sehen Sie sich vor, die vermasseln Ihnen die ganze Sache. Von denen hat man nichts als Schaden und Unordnung.

ŠIPUČIN Im Gegenteil, die weibliche Gesellschaft erhebt uns.

CHIRIN Jaja... Ihre Frau Gemahlin, eine gebildete Frau, wie mir scheint, hat am Montag vergangener Woche Dinge losgelassen, daß ich noch zwei Tage später fassungslos war. Fragt sie doch plötzlich: – »Stimmt es, daß mein Mann für unsere Bank Aktien der Drjažsko-Prjažsker Bank gekauft hat, die an der Börse tief gefallen sind? Ach, mein Mann macht sich solche Sorgen!« Das vor Außenstehenden! Und wozu Sie das vor ihr ausplaudern, begreife ich nicht! Wollen Sie vielleicht in einen Strafprozeß hineingezogen werden?

ŠIPUČIN Genug davon, genug! Für ein Jubiläum ist das alles zu düster. A propos, Sie haben mich dran erinnert. *Schaut auf die Uhr.* Gleich muß ja meine kleine Gemahlin kommen. Eigentlich hätte ich zum Bahnhof fahren, sie abholen müssen, die Ärmste, aber ich hatte keine Zeit und ... ich bin müde. Offen gestanden freut es mich nicht, daß sie kommt! Das heißt, es freut mich, aber mir wäre lieber gewesen, wenn sie noch ein, zwei Tage bei ihrer Mutter geblieben wäre. Sie wird verlangen, daß ich heute den ganzen Abend mit ihr verbringe, dabei ist für heute nach dem Bankett ein kleiner Ausflug vorgesehen ... *Zuckt zusammen.* Aber ich bekomme schon wieder dieses nervöse Zucken. Meine Nerven sind so angespannt, daß schon die kleinste Lappalie genügt, daß ich anfange zu weinen! Nein, man muß stark sein, so wahr ich Šipučin heiße!

Auftritt Tatjana Alekseevna, im Waterproof und mit einer Reisetasche über der Schulter.

ŠIPUČIN Bah! Wenn man von ihm spricht!

TATJANA ALEKSEEVNA Liebster! *Läuft auf ihren Mann zu, langer Kuß.*

ŠIPUČIN Wir haben eben von dir gesprochen! ... *Schaut auf die Uhr.*

TATJANA ALEKSEEVNA *außer Atem* Hast du Sehnsucht gehabt? Geht es dir gut? Ich war noch gar nicht zu Hause, sondern bin vom Bahnhof direkt hierher. Ich muß dir so vieles, so vieles erzählen ... ich kann es gar nicht aushalten ... Ablegen werde ich nicht, ich komme nur auf eine Minute. *Zu Chirin.* Guten Tag, Kuzma Nikolaič! *Zu ihrem Mann.* Ist zu Hause alles in Ordnung?

ŠIPUČIN Alles. Und du hast in dieser Woche zugenommen, bist hübscher geworden ... Wie war die Reise?

TATJANA ALEKSEEVNA Sehr schön. Mama und Katja lassen dich grüßen. Von Vasilij Andreič soll ich dir einen Kuß geben. *Küßt ihn.* Die Tante schickt dir ein Glas Varenje, und alle sind böse, weil du nicht schreibst. Von Zina soll ich dir einen Kuß geben. *Küßt ihn.* Ach, wenn du wüßtest, was alles war! Was alles war! Ich traue mich gar nicht, es dir zu erzählen! Ach, was alles war! Aber ich sehe, du freust dich gar nicht über mein Kommen!

ŠIPUČIN Im Gegenteil... Liebste... *Küßt sie.*

Chirin hustet zornig.

TATJANA ALEKSEEVNA Ach, die arme Katja, die arme Katja! Sie tut mir ja so leid, so leid!

ŠIPUČIN Wir haben heute unser Jubiläum. Liebste, jeden Augenblick kann die Deputation der Aktionäre hier erscheinen, und du bist nicht angezogen.

TATJANA ALEKSEEVNA Ach ja, das Jubiläum! Gratuliere, meine Herren... Ich wünsche Ihnen... Heute ist also die Versammlung, das Bankett ... Das liebe ich. Und weißt du noch, die schöne Grußadresse, an der du so lange gesessen hast für die Aktionäre der Bank? Wird sie dir heute vorgetragen?

Chirin hustet zornig.

ŠIPUČIN *verlegen* Liebste, darüber spricht man nicht... Wirklich, du solltest nach Hause fahren.

TATJANA ALEKSEEVNA Gleich, gleich. In einer Minute erzähle ich dir und fahre. Ich erzähle dir alles von Anfang an. Also... Als du mich zum Bahnhof gebracht hattest, weißt du noch, da setzte ich mich neben diese füllige Dame und fing an zu lesen. Im Zugabteil mag ich keine Gespräche. Drei Stationen habe ich gelesen und zu niemandem ein Wort... Ja, dann wurde es Abend, und weißt du, mir kamen lauter so düstere Gedanken! Mir gegenüber saß ein junger Mann, ganz nett, ziemlich hübsch, dunkelblond... Nun, wir kamen ins Gespräch... Ein Matrose kam hinzu, dann ein Student... *Lacht.* Ich hatte ihnen gesagt, ich sei unverheiratet... Wie die mir den Hof gemacht haben! Wir unterhielten uns bis tief in die Nacht, der Dunkelblonde erzählte furchtbar komische Witze, der Matrose sang dauernd. Die Brust tat mir weh vor Lachen. Und als der Matrose – ach, diese Matrosen! –, als der Matrose durch Zufall erfuhr, daß ich Tatjana heiße, weißt du, was er da gesungen hat? *Singt mit Baßstimme.* »Onegin, ach, du wirst es ahnen, unsäglich liebe ich Tatjanen!…« *Lacht.*

Chirin hustet zornig.

ŠIPUČIN Aber, Tanjuša, wir stören Kuzma Nikolaič. Fahr nach Hause, Liebes… Erzähl es mir später…

TATJANA ALEKSEEVNA Nein nein, er soll es auch hören, es ist hochinteressant. Ich bin gleich zu Ende. Serëža holte mich ab. Dann war da ein junger Mann, Steuerinspektor, glaube ich… ganz hübsch, vor allem die Augen… Serëža stellte ihn vor, und wir fuhren zu dritt… Das Wetter war herrlich…

Hinter der Bühne Stimmen: – »Das geht nicht! Das geht nicht! Was wünschen Sie?«

Auftritt Merčutkina.

MERČUTKINA *in der Tür, die Leute abwehrend* Faßt mich nicht an! Das fehlte noch! Ich muß ihn selber sprechen!… *Kommt herein, zu Šipučin.* Habe die Ehre, Euer Exzellenz… Ehefrau des Gouvernementssekretärs, Nastasja Fëdorovna Merčutkina.

ŠIPUČIN Was wünschen Sie?

MERČUTKINA Belieben Sie zu sehen, Euer Exzellenz, mein Mann, der Gouvernementssekretär Merčutkin, war fünf Monate krank, und während er zu Hause lag und behandelt wurde, hat man ihn ohne jeden Grund in den Ruhestand versetzt, Euer Exzellenz, und als ich sein Gehalt abholen ging, da hatten sie ihm, belieben Sie zu sehen, von seinem Gehalt vierundzwanzig

Rubel sechsunddreißig Kopeken abgezogen. Warum? frage ich. »Die hatte er sich«, sagen sie, »von der Genossenschaftskasse geliehen, die andern hatten für ihn gebürgt.« Wie das? Wie hätte er das ohne meine Erlaubnis tun können? Unmöglich, Euer Exzellenz! Ich bin eine arme Frau, ernähre mich nur durch Zimmervermieten... Ich bin eine schwache, schutzlose Frau... Von jedem erdulde ich Kränkungen und höre von niemandem ein gutes Wort.

ŠIPUČIN Gestatten Sie... *Nimmt ihr die Bittschrift ab und liest im Stehen.*

TATJANA ALEKSEEVNA *zu Chirin* Aber ich muß von Anfang an erzählen... Vorige Woche bekomme ich plötzlich einen Brief von Mama. Sie schreibt, meiner Schwester Katja habe ein gewisser Grendilevskij einen Heiratsantrag gemacht. Ein sehr schöner, bescheidener junger Mann, aber gänzlich mittellos und ohne bestimmte Stellung. Und zum Unglück, stellen Sie sich vor, hatte Katja sich in ihn verliebt. Was tun? Mama schreibt, ich solle unverzüglich kommen und auf Katja Einfluß nehmen...

CHIRIN *grob* Gestatten, Sie bringen mich aus dem Konzept! Sie plappern von Mama und Katja, und ich hier komme aus dem Konzept und begreife nichts.

TATJANA ALEKSEEVNA Das macht doch nichts! Hören Sie lieber zu, wenn eine Dame mit Ihnen spricht! Wieso sind Sie heute so zornig? Sind Sie verliebt? *Lacht.*

ŠIPUČIN *zu Merčutkina* Aber gestatten Sie, was soll das? Ich begreife nichts...

TATJANA ALEKSEEVNA Sind Sie verliebt? Aha! Rot geworden ist er!

ŠIPUČIN *zu seiner Frau* Tanjuša, Liebste, geh für einen Augenblick ins Kontor. Ich komme gleich.

TATJANA ALEKSEEVNA Ist gut. *Geht ab.*

ŠIPUČIN Ich begreife kein Wort. Offensichtlich, gnädige Frau, sind Sie hier an der falschen Stelle. Ihre Bitte betrifft uns nicht.

Wenden Sie sich an die Behörde, bei der Ihr Ehemann gedient hat.

MERČUTKINA Ich, Väterchen, war schon an fünf verschiedenen Stellen, nirgends hat man meine Bittschrift auch nur angenommen. Ich hatte schon den Kopf verloren, aber dank meinem Schwager Boris Matveič, dem fiel ein, zu Ihnen zu gehen. »Mamaša«, sagt er, »wenden Sie sich an Herrn Šipučin: er ist ein einflußreicher Mann, der kann alles ...« Helfen Sie mir, Euer Exzellenz!

ŠIPUČIN Frau Merčutkina, wir können nichts für Sie tun. Verstehen Sie: Ihr Mann, soweit ich das ersehen kann, hat bei der Militärmedizinischen Behörde gedient, unsere Einrichtung dagegen ist eine rein private, kommerzielle, wir sind eine Bank. Ist das denn nicht zu begreifen?

MERČUTKINA Euer Exzellenz, und dafür, daß mein Mann krank war, habe ich ein ärztliches Attest. Hier ist es, wenn Sie es anzuschauen belieben.

ŠIPUČIN *gereizt* Sehr schön, ich glaube Ihnen, wiederhole aber, das betrifft uns nicht.

Hinter der Bühne Tatjana Alekseevnas Gelächter; dann männliches Gelächter.

ŠIPUČIN *mit einem Blick zur Tür* Sie hält die Angestellten von der Arbeit ab. *Zu Merčutkina.* Es ist sonderbar und geradezu lächerlich. Weiß denn Ihr Mann nicht, an wen Sie sich zu wenden haben?

MERČUTKINA Ach, Euer Exzellenz, der weiß doch nie was. Der sagt immer nur: »das geht dich nichts an, geh raus!« und das ist alles.

ŠIPUČIN Ich wiederhole, gnädige Frau: Ihr Mann hat bei der Militärmedizinischen Behörde gedient, das hier ist eine Bank, eine private, kommerzielle Einrichtung...

MERČUTKINA Ja, ja, ja... Ich verstehe, Väterchen. Wenn das so ist, Euer Exzellenz, dann lassen Sie mir doch fünfzehn Rubel auszahlen! Es muß ja nicht alles auf einmal sein.

ŠIPUČIN *seufzt* Uff!

CHIRIN Andrej Andreič, so komme ich mit dem Vortrag nie zu Ende!

ŠIPUČIN Gleich. *Zu Merčutkina.* Daß Ihnen das nicht in den Kopf will. Begreifen Sie doch: sich mit einer solchen Bitte an uns zu wenden ist genauso sonderbar, wie ein Gesuch um Ehescheidung zum Beispiel in der Apotheke einzureichen oder beim Eichamt.

Klopfen an der Tür. Stimme Tatjana Alekseevnas: »Andrej, darf ich reinkommen?«

Schreit. Warte, Liebste, gleich! *Zu Merčutkina.* Sie haben Ihr Geld nicht bekommen, aber was haben wir damit zu tun? Außerdem, gnädige Frau, haben wir heute unser Jubiläum, wir sind beschäftigt... jeden Augenblick kann jemand hereinkommen... Sie müssen entschuldigen...

MERČUTKINA Euer Exzellenz, haben Sie Mitleid mit einer armen Waise! Ich bin eine schwache, schutzlose Frau... Ich bin zu Tode erschöpft... Streite dich mit den Mietern herum, kümmer dich um deinen Mann, um den Haushalt, den stellungslosen Schwager.

ŠIPUČIN Frau Merčutkina, ich ... Nein, entschuldigen Sie, ich kann nicht länger mit Ihnen sprechen! Mir dreht sich der Kopf!... Sie stören uns und verlieren nur Ihre Zeit... *Seufzt, beiseite.* Dumm wie Bohnenstroh, so wahr ich Šipučin heiße! *Zu Chirin.* Kuzma Nikolaič, erklären bitte Sie Frau Merčutkina, daß... *Winkt ab und geht ins Kontor.*

CHIRIN *geht auf Merčutkina zu, barsch* Sie wünschen?

MERČUTKINA Ich bin eine schwache, schutzlose Frau ... Ich

sehe vielleicht kräftig aus, aber wenn man hinschaut, ist kein gesundes Äderchen mehr an mir! Ich kann mich kaum auf den Beinen halten und habe allen Appetit verloren. Nicht mal der Kaffee hat mir heute geschmeckt.

CHIRIN Ich frage Sie, was Sie wünschen?

MERČUTKINA Lassen Sie mir fünfzehn Rubel auszahlen, Väterchen, den Rest in einem Monat.

CHIRIN Aber man hat Ihnen doch, scheint mir, auf gut russisch gesagt: das hier ist eine Bank!

MERČUTKINA Ja, ja... Und wenn nötig, kann ich ein medizinisches Attest vorlegen.

CHIRIN Haben Sie einen Kopf auf den Schultern oder was?

MERČUTKINA Liebster, ich bitte doch nur um etwas, das mir gesetzlich zusteht. Fremdes Gut begehr ich nicht.

CHIRIN Ich frage Sie, Madame: haben Sie einen Kopf auf den Schultern oder was? Ach zum Teufel, ich habe keine Zeit, mit Ihnen zu sprechen! Ich bin beschäftigt. *Zeigt zur Tür.* Bitte sehr!

MERČUTKINA *erstaunt* Ja und das Geld?

CHIRIN Mit einem Wort, Sie haben keinen Kopf auf den Schultern, sondern das hier... *Klopft mit dem Finger auf den Tisch, dann sich an die Stirn.*

MERČUTKINA *beleidigt* Was? Nein nein... Mach das mit deiner Frau... Ich bin eine Frau Gouvernementssekretär... Mit mir geht das nicht!

CHIRIN *aufbrausend, halblaut* Raus hier!

MERČUTKINA Na, na, na... Nicht mit mir!

CHIRIN *halblaut* Wenn du hier nicht augenblicklich verschwindest, lasse ich den Portier holen! Raus! *Stampft mit den Füßen auf.*

MERČUTKINA Nein nein! Ich habe keine Angst! Solche wie dich kennen wir... Armleuchter!

CHIRIN Ich glaube, ich habe mein Lebtag nichts Widerwärtigeres gesehen... Uff! Es steigt mir zu Kopf... *Schwer atmend.*

Ich sage dir noch mal… Hörst du! Wenn du alte Vogelscheuche nicht augenblicklich verschwindest, dann zerreibe ich dich zu Pulver! Ich habe einen Charakter, daß ich dich für den Rest deines Lebens zum Krüppel schlagen kann! Ich kann ein Verbrechen begehen!

MERČUTKINA Hundegebell verhallet schnell. Mir machst du keine Angst. Solche wie dich kennen wir.

CHIRIN *verzweifelt* Ich kann sie nicht mehr sehen! Mir wird übel! Ich kann nicht mehr! *Geht an seinen Tisch und setzt sich.* Die Bank voller Weiber, ich kann den Vortrag nicht schreiben! Ich kann nicht mehr!

MERČUTKINA Ich will nur, was mir gesetzlich zusteht, und kein fremdes Gut. Unverschämter! In einer Behörde und in Filzstiefeln… Bauer…

Šipučin und Tatjana Alekseevna kommen herein.

TATJANA ALEKSEEVNA *folgt ihrem Mann* Und am Abend fuhren wir zu den Berežnickijs. Katja trug ein blauseidenes Kleid mit leichter Spitze und Dekolleté… Hochfrisur steht ihr sehr gut, und ich hatte sie eigenhändig frisiert… wie sie sich kleidet und frisiert, einfach bezaubernd!

ŠIPUČIN *bereits mit Migräne* Ja, ja… bezaubernd… Sie können gleich hier sein.

MERČUTKINA Euer Exzellenz!

ŠIPUČIN *trübsinnig* Was denn schon wieder? Was wünschen Sie?

MERČUTKINA Euer Exzellenz… *Zeigt auf Chirin.* Der da, ja, der… der hat sich mit dem Finger an die Stirn geklopft und dann auf den Tisch… Sie hatten ihm befohlen, meine Angelegenheit zu regeln, und er macht sich über mich lustig und sagt alle möglichen Ausdrücke. Ich bin eine schwache, schutzlose Frau…

ŠIPUČIN Gut, gnädige Frau, ich werde das regeln… Werde

Maßnahmen treffen... Nur gehen Sie... später!... *Beiseite.* Ich bekomme einen Podagraanfall!...

CHIRIN *geht zu Šipučin, leise* Lassen Sie den Portier rufen, Andrej Andreič, der soll sie vor die Tür setzen. Was ist denn nur los?

ŠIPUČIN *erschrocken* Nein, nein! Die schreit Zeter und Mordio, und dieses Haus hat viele Wohnungen.

CHIRIN *mit weinerlicher Stimme* Aber ich muß doch den Vortrag schreiben! Ich komme nicht zu Ende damit! ... *Kehrt an seinen Tisch zurück.* Ich kann nicht mehr.

MERČUTKINA Euer Exzellenz, wann bekomme ich es denn nun? Ich brauche das Geld jetzt.

ŠIPUČIN *beiseite, empört* Ein be-mer-kens-wert unverschämtes Weibsbild! *Zu ihr, sanft.* Gnädige Frau, ich sagte es Ihnen bereits. Das hier ist eine Bank, eine private, kommerzielle Einrichtung...

MERČUTKINA Seien Sie so gut, Euer Exzellenz, seien Sie ein Vater... Wenn das ärztliche Attest nicht ausreicht, kann ich vom Revier eine Beglaubigung anfügen. Lassen Sie mir das Geld auszahlen!

ŠIPUČIN *seufzt schwer* Uff!

TATJANA ALEKSEEVNA *zu Merčutkina* Gute Frau, man sagt Ihnen doch, Sie stören. Was sind Sie nur für eine, wirklich!

MERČUTKINA Kindchen, mein Liebes, niemand will sich um mich kümmern. Das einzige, was ich tue, ist essen und trinken, und heute hat mir nicht mal der Kaffee geschmeckt.

ŠIPUČIN *erschöpft, zu Merčutkina* Wieviel wollen Sie?

MERČUTKINA Vierundzwanzig Rubel sechsunddreißig Kopeken.

ŠIPUČIN Gut ... *Nimmt einen Fünfundzwanzigrubelschein aus der Brieftasche und gibt ihn ihr.* Hier sind fünfundzwanzig Rubel. Nehmen Sie und... gehen Sie!

Chirin hustet zornig.

MERČUTKINA Ergebensten Dank, Euer Exzellenz ... *Steckt das Geld weg.*

TATJANA ALEKSEEVNA *setzt sich neben ihren Mann* Jetzt muß ich aber nach Hause... *Schaut auf die Uhr.* Aber ich war noch nicht zu Ende ... Noch ein Augenblickchen, dann gehe ich ... Was da alles war! Ach, was da alles war! Also, wir fuhren am Abend zu den Berežnickijs ... Es war ganz nett, es war lustig, aber nicht besonders ... Natürlich war Katjas Anbeter auch da, Grendilevskij ... Nun, ich hatte mit Katja gesprochen, Einfluß auf sie genommen, und sie hat sich an dem Abend mit Grendilevskij ausgesprochen und seinen Antrag abgelehnt. Ich denke also, alles ist bestens geregelt: Mama ist beruhigt, Katja gerettet, jetzt bin auch ich beruhigt... Aber was meinst du? Kurz vor dem Abendessen gehen Katja und ich die Allee entlang, und plötzlich... *Erregt.* Plötzlich hören wir einen Schuß... Nein, ich kann darüber nicht gelassen sprechen! *Fächelt sich mit dem Taschentuch Luft zu.* Ich kann es nicht!

ŠIPUČIN *seufzt* Uff!

TATJANA ALEKSEEVNA *weint* Wir stürzen zur Laube, und da... da liegt der arme Grendilevskij... die Pistole in der Hand...

ŠIPUČIN Nein, ich halte es nicht aus! Ich halte es nicht aus! *Zu Merčutkina.* Was wollen Sie denn noch?

MERČUTKINA Euer Exzellenz, kann mein Mann seine Stellung nicht wiederbekommen?

TATJANA ALEKSEEVNA *weinend* Er hatte sich mitten ins Herz geschossen... hierhin... Katja, die Ärmste, fiel in Ohnmacht... Und er selbst war furchtbar erschrocken, liegt da und ... und bittet, den Doktor zu holen. Der Doktor kam sofort und... und rettete den Unglücklichen...

MERČUTKINA Euer Exzellenz, kann mein Mann seine Stellung nicht wiederbekommen?

ŠIPUČIN Nein, ich halte es nicht aus! *Weint.* Ich halte es nicht aus! *Streckt beide Arme nach Chirin aus, verzweifelt.* Jagen Sie sie raus! Jagen Sie sie raus, ich flehe Sie an!

CHIRIN *geht auf Tatjana Alekseevna zu* Raus hier!

ŠIPUČIN Nicht die, sondern die da … diese schreckliche … *Zeigt auf Merčutkina.* Die da!

CHIRIN *hat ihn nicht verstanden, zu Tatjana Alekseevna* Raus hier! *Stampft mit den Füßen auf.* Scher dich raus!

TATJANA ALEKSEEVNA Was? Was wollen Sie? Sind Sie verrückt geworden?

ŠIPUČIN Das ist entsetzlich! Ich Unglücklicher! Jagen Sie sie raus! Jagen Sie sie raus!

CHIRIN *zu Tatjana Alekseevna* Raus! Ich schlage Sie zum Krüppel! Verstümmle Sie! Begehe ein Verbrechen!

TATJANA ALEKSEEVNA *flieht vor ihm, er folgt ihr* Was erlauben Sie sich! Sie Frechling! *Schreit.* Andrej! Hilfe! Andrej!

ŠIPUČIN *läuft ihnen nach* Aufhören! Ich flehe Sie an! Ruhe! Verschonen Sie mich!

CHIRIN *macht Jagd auf die Merčutkina* Raus hier! Fangt sie! Schlagt sie tot! Schneidet ihr die Kehle durch!

ŠIPUČIN *schreit* Aufhören! Bitte! Ich flehe Sie an!

MERČUTKINA Ihr Heiligen … ihr Heiligen! … *Kreischt auf.* Ihr Heiligen! …

TATJANA ALEKSEEVNA *schreit* Hilfe! Hilfe! … Ach, ach, mir wird übel! Mir wird übel! *Springt auf einen Stuhl, fällt dann auf den Divan und stöhnt, wie ohnmächtig.*

CHIRIN *jagt Merčutkina* Schlagt sie! Schlagt sie tot! Schneidet ihr die Kehle durch!

MERČUTKINA Ach, ach … Ihr Heiligen, mir wird schwarz vor Augen! Ach! *Fällt ohnmächtig in Šipučins Arme.*

Klopfen an der Tür und Stimmen hinter der Bühne: – »Die Deputation!«

ŠIPUČIN Deputation... Reputation... Okkupation...

CHIRIN *stampft mit den Füßen* Raus hier, hol mich der Teufel! *Krempelt die Ärmel hoch.* Überlassen Sie die mir! Ich begehe ein Verbrechen!

Herein kommt die Deputation, bestehend aus fünf Mann; alle in Frack. Einer hält die in Samt gebundene Grußadresse in der Hand, ein anderer – die silberne Kanne. Zur Tür herein schauen die Bankangestellten. Tatjana Alekseevna auf dem Divan, Merčutkina in Šipučins Armen, beide stöhnen leise.

AKTIONÄR DER BANK *liest laut* Sehr verehrter und teurer Andrej Andreevič! Werfen wir rückblickend einen Blick in die Vergangenheit unseres Finanzinstituts und überfliegen wir mit dem geistigen Auge die Geschichte seiner schrittweisen Entwicklung, so gewinnen wir einen im höchsten Grade erfreulichen Eindruck. Zwar stellten, in der ersten Phase seiner Existenz, das geringe Volumen an Grundkapital, das Ausbleiben seriöser Operationen sowie die Unklarheit seiner Ziele unüberhörbar die berühmte Frage Hamlets: »Sein oder nicht sein?« und erhoben sich zeitweise sogar Stimmen zugunsten der Schließung der Bank. Doch dann setzten Sie sich an die Spitze unserer Einrichtung. Ihre Kenntnisse, Ihre Energie und der Ihnen eigene Takt waren der Grund für den außergewöhnlichen Erfolg und ein ungeahntes Aufblühen. Die Reputation der Bank ... *räuspert sich* die Reputation der Bank...

MERČUTKINA *stöhnt* Ach! Ach!

TATJANA ALEKSEEVNA *stöhnt* Wasser! Wasser!

AKTIONÄR DER BANK *fährt fort* Die Reputation ... *räuspert sich* die Reputation der Bank wurde von Ihnen auf ein Niveau gehoben, daß unser Finanzinstitut sich heute mit den besten Häusern des Auslandes messen kann...

ŠIPUČIN Deputation ... Reputation ... Okkupation ... Zwei

Freunde gingen des Abends spazieren, in Ruhe ein sachlich Gespräch zu führen... Sag nicht, die Jugend hättest du zerstört, dein Herz von Eifersucht zerrissen...

AKTIONÄR DER BANK *verlegen fortfahrend* Werfen wir sodann einen objektiven Blick auf die Gegenwart, sehr geehrter und teurer Andrej Andreevič ... *Senkt die Stimme.* Ich denke, wir kommen besser später wieder... Kommen wir besser später wieder...

Sie gehen verlegen ab.

Vorhang

Über die Schädlichkeit des Tabaks

Szenischer Monolog in einem Akt

Person

IVAN IVANOVIČ NJUCHIN, Mann seiner Frau, Inhaberin einer Musikschule und eines Mädchenpensionats.

Die Bühne bildet die Estrade eines Provinzklubs.

NJUCHIN *mit langem Backenbart, ohne Schnurrbart, in einem alten, abgetragenen Frack, kommt würdevoll herein, verbeugt sich und zupft die Weste zurecht* Meine sehr verehrten Damen und gewissermaßen sehr verehrten Herren. *Kratzt sich den Bakkenbart.* Meiner Frau wurde angetragen, daß ich hier zu wohltätigen Zwecken irgendeinen populären Vortrag halte. Ja nun? Einen Vortrag, dann eben einen Vortrag – mir ist es entschieden egal. Ich bin natürlich kein Professor und akademischer Würden fremd, aber nichtsdestoweniger arbeite ich dennoch nun bereits seit dreißig Jahren, ohne Unterlaß, ich kann sogar sagen, zum Schaden der eigenen Gesundheit undsofort, an Fragen streng wissenschaftlichen Charakters, stelle Betrachtungen an und schreibe, stellen Sie sich vor, manchmal sogar wissenschaftliche Aufsätze, das heißt, nicht eigentlich wissenschaftliche, sondern, entschuldigen Sie den Ausdruck, gleichsam wissenschaftliche. Unter anderem wurde dieser Tage von mir ein Riesenaufsatz geschrieben unter dem Titel: »Über die Schädlichkeit einiger Insekten«. Meinen Töchtern hat er sehr gefallen, besonders das über die Wanzen, ich aber las ihn noch einmal durch und habe ihn zerrissen. Es ist doch egal, was immer man schreibt, ohne persisches Pulver kommt man nicht aus. Wir haben Wanzen sogar im Konzertflügel... Zum Gegenstand meines heutigen Vortrags gewählt habe ich, sozusagen, den Schaden, welchen der Menschheit der Tabakgenuß zufügt. Ich rauche selbst, aber meine Frau befahl, heute über die Schädlichkeit des Tabaks zu lesen, folglich gibt es keine Widerrede. Über den Tabak, dann eben über den Tabak – mir ist es entschieden egal, Ihnen jedoch, sehr verehrte

Herrschaften, möchte ich empfehlen, meinem heutigen Vortrag mit dem gebotenen Ernst zu folgen, sonst kommt nichts dabei heraus. Wen jedoch ein trockener, wissenschaftlicher Vortrag schreckt, der braucht nicht zuzuhören und kann hinausgehen. *Zupft die Weste zurecht.* Um besondere Aufmerksamkeit bitte ich die hier anwesenden Herren Ärzte, welche aus meinem Vortrag viele nützliche Kenntnisse schöpfen können, denn der Tabak findet, neben seinen schädlichen Wirkungen, auch in der Medizin Anwendung. Zum Beispiel, wenn man eine Fliege in eine Tabaksdose setzt, so krepiert sie, vermutlich an Nervenzerrüttung. Der Tabak ist in der Hauptsache eine Pflanze... Wenn ich einen Vortrag halte, so habe ich gewöhnlich ein Zucken im rechten Auge, aber beachten Sie es nicht; das kommt von der Aufregung. Ich bin im allgemeinen ein sehr nervöser Mensch, und das Zucken im Auge habe ich seit dem Jahr 1889, dem 13. September, dem Tage, an dem meine Frau, in gewisser Weise, die vierte Tochter, Varvara, gebar. Alle meine Töchter wurden an einem 13-ten geboren. Im übrigen *mit einem Blick auf die Uhr* wollen wir, angesichts der knappen Zeit, nicht vom Gegenstand des Vortrags abschweifen. Ich muß dazu anmerken, meine Frau besitzt eine Musikschule und ein privates Pensionat, das heißt nicht eigentlich ein Pensionat, sondern etwas in der Art. Unter uns gesagt, meine Frau beklagt sich gern über Mangel, aber sie hat was beiseite geschafft, so vierzig- oder fünfzigtausend, ich dagegen habe keine Kopeke für mich, keinen Groschen – nun ja, wozu darüber reden! Im Pensionat bin ich Leiter des Wirtschaftsteils. Ich kaufe die Lebensmittel ein, überwache die Dienstboten, führe Buch über die Ausgaben, nähe Hefte, vertilge Wanzen, führe das Hündchen meiner Frau spazieren, fange Mäuse... Gestern abend oblag es meiner Pflicht, der Köchin Mehl und Öl zuzuteilen, da es Bliny geben sollte. Mit einem Wort, heute, als die Bliny bereits gebacken waren, kam meine Frau in die Küche, um zu sagen, daß drei Pensionatstöchter keine Bliny essen würden, weil sie geschwollene Mandeln hätten. Auf diese Weise stellte sich heraus, daß wir einige Bliny zuviel gebacken hatten. Wohin mit ihnen? Zuerst befahl meine Frau, sie in den Keller zu bringen, dann überlegte sie, überlegte und sagte: »Iß du diese Bliny selber, Vogelscheuche.« Wenn sie schlechte Laune hat, nennt sie mich immer so: Vogelscheuche oder Natter, oder Satan. Aber was bin ich schon für ein Satan? Sie hat immer schlechte Laune. Und ich habe sie nicht gegessen, ich habe sie runtergeschlungen, ohne zu kauen, denn ich habe immer Hunger. Gestern, zum Beispiel, gab sie mir gar nichts zu essen. »Dich, Vogelscheuche«, sagt sie, »ernährt man für nichts und wieder nichts...« Aber *schaut auf die Uhr* wir sind ins Schwatzen gekommen und ein wenig vom Thema abgewichen. Fahren wir fort. Obwohl Sie jetzt natürlich lieber eine Romanze hören würden, oder irgend so eine Symphonie, oder Arie... *Singt.* »Und selbst im heißesten Gefecht zuckt unsre Wimper nicht...« Ich weiß nicht mehr, woraus das ist... Im übrigen vergaß ich Ihnen zu sagen, in der Musikschule meiner Frau obliegt mir, außer der Leitung des Wirtschaftsteils, auch der Unterricht in Mathematik, Physik, Chemie, Geographie, Geschichte, Solfeggio, Literatur undsofort. Für Tanz, Gesang und Zeichnen nimmt meine Frau ein Extrahonorar, obwohl Tanz und Gesang ebenfalls ich unterrichte. Unsere Musikschule befindet sich in der Fünfhundegasse, Haus Nr. 13. Das ist vermutlich auch der Grund, weshalb mein Leben so verunglückt ist, weil wir im Haus Nr. 13 wohnen. Meine Töchter wurden an einem 13-ten geboren, und unser Haus hat 13 Fenster... Nun ja, wozu darüber reden! Zu Besprechungen ist meine Frau jederzeit zu Hause anzutreffen, und der Prospekt der Schule, wenn Sie möchten, beim Portier für 30 Kopeken erhältlich. *Zieht einige Broschüren aus der Tasche.* Ich kann ihn aber, wenn Sie möchten, auch hier verteilen. 30 Kopeken das Exemplar! Wer möchte? *Pause.* Möchte niemand? Na, 20 Kopeken. *Pause.* Ärgerlich. Ja, das Haus Nr. 13! Nichts gelingt mir, alt und dumm bin ich geworden... Da halte ich nun einen Vortrag, nach außen hin bin ich heiter, dabei möchte ich nur aus vollem Halse schreien, oder irgendwohin wegfliegen, weit weg, über alle Berge. Und niemand, bei dem ich mich beklagen könnte, weinen möchte ich sogar... Sie werden sagen: Ihre Töchter... Meine Töchter? Zu denen sage ich etwas, und sie lachen nur... Meine Frau hat sieben Töchter... Nein, pardon, ich glaube, sechs... *Lebhaft.* Sieben! Die Älteste, Anna, ist siebenundzwanzig, die jüngste siebzehn. Meine sehr verehrten Herren! *Blickt sich um.* Ich bin unglücklich, habe mich in einen Dummkopf verwandelt, in ein Nichts, aber im Grunde steht hier vor Ihnen der glücklichste aller Väter. Im Grunde muß das so sein, und ich wage nichts anderes zu sagen. Wenn Sie nur wüßten! Ich habe dreiunddreißig Jahre mit meiner Frau verlebt, und ich kann sagen, es waren die besten Jahre meines Lebens, nicht eigentlich die besten, sondern im allgemeinen. Mit einem Wort, sie sind verstrichen wie ein einziger glücklicher Augenblick, genaugenommen soll der Teufel sie holen. *Blickt sich um.* Im übrigen, sie scheint noch nicht gekommen zu sein, sie ist nicht hier, also kann ich sagen, was ich will... Ich habe schreckliche Angst... Angst, wenn sie mich anschaut. Ja, und so sage ich immer: meine Töchter sind so lange unverheiratet, vermutlich, weil sie schüchtern sind und die Männer sie nie zu Gesicht bekommen. Abendgesellschaften geben will meine Frau nicht, zum Essen lädt sie niemanden ein, sie ist eine sehr geizige, boshafte, zänkische Dame, und deshalb verkehrt niemand bei uns, aber... Ihnen kann ich im Vertrauen sagen... *Nähert sich der Rampe.* Die Töchter meiner Frau kann man sehen an den Großen Feiertagen bei ihrer Tante Natalja Semënovna, eben jener, welche an Rheumatismus leidet und in so einem gelben Kleid mit schwarzen Tupfen geht, als sei es ganz mit Kakerlaken übersät. Dort werden auch Zakuski gereicht. Und wenn meine Frau nicht da ist, kann man auch das hier... *Schnippt sich an die Kehle.* Dazu muß ich bemerken, ich bin schon nach einem Glas betrunken, und davon wird mir so leicht in der Seele und gleichzeitig so traurig, daß ich es gar nicht sagen kann; irgendwie erinnere ich mich dann an meine jungen Jahre, und ich möchte weglaufen, oh, wenn Sie wüßten, wie sehr ich das möchte! *Mit Hingabe.* Weglaufen, alles hinwerfen und weglaufen, ohne mich umzusehen... wohin? Egal wohin... nur weg von diesem schäbigen, platten Leben, das aus mir so einen alten, erbärmlichen Dummkopf gemacht hat, einen alten, erbärmlichen Idioten, weg von dieser dummen, kleinlichen, bösen, bösen, bösen geizigen Frau, die mich dreiunddreißig Jahre lang gequält hat, weg von der Musik, der Küche, dem Geld meiner Frau, von all diesen Lappalien und Gemeinheiten... und irgendwo weit, weit weg davon stehenbleiben, auf dem freien Feld, und dastehen wie ein Baum, ein Pfahl, eine Vogelscheuche, unter dem weiten Himmel, und die ganze Nacht über schauen, wie über dir der helle stille Mond steht, und vergessen, vergessen... Sich an nichts mehr erinnern – oh, wie sehr ich das möchte! ... Wie möchte ich mir diesen alten, schäbigen Frack vom Leibe reißen, in dem ich vor dreißig Jahren getraut wurde ... *Reißt sich den Frack vom Leib.* In dem ich ständig Vorträge zu wohltätigen Zwecken halte... Da! *Trampelt auf dem Frack herum.* Da! Ich bin alt, arm, erbärmlich wie diese Weste mit ihrem zerschlissenen, durchgewetzten Rücken... *Zeigt seinen Rücken.* Ich brauche nichts! Ich stehe darüber, ich bin reiner als das alles, ich war einmal jung, klug, habe studiert, hatte Träume, habe mich für einen Menschen gehalten... Heute brauche ich nichts! Nichts, nur Ruhe... Ruhe! *Wirft einen Blick zur Seite, zieht schnell den Frack wieder an.* In den Kulissen steht meine Frau. Sie ist gekommen und wartet auf mich... *Schaut auf die Uhr.* Die Zeit ist abgelaufen ... Wenn sie fragt, bitte, ich bitte Sie, sagen Sie ihr, der Vortrag habe stattgefunden... die Vogelscheuche, das heißt ich, habe sich würdig benommen. *Er blickt zur Seite, räuspert sich.* Sie schaut hierher... *Mit erhobener Stimme.* Ausgehend von der Tatsache, daß der Tabak das schreckliche Gift enthält, von dem ich soeben sprach, sollte man auf keinen Fall rauchen, und ich erlaube mir, gewissermaßen, zu hoffen, daß mein Vortrag »Über die Schädlichkeit des Tabaks« seinen Nutzen bringen wird. Ich habe gesprochen. Dixi et animam levavi! *Verbeugt sich und geht würdevoll hinaus.*

Varianten

Schwanengesang (Kalchas)

In der Erstfassung ist das Alter Svetlovidovs mit »58 Jahren« angegeben, die Form des Vaternamens offizieller: Vasiljevič. Beschrieben wird er als alter Mann »mit großem grauen Bart«. Die Ortsangabe (»Bühne eines Provinztheaters, nachts, nach der Vorstellung«) fehlt.

Seite 47
Nach: Schneewehen –
NIKITA IVANOVIČ Vasil Vasiljič, wirklich, es ist Zeit für Sie zu schlafen! Vasil Vasiljič! *Winkt ab.* Es ist eine Strafe mit Ihnen.

Seite 47
Statt: Damals begriff ich, bis: Possenreißer –
Die Bühne habe ich nicht aufgegeben, nein, aber mir sind die Augen aufgegangen, und ich habe vieles begriffen... Ich begriff, daß ich ein Sklave bin, ein Spielzeug fremden Müßiggangs, ein Narr, ein Possenreißer. Und es dämmerte mir, daß es die heilige Kunst gar nicht gebe, daß alles nur Wahn und Betrug sei.

Seite 51
Das Othello-Zitat anders:
Oh, wenn's dem Himmel doch gefiele
Mir schwere Prüfungen zu schicken
Herab hier auf mein unbedecktes Haupt,
Mich zu begießen mit der Schande Regen,
Mich bis zum Mund in Armut einzugraben
In Fesseln mich und meine Hoffnungen zu schlagen.

Seite 52

Nach: Kriege Sorge –

Fahrt wohl, ihr Waffen, die den Tod ihr bringt
Und deren Lärm die Erde überzieht,
Als Schreckgetön des Donnergottes Zeus!
Fahr alles, alles wohl! Am Ende seines Weges ist Othello.

Der Bär

Seite 61

SMIRNOV Ihr sollt mich kennenlernen! statt dessen –
Ihr sollt bei mir Sidors Ziege und Kuzkas Mutter kennenlernen, ich ramme euch die Deichsel ins Maul, tausend Teufel und eine Hexe!

Seite 67

POPOVA Keine Kopeke bekommen Sie! danach –
In einem Jahr bekommen Sie Ihr Geld!

Seite 68

POPOVA Sie grober Bär! Flegel! danach –
Sie grober Klotz!

Seite 69

SMIRNOV Die schieße ich ab wie ein Küken! danach –
Von der bleibt nicht einmal ein nasser Fleck!

Seite 72

SMIRNOV Schmach und Schande! danach –
Ich erlebe jetzt eine so widerwärtige Stimmung, daß Sie es sich gar nicht vorstellen können!

Der Heiratsantrag

Seite 84

NATALJA STEPANOVNA uns oder ihm? danach –

LOMOV Ja, ja, wem gehören die Ochsenwiesen?

Seite 85

ČUBUKOV Tun Sies nur! danach –

NATALJA STEPANOVNA Und wenn es hundert, sogar zweihundert Gerichte wären, ich gebe sie nicht her, ich gebe sie nicht her, ich gebe sie nicht her!

ČUBUKOV Sei still!

Seite 88

ČUBUKOV Also, ich bin schuld, genau! danach –

Aber warte, Mütterchen und dergleichen mehr: wenn ich mich erschieße oder aufhänge, dann sollst du wissen, du bist schuld! Du! Du hast mich dazu getrieben!

Seite 92

ČUBUKOV Das stimmt nicht! danach –

Der Hundepfleger ist ein Flegel, ein Trunkenbold, deshalb hat er ihn geschlagen!

Seite 93

ČUBUKOV Grünschnabel! Rotznase! danach –

Wandelnde Apotheke!

Seite 93

LOMOV Alte Ratte! Jesuit! danach –

Ich kenne Sie sehr wohl!

Seite 93

ČUBUKOV ab wie ein Rebhuhn! Fatzke! danach –

NATALJA STEPANOVNA Otkataj ist eine Million Mal besser als Ugadaj! Die Ochsenwiesen gehören uns! Damit Sie es wissen!

ČUBUKOV Die Ochsenwiesen gehören uns!

Seite 94

NATALJA STEPANOVNA Schlechter! danach –

LOMOV Besser!

NATALJA STEPANOVNA Schlechter!

Die Hochzeit

Seite 110

APLOMBOV daß mir das unangenehm ist? danach –

NASTASJA TIMOFEEVNA Wir, mein Lieber, haben ihn nicht eingeladen. Er ist von selber gekommen.

APLOMBOV Ich will nur keinen Skandal vom Zaun brechen, sonst bekäme er von mir zu hören, was es heißt, ohne Einladung zu kommen.

Seite 111

BRAUTFÜHRER Promnad! danach –
Donne-mua-tuschur!

Seite 112

ZMEJUKINA Ach, lassen Sie mich in Frieden! anders –
Ach, lassen Sie meinen Aristokratismus aus dem Spiel! Auf der Hochzeit sind alle gleich.

Seite 113

ŽIGALOV Und Kollegienregistratoren? danach –

JATJ Ich wette, in Griechenland gibt es keine so schönen Personen weiblichen Geschlechts, wie gewisse...

Seite 113

JATJ über beide Ohren verliebt! danach –
Eine Hebamme, klapperdürr, aber seht nur, was für Manieren! Man erkennt die Aristokratin sofort!

Seite 117

Kleinmütige Psychiatrie und nichts weiter! danach –

MOZGOVOJ *steht auf* Meine Herrschaften! Gestatten Sie, Ihnen Folgendes mitzuteilen. Anna Martynovna hat noch eine Spielschuld offen! Als wir neulich Pfänderverteilen spielten, hat sie verloren und hätte den Mann küssen müssen, der die dunkelsten Haare hatte. Der Dunkelhaarigste unter uns war Lapkin, aber der wurde verlegen und ergriff die Flucht. Jetzt müßte Anna Martynovna eigentlich einen anderen Dunkelhaarigen wählen und ihre Schuld begleichen...

ALLE Ja, ja... Natürlich, natürlich!

ZMEJUKINA So ein Kinderkram! Lassen Sie mich!

MOZGOVOJ Wer von uns hat die schwärzesten Haare?

BRAUTFÜHRER Charlampij Spiridonyč!

ZMEJUKINA Ich will ihn nicht küssen! *Hält sich die Serviette vors Gesicht.*

JATJ Ne-in, ne-in, Anna Martynovna, weichen Sie bitte nicht aus! Nur zu!

DYMBA *verlegen* Wie das? Ich nichts...

ZMEJUKINA Wirklich, ich verstehe nicht einmal... Es ist geradezu sonderbar... *Beiseite.* Er ist so hübsch! Diese Augen!

JATJ *händereibend* Ne-in, ne-in! Sie sind dazu verpflichtet!

Tusch.

ZMEJUKINA Ja und? Wenn ich beim Pfänderverteilen verloren habe, dann bitte, aber... es ist geradezu extravagant...

Sie küßt Dymba. Langer Kuß. Dymba, an dessen Lippen Zmejukina sich festgesogen hat, taumelt zurück und hält mit den Armen Balance.

JATJ *erregt* Das ist aber sehr lange! Es reicht! Aufhören!

ALLE *erregt* Es reicht! Genug!

DYMBA *reißt sich von Zmejukina los* Luft! Warum? Das ist welche... ich nicht verstehe!

JATJ
MOZGOVOJ } *gleichzeitig* Ihr ist übel! Wasser! Ihr ist übel!

JATJ *reicht ihr Wasser, beiseite* Da sieht man die Aristokratin! *Zu ihr.* Beruhigen Sie sich! Ich flehe Sie an ... So ists recht! Sie schlägt die Augen auf ... *Beiseite.* Die Aristokratin, wie sie im Buche steht!

ZMEJUKINA *kommt zu sich* Wo bin ich? In welcher Atmosphäre? Wo ist er? *Zu Dymba.* Sie sind ein Dämon! Sie haben mich mit Ihrem Kuß verbrannt!

DYMBA *verlegen* Warum? Ich nichts...

Seite 120

NASTASJA TIMOFEEVNA Haben Sie die Güte! danach –

NASTASJA TIMOFEEVNA *Beiseite.* Aber was für ein häßlicher, was für ein gerupfter! Nicht mal Epauletten hat er... Dafür hat er immerhin viele Orden! *Zu ihm.*

Revunov-Karaulovs Geschichten von den Seemanövern waren ursprünglich sehr viel länger und sind aus Gründen der Ökonomie in der Fassung letzter Hand gekürzt worden.

Seite 124

REVUNOV-KARAULOV Erstens bin ich kein General ... danach –

NASTASJA TIMOFEEVNA Wie, kein General? Wer sind Sie dann?

Das Jubiläum

Im ursprünglichen Text, der in 6 Szenen aufgeteilt war, hießen zwei dramatis personae anders: Šipučin hieß KISTUNOV, von russ. kist' f. Quaste, Troddel, Pinsel, und Merčutkina ŠČUKINA, von russ. ščuka, der Hecht.

Auf die Schlußszene folgte eine weitere, s. Seite 158.

VII

Kistunov, Chirin und Tatjana Alekseevna.
Tatjana Alekseevna liegt auf dem Divan und stöhnt.

CHIRIN *nach einer langen Pause* Was habe ich Ihnen gesagt? Was habe ich Ihnen gesagt? Sie sind gekommen, haben alles vermasselt, Skandale vom Zaun gebrochen, die eine hat fünfundzwanzig Rubel gekriegt und ist gegangen, und das andere Mütterlein hier... *Zeigt auf Tatjana Alekseevna.* Sie haben sich hervorgetan! Tausendmal habe ich Ihnen gesagt, man darf sie nicht näher an sich heranlassen als auf Reichweite eines Kanonenschusses.

KISTUNOV Deputation... Reputation... Okkupation... Die Alte, meine Frau, Filzstiefel... Jemand hat sich erschossen. Zwei Freunde gingen des Abends spazieren, in Ruhe ein sachlich Gespräch zu führen. *Reibt sich die Augen.* Zwei Wochen habe ich für die Aktionäre an dieser Grußadresse geschrieben, auf eigene Rechnung die silberne Kanne gekauft, für den Einband der Grußadresse eigene fünfundsiebzig Rubel bezahlt, fünf Tage lang habe ich vor dem Spiegel gestanden und die Pose einstudiert – und nun? Ist alles im Eimer! Alles! Wir haben uns Schande gemacht! Sind untergegangen mit Mann und Maus! Die Reputation ist im Eimer!

CHIRIN Und wer ist schuld? Sie! Sie! Sie haben die Sache vermasselt!

KISTUNOV Schweigen Sie still! Sie sind schuld, und nicht ich!

CHIRIN Sie! Sie!

KISTUNOV Nein, Sie! Ohne Ihre gemeinen Filzstiefel und ohne Ihren unmöglichen Charakter wäre gar nichts geschehen! Warum sind Sie auf meine Frau losgegangen? Warum haben Sie sie angeschrien? Wie konnten Sie es wagen?

CHIRIN Und wenn Sie nicht den Koketten gespielt und weniger Schaum geschlagen hätten ... Aber soll mich der Teufel holen, ich arbeite nicht länger für Sie! Geben Sie mir die goldene Gedenkmünze und die dreihundert Belohnung! Geben Sie her!

KISTUNOV Nichts kriegst du, alter Knacker! Einen feuchten Dreck kriegst du!

CHIRIN Ja? ... Dann schau mal deinen Vortrag. *Zerreißt den Vortrag.* Da! Schau her! Dir zieh ich die Hammelbeine lang! Warte nur!

KISTUNOV *schreit* Scheren Sie sich raus! *Klingelt.* He, schafft ihn von hier fort!

CHIRIN *stampft mit den Füßen auf* Aus meinen Augen! Oder ich begehe gleich ein Verbrechen! Ich kann für mich nicht mehr garantieren! Fort!

KISTUNOV Raus!

Mit den Schreien: »Fort! Raus!« jagen sie einander durch den Raum.
Lärm. Bankangestellte stürzen herein.

Vorhang

Seite 140

Personen

ŠIPUČIN in erster Fassung KISTUNOV, Bankdirektor, das Finanzinstitut, das er leitet: die Commerzbank. Der wiederkehrende Satz »So wahr ich Šipučin heiße!« und Kraftausdrücke wie »Hol mich der Teufel!« sind nachträglich eingefügt.

CHIRIN trug ursprünglich eine breite Schärpe.

MERČUTKINA ursprünglich: ŠČUKINA.

Bühnenbild Das Arbeitszimmer des Direktors; die linke Tür führte ursprünglich in den Verwaltungstrakt der Commerzbank.

Seite 144

Pause. Danach –

KISTUNOV Warum … Hm … Frauen, mein Lieber, das ist … eine Sache für sich … das ist, wenn … das ist das Aroma des Lebens … Aber schreiben Sie, mein Teurer … Wir müssen uns sputen …

CHIRIN Aroma und Aroma ist ein Unterschied …

Pause.

Seite 144

ŠIPUČIN Sie gehören zum Haus, bis: dicker Portier steht. Statt dessen –

Ich weiß nur nicht, wo die Zeremonie der Verlesung der Grußadresse stattfinden wird: im Klub vor dem Bankett oder hier? Ich hätte es gern hier und habe es ihnen angedeutet … *Sieht sich um.* Und was sagt man zu der Einrichtung hier? Vom Teuersten, vom Feinsten! Da wird gesagt, ich sei kleinlich, ich bestünde darauf, daß die Türklinken geputzt sind, daß die Angestellten modische Krawatten tragen und daß vor dem Eingang ein dicker Portier steht, während ich an anderer Stelle kein Gras wachsen ließe …

Seite 144

CHIRIN Bitte keine Anspielungen! zuvor Regieanweisung – *aufbrausend.*

Seite 144

ŠIPUČIN gesteigert habe!… danach –
Hören Sie auf die öffentliche Meinung! Da sagt man, das hier sei keine Bank, sondern ein Departement!* Dorthin zu gehen, heißt es, habe man Angst!…

Seite 149

TATJANA ALEKSEEVNA Was tun? danach –
Wenn sie ihn heiratet, wovon wollen sie dann leben? Von der Liebe allein wird niemand satt!

Seite 150

MERČUTKINA und das ist alles. danach –
Und wen geht es etwas an? An mir hängt doch alles! An mir!

Seite 151

MERČUTKINA stellungslosen Schwager. danach –
Nur den einen Ruhm habe ich, daß ich trinke und esse, aber kaum mehr die Seele im Leib habe. Die ganze Nacht hab ich nicht geschlafen…

Seite 152

MERČUTKINA ein medizinisches Attest vorlegen. danach –
Flüsternd. Kümmer dich drum, Väterchen, die Dankbarkeit bleibt nicht aus… Anders geht es ja nicht, ich gebe dir ein Rubelchen…

* Departement: im Rußland der Čechovzeit Bezeichnung für Ministerium.

Seite 152

MERČUTKINA Ja und das Geld? danach –
Ich bin eine arme Frau, ich lebe nur vom Zimmervermieten...

Seite 152

MERČUTKINA Ich habe keine Angst! danach –
Der General* steht höher als du und braucht keine Worte, du dagegen fuchtelst mit den Armen... Hör auf, mit den Armen zu fuchteln!

Seite 153

MERČUTKINA Solche wie dich kennen wir! danach –

CHIRIN Scher dich raus!

ŠČUKINA Solche wie dich kennen wir. Da geh ich zum Davokaten Dmitrij Karlyč, und von dir bleibt nicht mal dein Name. Drei Untermieter habe ich rausgeklagt, und für deine unverschämten Worte wirst du noch vor mir im Staub kriechen.

Seite 153

MERČUTKINA Bauer! danach –
Warte nur, wenn der General kommt, zeig ich dir, wo die Krebse überwintern!

Seite 153

MERČUTKINA schwache, schutzlose Frau... danach –
Und ich werde nicht erlauben ... Mein Mann ist Gouvernementssekretär, und ich bin Tochter eines Leutnants...

* Ščukina hält Kistunov für einen General, was mit der Erwähnung des Departements, des Ministeriums korrespondiert und ihr Kommen erklärt.

Seite 154

CHIRIN vor die Tür setzen, danach –
Oder soll ich es selber tun?

Seite 154

ŠIPUČIN viele Wohnungen; danach –
und über uns denkt man der Teufel weiß was. Dann ist die Reputation im Eimer...

Seite 154

CHIRIN Ich kann nicht mehr! danach –
Ich kann für mich nicht mehr garantieren! Ich kann ein Verbrechen begehen!

Seite 154

ŠIPUČIN private, kommerzielle Einrichtung... danach –
Was wollen Sie von uns? Und begreifen Sie endlich, daß Sie uns stören. *Zu seiner Frau.* Tanja, geh nach Hause.

TATJANA ALEKSEEVNA Sofort... Ich erzähl es zu Ende und gehe.

Seite 156

ŠIPUČIN sondern die da... diese schreckliche! – danach ursprünglich etwas anders:

KISTUNOV Nicht sie, sondern die ... die! Übrigens beide raus... Alle! Raus! *Springt auf.* Raus!

CHIRIN *zu Tatjana Alekseevna* Raus hier! *Stampft mit den Füßen auf.* Raus hier!

TATJANA ALEKSEEVNA Was? Was? Wie können Sie es wagen?

KISTUNOV *zu Ščukina* Raus! *Geht auf sie los.* Raus!

CHIRIN *zu Tatjana Alekseevna* Raus! Ich schlage Sie zum Krüppel! Verstümmele Sie! Ich begehe ein Verbrechen!

TATJANA ALEKSEEVNA *flieht vor ihm, er ihr nach* Wie können Sie es wagen? Unverschämtheit! *Schreit.* Andrej! Hilfe! Andrej! *winselt.*

KISTUNOV *läuft hinter Ščukina her* Raus hier! Jagt sie! Fangt sie!

Seite 157

MERČUTKINA Ach! Ach! – In der ersten Fassung waren die letzten Worte der Ščukina-Merčutkina:

Laß mich runter, Väterchen… Daß euch doch alle… Ich bin vor Angst fast gestorben… Morgen komme ich wieder… *Geht ab, die Aktionäre geben ihr den Weg frei.*

Über die Schädlichkeit des Tabaks

Ursprüngliche Variante von 1886

Person

MARKEL IVANYČ NJUCHIN, der Mann seiner Frau, Besitzerin eines Mädchenpensionats.

Die Bühne stellt die Estrade eines Provinzklubs dar.

NJUCHIN *kommt würdevoll herein, verbeugt sich, zupft die Weste zurecht und beginnt würdevoll* Ä-ä-ä... meine sehr verehrten Damen und sehr verehrte Herren! Meiner Frau wurde angetragen, daß ich hier zu wohltätigen Zwecken irgendeinen populären Vortrag halte. Wahre Gelehrsamkeit ist bescheiden und liebt die große Pose nicht, doch angesichts des genannten Zwecks war meine Frau einverstanden – und so stehe ich jetzt vor Ihnen. Ich bin kein Professor und akademischer Würden fremd, aber für niemanden von Ihnen ist es ein Geheimnis, daß ich... daß ich... *windet sich und schaut schnell auf einen Zettel, den er aus der Westentasche zieht*... daß ich nun bereits seit dreißig Jahren, ohne Unterlaß, unter Aufopferung meiner Gesundheit und der Freuden des Lebens, an Fragen wissenschaftlichen Charakters arbeite und manchmal sogar im lokalen Organ wissenschaftliche Aufsätze veröffentliche ... So wurde in der vergangenen Woche mein Aufsatz »Über die Schädlichkeit von Haustieren« gedruckt unter dem Pseudonym »Faust«. Zum Gegenstand meines heutigen Vortrags gewählt habe ich den Schaden, welchen der Menschheit die Anwendung des Tabaks zufügt. Es ist natürlich schwer, in einem einzigen Vortrag die ganze Wichtigkeit des Gegenstandes auszuschöpfen, aber ich werde mich bemühen, mich kurz zu fassen, und nur das Wichtigste sagen... Vor allem beeile ich mich, eine Einschränkung vorauszuschicken. Popularisierung im allgemeinen ist schädlich... Sie verbreitet in der Gesellschaft oberflächliches Wissen, das Bestreben zum billigen Erwerb von Kenntnissen und Gleichgültigkeit gegenüber der ernsten, streng wissenschaftlichen Arbeit... Ich bin ein Feind der Popularisierung und gehe in dieser Beziehung nicht konform mit sehr vielen berühmten Gelehrten, wie zum Beispiel Vogt und *schaut auf den Zettel* Moleschott. Erst im vergangenen Jahr habe ich den beiden genannten gelehrten Kollegen einen Brief geschrieben, in denen ich meine Ansicht über die Popularisierung darlegte, habe von ihnen aber keine Antwort bekommen, vermutlich deshalb, weil ich die Unvorsichtigkeit besessen habe, meine Briefe als einfache abgeschickt zu haben, nicht per Einschreiben... Als Feind der Popularisierung werde ich streng wissenschaftlich vorgehen, Ihnen jedoch, meinen Zuhörern, möchte ich empfehlen, die ganze Wichtigkeit des Gegenstandes nachzuempfinden und meinem heutigen Vortrag mit dem gebotenen Ernst zu folgen... Wer leichtsinnig ist, wen die Trockenheit der streng wissenschaftlichen Rede schreckt, der braucht nicht zuzuhören und kann hinausgehen!... *Macht eine würdevolle Geste und zupft die Weste zurecht.* Also, ich beginne ... Zu Beginn meines Vortrags müßte ich eine historische Vorbemerkung vorausschicken, wann der Tabak zuerst entdeckt wurde und auf welchem Wege der Assoziation der Ideen die Menschheit bis zur Selbstvergiftung mit diesem schrecklichen Gift gekommen ist, aber angesichts der knappen Zeit muß ich mit dem Wesentlichsten beginnen... Ich bitte um Aufmerksamkeit... Um besondere Aufmerksamkeit bitte ich die hier anwesenden Herren Ärzte, welche aus meinem Vortrag viele nützliche Kenntnisse schöpfen können, denn der Tabak findet, neben seinen schädlichen Wirkungen, Anwendung auch in der Medizin. So wurde er, im Jahre 1871, am 10. Februar, meiner Frau in Gestalt von Klistieren verschrieben. *Wirft einen Blick auf den Zettel.* Tabak ist ein organischer Körper. Man gewinnt ihn aus der Pflanze Nicotiana Tabacum, die zur Familie der Solaneae gehört. Er wächst in Amerika. Sein Hauptbestandteil bildet das schreckliche, verderbliche Gift Nikotin, welches, meiner Meinung nach, nichts anderes ist als ein gasförmiges nitriles Alkaloid – das Ammiak, in dem alle Anteile Wasserstoff ersetzt sind durch ein dreiatomiges Radikal, in der Wissenschaft bekannt unter dem Namen Nikotilen… Chemisch besteht es aus zehn Atomen Kohlenstoff, vierzehn Atomen Wasserstoff und… aus zwei… Atomen… Sauerstoff… *Bekommt keine Luft mehr und faßt sich an die Brust, wobei er den Zettel fallen läßt.* Luft! *Um nicht zu fallen, balanciert er mit Armen und Beinen.* Och! Lassen Sie mich Atem schöpfen… Gleich… Sofort… Durch Willenskraft werde ich dem Anfall Einhalt gebieten… *Schlägt sich mit der Faust vor die Brust.* Genug! Uf! *Minutenlange Pause, im Verlauf deren Njuchin auf der Bühne auf und ab geht und nach Luft ringt.* Seit langer Zeit… leide ich an Erstickungsanfällen… an Asthma… Diese Krankheit brach bei mir im Jahre 1869 aus, am 13. August… dem Tage, an dem meine Frau ihre sechste Tochter, Veronika, gebar… Im ganzen hat meine Frau genau neun Töchter… Söhne dagegen gar keinen, worüber meine Frau sehr froh ist, denn Söhne in einem Mädchenpensionat wären in vielerlei Hinsicht störend… Im ganzen Pensionat gibt es nur einen einzigen Mann – der bin ich… Aber die sehr verehrten, hochzuverehrenden Familien, die meiner Frau das Schicksal ihrer Kinder anvertraut haben, können in bezug auf mich völlig beruhigt sein… Dank dem Takt meiner Frau sehen die jungen Damen in mir weniger ein Objekt des anderen Geschlechts als vielmehr ein Mannequin, tauglich zum Studium jenes Aspekts der höheren bürgerlichen Ordnung, der gemeinhin Familie genannt wird… Übrigens, angesichts der knappen Zeit wollen wir nicht abschweifen vom Thema des Vortrags… Also, wo war ich stehengeblieben? Uf! Der Asthmaanfall hat mich an der interessantesten Stelle unterbrochen. Aber alles Schlechte hat sein Gutes. Mir und Ihnen, in Sonderheit den hier anwesenden Herren Ärzten, kann dieser Anfall als der schönste Anschauungsunterricht dienen. In der Natur gibt es keine Wirkung ohne Ursache... Suchen wir also nach der Ursache meines heutigen Anfalls... *Legt den Finger an die Stirn und denkt nach.* Jawohl! Das einzige Mittel gegen Asthma – ist die Enthaltsamkeit von schwerer und erregender Speise, ich dagegen habe mir, als ich hierher zum Vortrag ging, einen gewissen Überfluß geleistet. Ich muß dazu bemerken, daß heute in der Pension meiner Frau Bliny vorgesehen waren. Jede Pensionatstochter sollte, statt des Bratens, zwei Bliny bekommen, zur Hauptmahlzeit. Ich bin der Mann meiner Frau, und deshalb steht es mir, glaube ich, nicht zu, diese edle Person zu loben, aber ich schwöre Ihnen, daß die Ernährung nirgends so genau durchdacht, hygienisch und zweckmäßig ist wie im Pensionat meiner Frau. Ich kann das persönlich bezeugen, denn im Pensionat meiner Frau habe ich die Ehre, Leiter des Wirtschaftsteils zu sein. Ich kaufe die Lebensmittel ein, überwache die Dienstboten, lege meiner Frau allabendlich Rechenschaft ab, nähe die Schulhefte, erfinde Mittel gegen Insekten, reinige die Luft auf dem Wege der Pulverisierung, zähle die Wäsche, sehe darauf, daß eine Zahnbürste von nicht mehr als fünf Pensionatstöchtern benützt wird und daß sich nicht mehr als zehn mit ein und demselben Handtuch abtrocknen. Heute oblag es meiner Pflicht, der Köchin Mehl und Öl in der Menge zuzuteilen, die streng der Zahl der Pensionatstöchter zu entsprechen hatte. Ich mußte mich die ganze Zeit in der Küche befinden und darauf sehen. Den Dienstboten zu vertrauen ist unmöglich. Wie oft habe ich, dank der Nachlässigkeit und Unfähigkeit der Köchinnen und Wäscherinnen zu rechnen, das Vertrauen meiner Frau nicht gerechtfertigt! Ich habe mich oft unerlaubt aus der Küche entfernt, die Dienstboten nutzten dies, und im Resultat ergab sich der berechtigte Zorn meiner Protektorin. Zwar habe ich die Strafe in der gebotenen Demut auf mich genommen, aber der Verlust, der durch meine Fahrlässigkeit verursacht worden war, wurde durch nichts wieder wettgemacht. Heute also wurden Bliny gebacken. Dazu muß ich bemerken, daß die Bliny nur für die Pensionatstöchter bestimmt waren. Für die Familienmitglieder meiner Frau wurde Braten zubereitet, zu welchem Gegenstand ein Kalbsfuß vorhanden war, der seit dem Freitag vergangener Woche im Keller aufbewahrt worden war. Meine Frau und ich kamen zu dem Schluß, daß, wenn wir diesen Kalbsfuß nicht heute braten würden, er bis zum morgigen verdorben sein könne. Aber weiter. Als die Bliny bereits gebacken und gezählt waren, schickte meine Frau in die Küche, um zu sagen, daß fünf Pensionatstöchter wegen schlechten Betragens mit Ausschluß vom Essen bestraft worden seien. Auf diese Weise stellte sich heraus, daß wir zehn Bliny zuviel gebacken hatten. Wohin mit ihnen? Sie unseren Töchtern geben? Aber meine Frau verbietet ihnen, Mehlspeisen zu essen... *Seufzt und schüttelt den Kopf.* Oh, liebendes Herz! Engel der Güte! Ich habe sie gegessen, nicht ohne das Gläschen Vodka vorweg. Jetzt ist die Ursache meines Anfalls begreiflich. Da ist [der] Hund begraben! Aber... *schaut auf die Uhr.* Ich bin ein wenig vom Thema abgewichen. Fahren wir fort... Also, das Nikotin besteht chemisch aus... aus... *Kramt nervös in den Taschen und sucht mit den Augen nach dem Zettel.* Ich empfehle Ihnen, sich diese Formel zu merken... Eine chemische Formel ist – ein Leitstern... *Hat den Zettel gesehen, läßt auf ihn das Taschentuch fallen.* Wo Formeln sind, bin ich pedantisch und unerbittlich. Eine Pensionatstochter muß sich an eine Formel genauso gut erinnern wie an ihren eigenen Namen. *Hebt mit dem Taschentuch den Zettel auf.* Ich vergaß Ihnen zu sagen, im Pensionat meiner Frau obliegt mir, außer der Leitung des Wirtschaftsteils, auch der Unterricht in Mathematik, Physik, Chemie, Geographie, Geschichte und Anschauungsunterricht. Außer diesen Wissenschaften werden im Pensionat meiner Frau auch Französisch,

Englisch und Deutsch unterrichtet, Literatur, Religion, Handarbeit, Musik, Tanz und Manieren. Sie sehen, mehr Fächer als im Gymnasium. Ernährung und Komfort ideal! Und all das für ein geradezu nichtiges Entgelt! Ganztägige Pensionatstöchter zahlen dreihundert Rubel, Halbpensionäre zweihundert, Externe – hundert. Für Tanz, Musik und Zeichnen ein Extrahonorar, nach Vereinbarung mit meiner Frau ... Ein sehr gutes Pensionat! Untergebracht ist es Ecke Kuchen-Straße und Fünfhundegasse, im Haus der Frau Stabshauptmann Mamašečkina. Zu Besprechungen ist meine Frau jederzeit zu Hause anzutreffen, und der Prospekt des Pensionats ist beim Portier für 50 Kop. das Exemplar erhältlich. *Schaut auf seinen Zettel.* Also, ich lade Sie ein, sich die Formel zu merken! Das Nikotin besteht chemisch aus zehn Atomen Kohlenstoff, vierzehn Wasserstoff und zwei Stickstoff. Es stellt eine farblose Flüssigkeit von ammoniakalischem Geruch dar. *Zieht aus der Tasche die Tabaksdose und schnupft.* Es ist im Tabak zugleich mit der Tabaksäure und dem Nikocyanin enthalten, das einen stark ausgeprägten Kampfergeruch besitzt. *Niest.* Lassen wir das Nikotilen und *niest* das Nikocyanin beiseite und wenden unsere ganze Aufmerksamkeit dem Nikotin zu. *Kratzt sich die Nase.* Was ist das für eine Occasion? Für uns wichtig ist, im Grunde genommen, die unmittelbare Wirkung des Nikotins *schaut in die Tabaksdose* auf die Nervenzentren und die Muskeln des Verdauungskanals. Oh, Herrgott! Sie haben mir wieder was hineingeschüttet! *Niest.* Ach, was mache ich nur mit diesen widerlichen, gemeinen Gören? Gestern haben sie mir Puder in die Tabaksdose geschüttet, und heute so etwas Scharfes, Stechendes. *Niest und reibt sich die Nase.* Das ist doch garstig, gemein! Sie müssen mich entschuldigen, aber weiß der Teufel, was dieses Pulver in meiner Nase anrichtet! Brrr! ... Widerlich, ekelhaft. Vielleicht erkennen Sie in diesem ihren Vergehen im Pensionat meiner Frau einen Mangel an strenger Disziplin? Nein, meine sehr verehrten Herrschaften, nicht das Pensionat ist daran schuld! Sie sind schuld! Schuld ist die Gesellschaft! Die Familie muß mit der Schule Hand in Hand gehen, während sie, die Familie, das Kind nur demoralisiert! *Niest.* Die Familie meiner Frau ist mit dem Pensionat meiner Frau immer Hand in Hand gegangen, und glauben Sie mir, keine der Töchter meiner Frau hätte sich gegenüber ihrem Alter etwas Derartiges herausgenommen... Aber vergessen wir das! *Niest.* Vergessen wirs... Nikotin versetzt Magen und Darm in einen tetaneistischen Zustand, das heißt in den Zustand des Tetanus! *Pause.* Aber ich bemerke auf vielen Gesichtern ein Lächeln. Offensichtlich wissen nicht alle Zuhörer die ganze hohe Wichtigkeit des uns interessierenden Gegenstandes gebührend zu würdigen. Es gibt sogar solche, welche es sogar für möglich befinden zu lachen, wenn ihnen von der Tribüne herab Wahrheiten gesagt werden, die durch die strenge Wissenschaft geheiligt sind!... *Seufzt.* Dieses Lachen erkläre ich mit dem Mangel an Bildung. Man darf nicht lachen über etwas, das erhaben, das schön, das heilig ist... Weh dem, der lacht! Die Töchter meiner Frau lachen nie. Sie sind also gebildet, und ich kann in Ruhe sterben. *Niest.* Meine Frau hat neun Töchter. Die Älteste, Anna, ist 27 Jahre alt, die jüngste 17. Alles, was es in der Natur nur an Schönem, Reinem, hoch... erhaben... zutiefst Sittlichem gibt, alles ist in diesen neun jungen, unschuldigen Wesen versammelt. Bislang ist keine von ihnen verheiratet, aber wenn man sie so sieht, kann man sich dafür verbürgen, daß aus ihnen die besten Ehefrauen werden. *Seufzt.* Aber wie schwer ist es in unserer Zeit, eine Tochter zu verheiraten! *Schüttelt den Kopf.* Ach, ihr jungen Männer, ach, ihr jungen Leute! Durch eure Eigensinnigkeit, durch eure materialistische Einstellung beraubt ihr euch eines der höchsten Genüsse, der Genüsse des Familienlebens!... Wenn ihr nur wüßtet, wie schön dieses Leben ist! Ich habe dreiunddreißig Jahre mit meiner Frau verlebt und kann sagen, das waren die besten Jahre meines Lebens. Sie sind verstrichen wie ein einziger glücklicher Augenblick. *Weint.* Wie oft habe ich sie mit meinen Schwächen erzürnt! Die Ärmste! Auch wenn ich alle Strafen mit Ergebenheit auf mich genommen habe, doch womit habe ich ihren Zorn belohnt? *Pause.* Und ich begreife nicht, warum die Töchter meiner Frau so lange unverheiratet bleiben! Vermutlich, weil die Männer sie so selten zu Gesicht bekommen. Ihr jungen Leute solltet sie euch ansehen. Wer weiß? Vielleicht gefällt euch ja eine der neun. Natürlich kann meine Frau keine Abendgesellschaft geben, zum Essen lädt sie nie jemanden ein, aber ... im Vertrauen kann ich Ihnen verraten... *nähert sich der Rampe und flüstert* meine Töchter kann man an den Großen Feiertagen bei ihrer Tante Natalja Semënovna sehen. Dort werden auch Zakuski gereicht. Aber aufgrund der knappen Zeit wollen wir nicht vom Thema abweichen. Stehengeblieben war ich beim Tetanus. Im übrigen *schaut auf die Uhr* bis zum nächsten Mal! *Geht hinaus.*

Über die Schädlichkeit des Tabaks –
Varianten aus der gekürzten Fassung von 1889 gegenüber dem Erstdruck 1886:

Thema des Vortrags 1889:
»Über den Teeismus und Kaffeeismus für den Organismus.«

Seite 190
Dieses Lachen ... – und ich kann in Ruhe sterben. Statt dessen –
Natürlich wage ich nicht, Ihnen Vorhaltungen zu machen, aber ... Zu den Töchtern meiner Frau sage ich immer: »Kinder, lacht nicht über etwas, das über das Lachen erhaben ist!«

Seite 190
eine Tochter zu verheiraten. danach –
Eher findet man unter dem dritten Pfandbrief Geld als einen Ehemann für eine der Töchter.

Seite 190
Genüsse des Familienlebens! danach –
Obwohl andererseits ... *Blickt sich um.* Natürlich heiratet man am besten gar nicht.

Seite 190
wie ein einziger glücklicher Augenblick. danach –
der Teufel soll sie holen. *Blickt sich um.* Ich sage die Wahrheit. Ehrenwort, ich sage die Wahrheit, zum Teufel.

Anhang

Editorische Notiz

I

Die vorliegende Sammlung der Einakter Anton Čechovs folgt in Wortlaut und chronologischer Anordnung der historisch-kritischen Gesamtausgabe in 30 Bänden, der sogenannten Akademie-Ausgabe Moskau, Nauka, 1974–1983, und zwar den 1978 erschienenen Bänden XI–XIII mit dem dramatischen Werk.

Gegenüber der deutschen Erstausgabe* wurden die Übersetzungen revidiert, außerdem sind den Stücktexten – soweit übersetzbar – die wesentlichen und z. T. erheblichen Varianten beigegeben. Dabei handelt es sich in der Regel um die von der Fassung letzter Hand abweichenden Lesarten des Erstdrucks; auf die Mitteilung von Zwischenschritten und nur stilistischen Korrekturen wurde verzichtet. Einen Sonderfall bildet in diesem Zusammenhang, aber auch unter dem Gesichtspunkt der chronologischen Reihenfolge die Monologszene *Über die Schädlichkeit des Tabaks*. 1886 ganz im Stil der frühen Satiren geschrieben, überarbeitete und kürzte Čechov den Wortlaut für eine Textbuchausgabe 1889, ohne mit dem Ergebnis wirklich zufrieden zu sein. So erklärt sich der Umstand, daß Čechov den Monolog in der Fassung von 1889 in keine seiner gedruckten Stücke-Sammlungen aufnahm. Das Sujet war ihm jedoch so wichtig, daß er es im Herbst 1902, also nach *Drei Schwestern* und vor Beginn der Arbeit am *Kirschgarten*, nochmals aufgriff und den Text völlig umschrieb. In der Redaktion letzter Hand findet sich dieser Monolog im Haupttext; der vollständige Wortlaut des Erstdrucks steht im Variantenteil.

Nicht aufgenommen werden konnten die als verschollen geltenden Einakter und Stückfragmente, von denen man aus Čechovs Briefwechsel und Erinnerungen von Zeitgenossen weiß, von denen teilweise sogar die Titel bekannt sind. Im Gegensatz zu Čechovs dramatischem Erstling, den *Vaterlosen* aus dem Jahre 1878, der Anfang der 20er Jahre gefunden und 1923 von N. F. Belčikov publiziert wurde, sind diese frühen, z. T. noch in Taganrog entstandenen Einakter bislang nicht aufgetaucht. Es handelt sich um die nachstehenden Titel:

1. *Taras Bulba:* das erste und früheste literarische Vorhaben Čechovs, eine Dramatisierung des historischen Romans von Nikolaj Gogol; ob es sich hierbei nur um einen Plan handelte oder ob es auch einen Text oder Textfragmente gab, ist ungeklärt.

* Anton Čechov, *Sämtliche Einakter*, Diogenes, Zürich 1980.

2. *Die Sense traf auf einen Stein,* 1878. Diesen Einakter sandte Čechov 1878 aus Taganrog nach Moskau an seinen ebenfalls schriftstellernden älteren Bruder Aleksandr, der seine Eindrücke in einem Brief vom 14. Oktober 1878 an Anton resümiert: »Geschrieben in einer vorzüglichen Sprache und sehr charakteristisch für jede dort aufgeführte Person, aber Dein Sujet ist schon sehr klein. Dieses Dein zuletzt Geschriebenes habe ich der Bequemlichkeit halber für meins ausgegeben und Kollegen vorgelesen, Leuten mit Geschmack, unter anderen S. Solovjëv, dem Autor von *Der Bräutigam.* In allen Fällen war die Antwort diese: ›Der Stil sehr schön, Können vorhanden, aber wenig Beobachtungsgabe und keine Lebenserfahrung.‹«

3. *Nicht umsonst krähte die Henne,* 1878. Čechovs jüngster Bruder Michail in seinen Erinnerungen: »Als Schüler der VII. Klasse schrieb Anton Pavlovič das furchtbar komische Vaudeville *Nicht umsonst krähte die Henne* und schickte es uns zum Lesen nach Moskau... Wo dieses Vaudeville geblieben ist, weiß ich nicht.«

4. *Der rasierte Sekretär mit der Pistole,* frühe 80er Jahre. An dieses »unbescheidene Vaudeville« erinnerte sich Michail Čechov in Aufsätzen 1907 und 1910: »In diesem Vaudeville wurde eine Zeitschriftenredaktion mit einem Doppelbett dargestellt. Ein Mitarbeiter brachte ein unbegabtes Gedicht zum Druck. Und so mußte Ant. P. ein besonders unbegabtes Gedicht verfassen, in dem sich viermal das Wort ›kopfüber‹ wiederholen sollte: ›Verzeihe mir, schneeweißer Engel mein‹ usw. – ›Der letzte Vers ist ein wenig schwerfällig‹, sagt der Held des Vaudevilles zum Redakteur, ›aber das Wichtige ist doch, daß man vorzutragen versteht.‹« An anderer Stelle Michail: »Dieses Vaudeville schickte Čechov nicht zur Theaterzensur, über sein weiteres Schicksal weiß ich leider nichts.«

5. Ohne Titel; in einem Brief an seinen Bruder Ivan schreibt Čechov im Oktober 1883: »Ich gehe nirgendwohin, arbeite nicht. Ich studiere Medizin und kritzle an einem schlechten Vaudeville.«

6. *Dunst des Lebens,* Anfang 1884, eine Parodie auf die Tragödie gleichen Titels von Boleslav Markevič. N. A. Lejkin, Redakteur der Petersburger Humorzeitschrift *Oskolki,* am 19. Februar 1884 an Čechov: »Die Parodie auf das Stück von B. Markevič war bereits gesetzt, als ich Ihren Brief mit der Bitte erhielt, die Parodie nicht zu drucken, also ließ ich den Satz vernichten.« Čechov hatte Lejkin am 5. oder 6. Februar 1884 gebeten, die Parodie nicht zu veröffentlichen, um Streit »mit einigen Verehrern und Freunden« Markevičs zu vermeiden.

7. *Hamlet, Prinz von Dänemark,* Vaudeville, 1887. Am 14. Januar 1887 schrieb Čechov an M. V. Kiselëva: »Habe ein zweites angefangen, aber nicht zu Ende gebracht, weil ich keine Zeit hatte.« (Das »erste« war der soeben abgeschlossene Einakter *Schwanengesang.*) In einem Erinnerungsaufsatz 1914 zitiert A. S. Lazarëv-Gruzinskij Čechov mit den Worten: »Ich habe es angefangen, aber nicht abgeschlossen. Ich bin zu sehr mit *Ivanov* beschäftigt und erschöpft. Schreiben Sie den Schluß, überarbeiten werden

wir es gemeinsam.« Laut Lazarëv waren noch 200 bis 250 Zeilen zu schreiben.

Lazarëv zufolge bildeten den Hintergrund die Zustände am russischen Provinztheater, die Leichtigkeit der Sitten hinter den Kulissen, Ophelia sollte Hamlet betrügen, die Theaterunternehmer in ihrer Raffgier und Kulturlosigkeit ihr Fett abkriegen. Der Anfang: zwei vor Probenbeginn gekommene Schauspieler, unter ihnen »Tigrov«, der den Schatten von Hamlets Vater spielen soll, tauschen sich über das Theaterleben in den öden Provinzstädten aus; wörtliches Zitat in reinstem Čechov-Ton: »Du kommst an, steigst im ›Grandhotel‹ ab – in jedem Provinznest gibt es entweder ein ›Hotel Europa‹ oder ein ›Grandhotel‹.« Enden sollte das Stück mit Skandal und allgemeinem Kladderadatsch.

Am 15. November griff Čechov den Plan wieder auf. Möglicherweise bewog Čechovs detaillierte Kritik im Brief vom 26. November 1887 Lazarëv, das Gemeinschaftsunternehmen abzubrechen.

8. *Die Kraft der Hypnose,* 1887. Als I. L. Leontjev-Ščeglov Čechov nach der Uraufführung von *Der Bär* an diese Komödie erinnert, antwortet er am 2. November 1888: »*Die Kraft der Hypnose* schreibe ich im Sommer – jetzt mag ich nicht.«

In seinen Erinnerungen an Čechov, 1905 veröffentlicht, schildert Leontjev eine typische Čechovsche Einakterhandlung: »Eine schwarzäugige kleine Witwe hat zweien ihrer Verehrer den Kopf verdreht: einem dicken Major mit stacheligem Majorsschnurrbart und einem jungen, völlig bartlosen Apothekergehilfen. Beide Rivalen – der Militär wie der Zivile – sind von ihr wie von Sinnen und zu jeder Dummheit bereit wegen ihrer brennenden Augen, die, davon sind sie überzeugt, eine besondere, dämonische Kraft besitzen. Es kommt zu einer amüsanten Liebesszene zwischen der verführerischen Witwe und dem dicken Major, der sich, ächzend, vor ihr auf die Knie sinken läßt, ihr Herz und Hand anträgt und schwört, aus Liebe zu ihr zu den entsetzlichsten Opfern bereit zu sein. Die grausame Witwe erklärt dem verliebten Major, daß sie nichts gegen seinen Antrag habe und daß das einzige Hindernis an dem ehelichen Kuß ... der stachelige Majorsschnurrbart sei. Und da sie die dämonische Kraft ihrer Augen erproben will, hypnotisiert die Witwe den Major so stark, daß sich der Major schweigend zur Tür umdreht und seine Schritte aus dem Salon zum erstbesten Barbier richtet. Danach kommt es zu einem üblichen Verwirrspiel, das meinem Gedächtnis entglitten ist, in dessen Ergebnis aber der schnurrbartlose Pharmazeut den vollen Sieg davonträgt. (Ich glaube, der unternehmungslustige Bräutigam nutzt die Abwesenheit des Rivalen und schüttet der Witwe in den Kaffee ein Liebespulver eigener Herstellung.) Und genau in dem Augenblick, als die Witwe dem Apotheker in die Arme fällt, erscheint in der Tür der hypnotisierte Major, und zwar in der komischsten und dümmsten Lage: er hat sich soeben seinen großartigen Schnurrbart abrasieren lassen... Versteht sich, daß beim Anblick der List der Witwe die ›Kraft der Hypnose‹ augenblicklich endet, und mit ihr endet auch das Vaudeville. Ich erinnere mich, daß wir über die letzte Szene, d. h. das Erscheinen des Majors, beide sehr gelacht haben. Zweifellos war es der *Kraft der Hypnose* bestimmt, eine der urkomischsten und populärsten russischen Farcen zu werden, und ich nahm Čechov damals das Wort ab, sich an diese Sache zu setzen und sie nicht auf die lange Bank zu schieben.«

9. *Blitz und Donner.* Am 23. Dezember 1888, nachdem sein Einakter *Der Bär* in den Räumen des Finanzministeriums und des Außenministeriums zu Wohltätigkeitszwecken aufgeführt worden war (gespielt von den Stars des Alexandra-Theaters St. Petersburg, M. G. Savina und V. N. Davydov), schrieb Čechov an A. S. Suvorin: »Für die Savina, Davydov und die Minister habe ich mir ein Vaudeville unter dem Titel *Blitz und Donner* ausgedacht. Nachts, während eines Gewitters, lasse ich den Landarzt Davydov zur Jungfer Savina fahren. Davydov hat Zahnschmerzen, die Savina einen unerträglichen Charakter. Interessante Gespräche, vom Donner unterbrochen. Zum Schluß verheirate ich sie. Wenn ich mich einmal ausgeschrieben habe, werde ich Vaudevilles schreiben und von ihnen leben. Mir scheint, ich könnte Vaudeville zu Hunderten pro Jahr schreiben. Aus mir sprudeln Vaudeville-Sujets wie das Erdöl aus den Quellen von Baku. Warum kann ich meine Ölparzelle nicht Ščeglov abtreten?«

Nicht in die vorliegende Sammlung aufgenommen wurde der nie gespielte, wohl auch unspielbare Text *Tatjana Repina* aus dem Jahr 1889. Dies ist zwar ebenfalls ein dramatischer Dialog in einem Akt, der jedoch insofern aus dem Rahmen fällt, als er ohne Kenntnis der Vorlage kaum verständlich wird. Er stellte Čechovs freundschaftliche und feine Reaktion auf A. S. Suvorins Tragödie *Tatjana Repina* dar, wobei Čechov in seinem Text mit dem Personal der Tragödie Suvorins weiterspielt und dem Autor einen anderen, glaubhafteren Schluß nahelegt. Verleger Suvorin ließ dieses »sehr billige und nutzlose Geschenk«, als das Čechov seinen Dialog bezeichnete, in zwei Exemplaren drucken, deren eines er behielt und das andere Čechov schickte. *Tatjana Repina* hat Čechov in keine seiner Stücke-Sammlungen aufgenommen.

2

Mit Ausnahme des *Tabak*-Monologs sowie des großartigen, von der Zensur verbotenen Einakters *Auf der Großen Straße*, der den gesamten Gorkij antizipiert, aber auch die Bauerndramen Lev Tolstojs vorwegnimmt, sind die Einakter Čechovs in der kurzen Zeitspanne von fünf, sechs Jahren entstanden, 1887–1891. Die bekanntesten, *Der Bär* und *Der Heiratsantrag*, publiziert in Suvorins vielgelesener Tageszeitung *Novoe vremja* (Die neue Zeit), wurden nicht nur in den Hauptstädten, sondern auch von den Theatern der Provinz viel gespielt. Die Nachfrage, die entsprechend groß war, konnten die Theaterverlage – neben E. N. Rassochina die Bühnenvertriebe von V. A. Bazarov und S. F. Rassochin – kaum decken; die Auflage ihrer lithographierten Textbücher betrug gewöhnlich 110 Exemplare. Deshalb ließ Čechov die meisten Texte seiner Einakter in der Zeitschrift *Artist* nachdrucken, die in Theaterkreisen gelesen wurde. Dennoch lag es auch in seinem materiellen Interesse, daß die Theaterstücke in Buchform vorlagen.

Die erste Sammlung seiner Theaterstücke erschien 1897, nach der Uraufführung der *Möwe,* in Petersburg im Verlag A. S. Suvorin. Suvorin war, was oft vergessen worden ist, nicht nur Journalist und Herausgeber einer einflußreichen Tageszeitung, später auch Theaterunternehmer (ab 1895), der in seinem Theater übrigens keines der abendfüllenden Čechov-Stücke auf die Bühne brachte, für die ihm letztlich das Verständnis fehlte – Suvorin führte auch einen hochangesehenen literarischen Verlag, selbst wenn Čechov mit den Zuständen in diesem Verlag nicht immer zufrieden war. Der Band *Theaterstücke* 1897 enthielt von den großen Stücken: *Ivanov* in der 2. Redaktion, *Die Möwe* und *Onkel Vanja,* von den einaktigen: *Schwanengesang, Bär, Heiratsantrag* und den *Tragöden wider Willen.*

Die zweite Ausgabe zu Lebzeiten erfolgte, nach der Trennung von Suvorin Januar 1899, im Petersburger Verlag von Adolf Marks, der eine Gesamtausgabe des Werks plante und deren erster Band mit den frühen Humoresken Ende 1899 erschien. Schon bei Abschluß des Verlagsvertrages hatten sich beide Parteien darauf verständigt, den Band VII, der für die Theaterstücke vorgesehen war, vorzuziehen und außerhalb der Zählung der Bände möglichst bald herauszubringen, da der Stücke-Band bei Suvorin vergriffen war und gemäß Vertrag mit A. F. Marks auch nicht hätte nachgedruckt werden dürfen.

Die Sammlung der Theaterstücke erschien bei Marks erst im Dezember 1900 (in der Sekundärliteratur wird der Band meist mit 1901 datiert), also kurz vor der Uraufführung der *Drei Schwestern* und in Abwesenheit Čechovs, der diesen Winter in Nizza verbrachte. Er hätte gut und gern anderthalb Jahre früher erscheinen können, denn er enthielt genau die gleichen Titel wie die Suvorinsche Ausgabe. 1901 war er, nach der Zeitschriftenpublikation von *Drei Schwestern,* inhaltlich obsolet geworden. Eine Einzelausgabe von *Drei Schwestern* bei Marks erfolgte zwar noch im Uraufführungsjahr, ein weiterer Ergänzungsband – mit *Drei Schwestern* sowie den Einaktern *Das Jubiläum* und *Die Hochzeit* – erschien 1902. Ebenfalls 1902 erschienen die *Theaterstücke* in zweiter Auflage, nun mit *Drei Schwestern* und den beiden Einaktern.

3

Wie Čechovs abendfüllende Stücke waren auch die Einakter der Zensur unterworfen, die bekanntlich Čechovs ersten Einakter *Auf der Großen Straße* als »finsteres und schmutziges Stück« verboten hatte (die wörtliche Begründung des Verbots vgl. Anmerkungen zu den Stücken im einzelnen).

Die Zensur – offiziell die »Hauptverwaltung für Presseangelegenheiten« beim Ministerium für Inneres, dem in den 80er Jahren der erzkonservative

Graf Dmitrij Andreevič Tolstoj vorstand – war, wie das Departement der Polizei, eine eigene Behörde und stand unter Oberaufsicht des ebenso erzkonservativen ehemaligen Journalisten Evgenij Michajlovič Feokistov, 1829–1898. Feokistov, der das Amt des Oberzensors von 1883 bis 1896 bekleidete, war nicht nur enger Vertrauter des Innenministers, sondern auch Konstantin Pobedonoscevs, des allgewaltigen Oberprokurors des Heiligen Synods, der als ehemaliger Erzieher des Zaren und von 1881 bis 1905, also in genau den zweieinhalb Jahrzehnten, während deren Čechov schrieb, als graue Eminenz im Hintergrund praktisch sämtliche Fäden zog.

Dem Zensor Feokistov, der sich mit dem Verbot der beiden größten oppositionellen Publikationsorgane* ins Amt eingeführt hatte, stand ein fein gestaffeltes Instrumentarium zur Gängelung der Presse zur Verfügung. Unter ständiger Bedrohung, die Zeitung oder Zeitschrift auf Zeit »zu schließen«, reichte es von der Vorzensur (von der nur wenige, als zuverlässig geltende Zeitungen befreit waren) über Verwarnungen, Konfiskation einzelner Ausgaben oder Bücher, über den Ausschluß der Zeitung vom freien Verkauf an Kiosken bis hin zum definitiven Verbot.** Dabei waren die Kriterien seit den »Provisorischen Regeln für die Zensur« vom 12.v.1862 immer undurchschaubarer geworden, Pietät, Wohlanständigkeit und der Zwang, ohne manch lebendiges Wort auszukommen, gehörten dazu, außerdem wechselten die »Regeln« je nach den ominösen ministeriellen Zirkularen (mehrere Dutzend pro Jahr), die den Redaktionen unter Strafandrohung verboten, bestimmte »gefährliche« Themen und Probleme aufzugreifen; ein Appellationsrecht gab es nicht. Die Zensurbehörde, also letztlich Feokistov, hatte das ausschließliche Recht, qua Kommission Redakteure zu ernennen bzw. zu entlassen, das Erscheinen neugegründeter Zeitungen zuzulassen bzw. zu verbieten, und sie wurde dazu angehalten, ein besonders waches Auge auf die Spielpläne der Bühnen, insbesondere der Kaiserlichen, d. h. der Staatstheater zu haben.

Ein bezeichnendes Licht auf die Vorgehensweise der Zensur der Čechovzeit, ihre Kriterien, aber auch auf das feine Zusammenspiel zwischen Zensur und Heiligem Synod in Person Pobedonoscevs wirft das Verbot von Lev Tolstojs Drama *Die Macht der Finsternis* im Jahre 1887.

Dieses Stück hatte Feokistov zwar mit einem strikten Aufführungsverbot belegt, er hatte aber in der damals weitverbreiteten Meinung, daß ein Theaterstück, für sich im stillen Kämmerlein gelesen, keine »gefährliche Wir-

* Verbot der Zeitung *Golos* (Stimme) 1883 und der beliebten und renommierten dicken Zeitschrift *Otečestvennyja zapiski* (Vaterländische Annalen) 1884.

** Band 38 des Enzyklopädischen Wörterbuches von Brockhaus-Efron, erschienen 1903, bringt eine Liste der »bislang bekanntgewordenen« Eingriffe und Verbote der Zensur auf beeindruckenden 15 1/2 kleingedruckten Spalten und verweist auf ein »überaus umfangreiches (482 Seiten starkes) wertvolles Werk«: W. J. Nagradow, *Moderne russische Censur und Presse*, Berlin 1894.

kung« entfalten könne, eine Druckerlaubnis erteilt. Ein neuer Text Tolstojs war nicht nur für literarisch Interessierte ein Ereignis, auch im Literarischen Repertoire-Komitee des Kaiserlichen Alexandra-Theaters zu St. Petersburg nahm man das Stück zur Kenntnis und schritt zu den Vorbereitungen einer Inszenierung, trotz Aufführungsverbot, ermuntert aber durch eine achtlose Bemerkung Alexanders III., man könne ja die Generalprobe ansehen und dann entscheiden. Bei ihren regelmäßigen Zusammenkünften berichtete Feokistov hierüber Pobedonoscev, der das Stück nicht kannte und nach Lektüre dem Zensor die heftigsten Vorwürfe machte, für dieses »empörende und schmutzige« Stück eine Druckgenehmigung erteilt zu haben.

Noch am selben Tag, dem 28. Februar 1887, richtete Pobedonoscev einen 6 Seiten langen, flammenden Brief an seinen Zögling, den Zaren. Er habe soeben das neue Drama des Grafen L. Tolstoj gelesen und könne sich noch immer »nicht fassen vor Entsetzen«. Er wisse nicht, ob dieses Büchlein Seiner Majestät bekannt sei: »Ich kenne nichts Derartiges, in keiner Literatur. Kaum je würde Zola auf die Stufe des groben Realismus herabsteigen, auf welche sich Tolstoj hier stellt... Welche Abwesenheit – mehr noch – Negation des Ideals, welch Erniedrigung des sittlichen Gefühls, welch Beleidigung des Geschmacks! ... Ist unser Volk etwa so, wie Tolstoj es darstellt? Aber diese Darstellung stimmt mit der ganzen neuesten Tendenz Tolstojs überein – unser Volk ist mit seinem ganzen Glauben in der Finsternis, und er, Tolstoj, bringt ihm als erster sein neues Evangelium. Seht her, worin euer Glauben besteht – das Bauernweib, das sein unglückliches Kind tötet, vergißt nicht, es zu bekreuzigen, und erstickt es dann...« Es folgt eine eingehende Analyse des Tolstojschen »Zynismus«.

Gegen Pobedonoscevs Vorwürfe, dieses Theaterstück im Buchdruck genehmigt zu haben, hatte Feokistov sich schon in seinem Brief vom 19. Februar 1887 gewehrt, indem er nochmals den Unterschied zwischen gedrucktem Text und Bühnenaufführung hervorhob:

»Wir haben das Stück für das Theater verboten, aber mir scheint, für ein Verbot, es drucken zu lassen, besteht keine hinreichende Begründung. Tolstoj predigt hier nicht seine verworrenen Theorien; er stellt das Laster in keinem verführerischen Lichte dar; zwar erweckt das Stück in seiner Grobheit und in seinem Zynismus einen abstoßenden Eindruck, doch dieser wirft niemanden aus dem Geleise. Mit der Bühne ist es etwas anderes: es wäre im höchsten Grade beleidigend, wenn man derartige Dinge für die Kaiserlichen Theater für geeignet hielte.«

Tolstojs Stück blieb bis zur Aufhebung des Verbotes im Jahr 1895 ungespielt.* Bei Čechovs Einakter *Auf der Großen Straße* hatte die Figur eines

* Vor der Aufhebung des Verbots gab es 1890 eine Inszenierung von Theaterliebhabern eines privaten Zirkels. 1895 erreichte Suvorin eine Aufführungsgenehmigung im eigenen Kleinen Theater St. Petersburg, Premiere war am 16. Oktober 1895 in der Regie von E. Karpov, dem späteren Regisseur der Uraufführung der *Möwe*. Zwei Tage später

heruntergekommenen alkoholkranken Adeligen, der einen Schankwirt um Schnaps anbettelt, für ein Aufführungsverbot ausgereicht.

Auch der Weg von der Aufführungsgenehmigung bis zum gedruckten Stücktext war gestaffelt und hürdenreich. Die Möglichkeit zu einer Druckerlaubnis ohne Aufführungsgenehmigung war, wie das Tolstojsche Beispiel zeigt, in Ausnahmefällen gegeben, war aber nicht die Regel, schon gar nicht für angehende Dramatiker, wie Čechov 1885 einer war; sie stand im Ermessen des obersten Zensors. War eine Aufführungsgenehmigung erteilt, so war die Genehmigung zur Herstellung eines Textbuchs in 110 Exemplaren nur mehr lästige Formsache. Aber die Genehmigung mußte eingeholt werden, dazu mußten jeweils zwei Abschriften eingereicht werden, für jede Nachauflage mußte der Verleger eine neue Genehmigung einholen, das gleiche galt für Publikationen im Buchdruck. Eine weitere, besondere Genehmigung kam mit den vermehrten Gründungen von Volkstheatern in den 90er Jahren auf – etlichen abendfüllenden Theaterstücken Čechovs wurde letztere verweigert, für die meisten Einakter wurde sie erteilt.

So enthalten einige der überlieferten Textversionen der Einakter bis zu vier bzw. fünf verschiedene Zensurdaten, z. B. der *Tragöde wider Willen:* Aufführungsgenehmigung – 9.V.1889, für das lithographierte Textbuch – 1.VI.1889, für die Neuauflage des unveränderten Wortlauts bei E. N. Rassochina – 22.XI.1889, für den Zeitschriftenabdruck im *Artist* 1890 – Mai 1890. Analoges gilt für *Hochzeit* und *Jubiläum*.

Ziel eines jeden Dramatikers, der auf sich hielt, war selbstverständlich eine Inszenierung an einem der Kaiserlichen Theater. Das waren in den Hauptstädten: das Alexandra-Theater in St. Petersburg und, im Gegensatz zum Oper und Ballett vorbehaltenen (Großen) Bolšoj, das durchaus große Kleine Theater in Moskau. Für diese fungierte in beiden Hauptstädten das sogenannte Literarische Repertoire-Komitee (wie man heute sagen würde: Chefdramaturgie), das, von der Zensurbehörde berufen, ebenfalls als Instanz der Zensur angesehen wurde. In den Jahren, in denen Čechovs Einakter entstanden, war dieses Gremium in Petersburg mit zwei Schriftstellern der Vätergeneration besetzt, die Čechov durchaus wohlwollten, nämlich D. V. Grigorovič, dem Verfasser des berühmten Briefes, der Čechov »echtes literarisches Talent« bescheinigt hatte*, und dem Dichter A. N. Pleščeev, der zugleich Redakteur der liberalen Zeitschrift *Severnyj vestnik* (Nördlicher Bote) war und dort u. a. Čechovs *Steppe* durchsetzte. Beide hatten zwar, was Čechov empfindlich traf, eine Aufführung der Komödie *Der Waldschrat* an den

zog das Kaiserliche Alexandra-Theater nach, am 19. Oktober folgte das Moskauer Privattheater A. F. Korš.

Zitate der Kontroverse Feokistov-Pobedonoscev aus: K. P. Pobedonoscev, *Velikaja lož' našego vremeni,* Moskva 1993, und: E. M. Feokistov, *Vospominanija,* Leningrad 1929, Reprint Cambridge 1975.

* Vgl. Čechovs Brief an D. V. Grigorovič vom 28.III.1886 und Anm., Briefe, Band 1.

Staatstheatern abgelehnt mit der Begründung, das Stück sei ein »dramatisierter Roman«, hatten jedoch einer Aufführung der Einakter *Bär* und *Heiratsantrag,* entgegen der Beurteilung durch die Zensur, zugestimmt.

Čechovs Einstellung gegenüber dem Diktat der Zensoren geht aus seinen ironischen Briefen hervor, die dieses Thema im Zusammenhang mit den Bittgängen und Gesuchen berühren; doch diese Einstellung hat sich in späteren Jahren, besonders nach dem quälend langen Verfahren um die *Möwe* (siehe dort), nachhaltig geändert. Sie verwandelte sich in Zorn.

Anmerkungen zu den Stücken im einzelnen

Auf der Großen Straße

Na bol'šoj doroge.

Geschrieben, zumindest begonnen im Herbst 1884, vgl. Čechovs Brief vom 4. November 1884 an den Herausgeber der *Oskolki,* N. A. Lejkin, für den Čechov damals ausschließlich arbeitete: »Diese Woche schicke ich Ihnen nicht mehrere Erzählungen, weil ich die ganze Zeit krank* und beschäftigt war: ich schreibe einen kleinen Unfug für die Bühne – eine sehr mißglückte Sache...«

Vorlage für den »kleinen Unfug« war die Erzählung *Im Herbst***, 1883; vgl. aber auch die Erzählung *Die Herrin****, 1882. In der Figur des Räubers und Mörders Merik sind auch Züge des Diebes Osip aus den *Vaterlosen* erkennbar.

Čechov reichte das fertige Stück bei der Zensur ein; Eingangsstempel dort: »29. Mai 1885«, was vermuten läßt, daß er entweder länger als gewöhnlich an dem Stück gearbeitet hat oder sich unsicher war, ob das Stück überhaupt genehmigt werden würde.

Erhalten sind das der Zensur eingereichte handschriftliche Exemplar wie auch der Rapport des Zensors: »Die Handlung spielt nachts in einer Schenke an der Großen Straße. Unter allen möglichen Landstreichern und Pilgern, die in der Schenke eingekehrt sind, um sich aufzuwärmen und zu übernachten, befindet sich ein heruntergekommener Adeliger, der den Branntweinverkäufer anfleht, ihm auf Kredit zu trinken zu geben. Aus dem Gespräch geht hervor, daß der Adelige alles vertrunken hat, aus Kummer infolge der Tatsache, daß ihn seine Frau am Tage der Hochzeit verlassen hat. Zufällig, vor dem Unwetter Schutz suchend, gerät eine gnädige Frau in die Schenke, in der der unglückselige Trunkenbold seine treubrüchige Gefährtin erkennt. Einer der Schenkenbesucher, der Mitleid mit dem Adeligen verspürt, erhebt gegen sie die Axt, man fällt ihm jedoch in den Arm, und die dramatische Skizze endet mit einem mißglückten Mordversuch. Dieses finstere und schmutzige Stück kann m. E. nicht zur Aufführung zugelassen werden. – Zensor f. dramat. Werke Kejzer fon Nilkgejm.«

* Geschrieben vier Wochen vor dem erschütternden Brief, in dem Čechov von den ersten schweren Lungenblutungen berichtet – vgl. Briefe, Band 1, Diogenes, Zürich 1983.

** in: Anton Čechov, *Ein unbedeutender Mensch,* Erzählungen 1883–1885, Diogenes, Zürich 1976.

*** in: Anton Čechov, *Ein unnötiger Sieg,* Frühe Novellen und Kleine Romane, Diogenes, Zürich 2000.

In der oberen Ecke des Rapports der handschriftliche Vermerk des Leiters der Zensurbehörde vom 20. September 1885: »Verbieten. E. Feokistov.«

Zu Lebzeiten Čechovs ist das Stück nie erschienen, Varianten dazu sind nicht überliefert. Am 19. November 1911 wandte sich Čechovs Schwester Marija Pavlovna an die Hauptverwaltung für Pressewesen und bat um die Herausgabe des »Stückes von A. P. Čechov *Der Barin* [Herr], das er in den Jahren 1883, 1884, 1885 oder 1886 geschrieben hat«.

Das Auftauchen eines bislang unbekannten dramatischen Texts von Čechov meldeten am 10. Februar 1912 die *Russkie vedomosti* (Russische Nachrichten): »Diejenigen, die *Auf der Großen Straße* gelesen haben, äußern sich über diese dramatische Skizze, die in alter Form geschrieben ist, als ein Werk von sehr feiner Handschrift und großem künstlerischen Reiz. Nur der Schluß sei, ihren Äußerungen zufolge, etwas dick aufgetragen.« Tags darauf hatte der Rezensent das Stück selbst gelesen: »Die Skizze kann natürlich keinen Vergleich mit den Werken Čechovs aushalten, die ihm den Ruhm eines Dramatikers eingebracht haben. Aber auch in ihr ist die Feder Čechovs zu spüren.«

Anläßlich des 10. Todestages veröffentlichte Čechovs Schwester das Stück erstmals im Almanach *Slovo* (Das Wort), 1914. Im selben Jahr wurde das Stück im Malachovschen Theater, Kreis Moskau, uraufgeführt. Der Kritiker V. N. in der »Theaterumschau« der Zeitung *Russkoe slovo* vom 2. Juli 1914: »Nur stellenweise sprühen im Verlauf dieses zerdehnten Stückes die Funken des Čechovschen Talents ... Jedenfalls aber ist für die Geschichte von Čechovs dramatischem Werk dieses neu entdeckte Stück äußerst wertvoll, und die literarische Kritik wird nicht zögern, sich mit dieser Skizze auseinanderzusetzen.«

In Deutschland unvergessen die deutschsprachige Erstaufführung durch Klaus Michael Grüber 1984 an der Berliner Schaubühne und die Inszenierung Dimiter Gotscheffs 1996 am Hamburger Thalia Theater.

Schwanengesang (Kalchas)

Lebedinaja pesnja (Kalchas).

Geschrieben Dezember 1886, spätestens Anfang Januar 1887, in Anlehnung an die Erzählung *Kalchas**, 1886. Vgl. Čechov am 14. Januar 1887 an M. V. Kiselëva: »Ich habe auf 4 Viertelchen ein Theaterstück geschrieben. Zu spielen in 15–20 Minuten. Das kürzeste Drama der Welt. Spielen wird es der berühmte Davydov, der zur Zeit bei Korš ist. Gedruckt wird es in der *Sezon,* so daß es überallhin gelangt. Überhaupt ist es besser, kleine Sachen zu schreiben als große: der Anspruch ist klein, und der Erfolg doch da ... Was braucht man mehr? Das Stück habe ich in 1 Stunde und 5 Minuten geschrieben.«

* in: Anton Čechov, *Gespräch eines Betrunkenen mit einem nüchternen Teufel,* Erzählungen 1886, Diogenes, Zürich 1976.

Das Stück erschien erstmals im Almanach *Sezon* (Die Spielzeit), Nr. 1, Januar 1887, von der Zensur genehmigt am 11.1.1887, unter dem Titel: *Kalchas.* Dramatische Skizze in 1 Akt, gezeichnet: Ant. Čechov. In der Druckfassung gekürzt, es fehlten noch die Passagen über Svetlovidovs Jugend. Erweiterte Version nach der Uraufführung in der Theaterbibliothek E. N. Rassochina (Zensurdatum: 9. November 1888), Nachdruck in der Theaterzeitschrift *Artist*, Heft 11, Oktober 1889 (Zensurdatum: 14. Oktober 1889); im Band Theaterstücke, 1897; in Band VII der Gesamtausgabe, 1900, ²1902.

Die erste, in *Sezon* gedruckte Fassung endete mit Nikita und einem dramaturgischen Scherz, der den abrupten Schluß begründet: NIKITA: Vasil Vasiljič! Mein Guter, Lieber ... Nun beruhigen Sie sich doch ... Herrgott! *Schreit.* Petruška! Egorka! Ist hier jemand? Mein Gott, die Kerze geht aus!

Im Zusammenhang mit der Uraufführung des Stückes am Moskauer Theater A. F. Korš schrieb Čechov Ende Dezember 1887 an den Schauspieler V. N. Davydov: »Als ich gestern nach Hause kam, habe ich meine Brüder zum Abschreiben hingesetzt – *Kalchas* ist fertig und wird Ihnen in zwei Exemplaren geschickt. Wenn Sie ihn für geeignet halten und ihn, wie Sie gestern sagten, selbst zur Zensur schicken, dann seien Sie so gut und lassen es mich wissen, damit ich parallel zum Stück das Gesuch einreichen kann. Ohne das Gesuch, mit Marken verziert, lesen die Zerberusse das Stück nicht.«

Erhalten ist das der Zensur eingereichte Manuskript mit dem Eingangsstempel vom 7. Januar 1888 und dem Vermerk: »Zur Aufführung genehmigt. Zensor f. dram. Werke Albedinskij. 7. Januar 1888.«

Die Uraufführung fand am 9. Februar 1888 am Theater A. F. Korš statt. Es spielten: Svetlovidov – V. N. Davydov, Nikita Ivanyč – F. P. Vjazovskij.

Im Herbst 1888 befaßte sich das Repertoire-Komitee der Kaiserlichen Theater St. Petersburg mit dem *Schwanengesang.* A. N. Pleščeev am 22. Oktober 1888 an Čechov: »Heute haben wir Ihren *Kalchas* gelesen und zur Aufführung zugelassen. Bei mir zu Hause ist sogar ein zweites Exemplar abgeschrieben worden, denn für das Komitee werden zwei benötigt.« In Petersburg wurde das Stück jedoch erst am 19. Januar 1890 als Benefizvorstellung für den Schauspieler P. M. Svobodin gegeben, mit dem Benefizianten in der Rolle Svetlovidovs.

Ebenfalls im Herbst 1888 muß Čechov mit dem Schauspieler A. P. Lenskij vom anderen Kaiserlichen, dem Moskauer Kleinen Theater über eine Aufführung verhandelt haben, vgl. seinen Brief vom 26. Oktober 1888 an ihn: »*Kalchas* habe ich in *Schwanengesang* umbenannt. Ein langer, süßsaurer Titel, aber mir ist einfach kein anderer eingefallen, obwohl ich lange nachgedacht habe. Verzeihen Sie, daß ich so lange gebraucht habe mit dem Stück. Die Sache ist die, daß es dieses Mal zwei Fegefeuer durchlaufen mußte: die dramat. Zensur und das Komitee. Wenn die Zensur nicht wäre, hätten Sie das Stück längst gehabt.« Zu einer Aufführung des Stückes am Kleinen Theater Moskau kam es damals nicht.

Änderungen am Stücktext nahm Čechov 1896 vor, als die erste Sammlung der Theaterstücke bei A. S. Suvorin vorbereitet wurde: er änderte das Alter Svetlovidovs, kürzte das *Othello*-Zitat und fügte den Monolog des Čackij ein, außerdem strich er zahlreiche Ausrufungszeichen und bildete statt offengelassener, mit drei Punkten gekennzeichneter Sätze vollständige.

Am 26. November 1901 Bořivoje Prusík an Čechov: »Ich schicke Ihnen Plakat und Theaterzettel des Nationaltheaters in Prag, wo Ihr *Schwanengesang* in meiner Übersetzung mit großem Erfolg gespielt worden ist. Ich will mich darum kümmern, daß alle Ihre Einakter gespielt werden.«

Übersetzungen zu Lebzeiten ins Bulgarische, Serbokroatische, Slovenische, Čechische, Polnische und Deutsche: *Das Schwanenlied des Komikers.* Dramolet in 1 Aufz. Im Original betitelt *Kalchas,* übersetzt von Louise Flachs-Fokschaneanu, E. Bloch, Berlin 1901, sowie *Schwanenlied* im *Agramer Tagblatt,* 1901, Nr. 241.

Der Bär

Medved'.

Geschrieben im Februar 1888, im unmittelbaren Anschluß an *Die Steppe.* Čechov am 22. Februar 1888 an Jakov Polonskij und, sinngemäß, auch an I. L. Leontjev-Ščeglov: »Nach der *Steppe* habe ich fast nichts getan. Ich hatte eine düstere Geschichte im Stil Albovs begonnen, ungefähr einen halben Bogen geschrieben (nicht sonderlich schlecht) und habe sie liegengelassen bis zum März. Aus lauter Langeweile habe ich ein leeres, französelndes Vaudeville geschrieben unter dem Titel *Der Bär,* habe eine kleine Erzählung fürs *Novoe vremja* angefangen und weiter nichts.«

Französelnd: der Dramatiker I. L. Leontjev-Ščeglov, damals mit Čechov befreundet, weist in seinen Erinnerungen hin auf einen Einakter von N. V. Samojlov, *Sieger werden nicht gerichtet,* der 1882 bei F. A. Korš gezeigt wurde mit N. N. Solovcov in der männlichen Hauptrolle; das Stück war die russische Bearbeitung der Komödie *Les Jurons de Cadillac* des französischen Schauspielers und Dramatikers P.-F.-S. Berton und handelt von der Zähmung eines ungebärdigen, ungeschlachten Matrosen durch eine Dame von Welt.

Mit einiger Sicherheit hat Čechov die Rolle des Bären mit Blick auf die Körpergröße und Manieren N. N. Solovcovs geschrieben, dem das Stück auch gewidmet ist.

Zu seinem Besuch in St. Petersburg im März 1888 dürfte Čechov den *Bären* mitgenommen und Suvorin gezeigt haben, ohne das Stück bei der Zensur einzureichen. In Suvorins Zeitung *Novoe vremja,* die von der Vorzensur befreit war, erschien *Der Bär* in Nr. 4491 vom 30. August anonym, gezeichnet nur mit den Initialen »A. P.«. Suvorin hatte dafür, wie er es in Ausnahmefällen zu tun pflegte, das Feuilleton von Seite 2 auf die dritte Seite »unter dem Strich« erweitert. Kenner der Handschrift Čechovs (wie A. N.

Pleščeev) errieten den Autor sofort: »Das sind doch Sie, der im ›N.vr.‹ den Schwank *Der Bär* geschrieben hat? Mir scheint, er wäre auf der Bühne sehr amüsant. An einigen Strichen erkenne ich Ihre Hand«, schrieb Pleščeev am 13. September 1888. Tags zuvor hatte I. L. Leontjev-Ščeglov das Stück gelobt als »grell und kompakt geschrieben, genau so, wie es sich für solche Sachen gehört. Hier [in St. Petersburg] könnten Savina und Sazonov, in Moskau Martynov und Solovcov der Bagatelle zu Popularität verhelfen.«

Čechov am 14. September an Leontjev: »*Der Bär* gefällt Ihnen? Wenn das so ist, schicke ich ihn zur Zensur.«

Dortiger Eingangsstempel: »22. Sept. 1888«. Der Theaterzensor S. I. Donaurov beurteilte den Schwank ungünstig: »Der unangenehme Eindruck, hervorgerufen durch das mehr als seltsame Sujet, wird verstärkt durch die Grobheit und Unsittlichkeit des Tons des gesamten Stückes, weshalb ich der Ansicht bin, daß es für eine Inszenierung auf der Bühne gänzlich ungeeignet ist.« Ein Verbot wurde jedoch vom Oberzensor E. M. Feokistov persönlich abgewendet: »Ich habe das Stück gelesen. Mir scheint, man sollte einige grobe Ausdrücke eliminieren, was jedoch das Sujet betrifft, so enthält es, bei aller seiner Leere, nichts Verwerfliches.« Genehmigt wurde *Der Bär* somit am 27. September 1888.

Am 4. Oktober wurde auch die Herstellung des Textbuches durch E. N. Rassochina genehmigt. Nachgedruckt wurde der Text zweimal, zum ersten in der Theaterzeitschrift *Artist*, Heft 6, 1890, sowie im Humorjournal *Budilnik* (Der Wecker), Oktober 1893, danach in: *Theaterstücke* 1897.

Čechov am 2. Oktober 1888 an Suvorin: »*Der Bär* ist durch die Zensur gegangen (ich glaube, nicht uneingeschränkt) und wird bei Korš gespielt. Solovcov lechzt danach, ihn zu spielen.« Die Uraufführung fand in Moskau am 22. Oktober 1888 als Benefizvorstellung für den Schauspieler N. V. Svetlov statt, der den Diener Luka spielte; in den Hauptrollen N. N. Solovcov und N. D. Rybčinskaja. Obwohl das Stück einen Riesenerfolg hatte, war Čechov mit dem Spiel unzufrieden: »Bei Korš brüllt das Publikum vor Lachen, unaufhörlich, obwohl Solovcov und die Rybčinskaja alles andere als kunstvoll spielen. Meine Schwester und ich würden es besser machen.«

In Petersburg erlebte *Der Bär* seine Premiere am Kaiserlichen Alexandra-Theater am 7. Februar 1889 mit der berühmten Schauspielerin M. G. Savina als Popova und N. F. Sazonov als Smirnov, den Luka gab K. A. Varlamov. Wie aus einem späteren Brief an Suvorin (vom 25. September 1889) hervorgeht, hatte Čechov auch gegen diese Inszenierung Vorbehalte: »Sazonov spielt den *Bären* miserabel. Das ist sehr verständlich. Schauspieler beobachten nie gewöhnliche Leute. Sie kennen keine Gutsbesitzer, kennen weder Kaufleute noch Popen noch Beamte. Dafür können sie ausgezeichnet Billardmarqueure, Puffmütter, ausgezehrte Ganoven, überhaupt alle jene Individuen darstellen, die sie zufällig in Gasthäusern und an Junggesellenabenden beobachten. Eine schreckliche Ignoranz!«

Die Nachfrage nach dem Text war riesig. Čechov am 23. Dezember 1888 an Suvorin: »*Der Bär* wird in 2. Auflage gedruckt. Und da sagen Sie, ich sei kein hervorragender Dramatiker?« Das Stück wurde, meist in Kombination mit dem *Heiratsantrag,* zu einem der beliebtesten Stücke der Provinztheater in ganz Rußland. Einem Bericht von Čechovs jüngstem Bruder Michail nach Taganrog zufolge wurde *Der Bär* allein in der Spielzeit 1888/1889, die Metropolen nicht gezählt, in fünfzehn russischen Städten gespielt, u. a. in Charkov, von wo der Schauspieler E. Ja. Nedelin, dortiger Darsteller des Ivanov, am 18. Februar 1889 an Čechov berichtet:

»Ein ebensolches Danke auch für den *Bären,* den ich bereits 5mal gespielt habe, ein 6. Mal spiele ich ihn in der Abschiedsvorstellung am 19. Februar. *Der Bär* hatte einen *sehr großen* Erfolg und war für das Publikum das stärkere Zugpferd als das kapitale Stück der Vorstellung; hier sind entschieden alle begeistert, und die Empfänge nehmen kein Ende – danke!«

Von einem Moskauer Streit um den *Bären* berichtet Čechov am 18. September 1889, nachdem N. N. Solovcov mit Beginn der neuen Spielzeit von Korš ans neugegründete Theater der Abramova gewechselt war: »Um den *Bären* streiten sich Korš und die Abramova: ersterer beweist ein ums andere Mal vergeblich sein exclusives Recht auf dieses Stück, und Abramovas Solovcov sagt, daß *Der Bär* ihm gehöre, denn er habe ihn schon 1817mal gespielt. Der Teufel wird daraus nicht schlau!«

Eine čechische Erstaufführung des *Bären* fand bereits am 17. Oktober 1889 in Brünn statt.

Übersetzungen zu Lebzeiten ins Bulgarische, Ungarische, Polnische, Rumänische, Serbokroatische, Slovakische, Čechische und Deutsche (L. Flachs-Fokschaneanu, Reclam, Leipzig 1903).

Der Heiratsantrag

Predloženie; wörtlich nur: Der Antrag.

Geschrieben Oktober 1888. Vgl. Čechov an A. S. Suvorin am 27. Oktober 1888: »Ich habe noch ein Vaudeville geschrieben. Zwei Männer-, eine Frauenrolle.« Am selben Tag an E. M. Lintvarëva: »Den ganzen Oktober habe ich nichts getan. Ich habe meinen Nippes für die Bühne geordnet.«

Am 7. November 1888 an I. L. Leontjev-Ščeglov: »Ich habe speziell für die Provinz ein räudiges kleines Vaudeville, *Der Heiratsantrag,* gekritzelt und zur Zensur geschickt. In dem Gesuch bat ich darum, es an die Bibliothek der Rassochina zu schicken. Wenn Sie, Engel, zur Zensur gehen, dann sagen Sie Krjukovskij, daß in der Stadt Soundso ein Pëtr Ivanovič Bobčinskij lebt und daß ich, gemeinsam mit der Rassochina, die Hydra der Zensur unter Tränen bitte, das Vaudeville nicht in Quarantäne zu halten. Das Vaudeville ist läppisch und langweilig, aber in der Provinz wird es gespielt werden: zwei Männer- und eine Frauenrolle. In der Hauptstadt werde ich den *Heiratsantrag* nicht auf die Bühne bringen.«

Im Zensurexemplar der Eingangsstempel: »9. Nov. 1888«, auf dem Titelblatt der Vermerk des Zensors Albedinskij: »Zur Aufführung genehmigt, 10.XI.1888.«

Das Textbuch in der Theaterbibliothek E. N. Rassochina trägt den Zensurvermerk mit dem Genehmigungsdatum vom 27. Deztember 1888. Landesweit bekannt wurde der Text durch den Druck in Suvorins Tageszeitung *Novoe vremja,* Nr. 4732, vom 3. Mai 1889, auch er hier nur gezeichnet mit den Initialen »A. P.«

Ein Nachdruck erfolgte in der Theaterzeitschrift *Artist*, Heft 3, November 1889. Mit geringfügigen Korrekturen in den Band *Theaterstücke* aufgenommen, 1897; danach in Band VII der Gesamtausgabe 1900, ²1902.

Aus Petersburg schrieb Aleksandr am 5. Mai 1889 an Čechov: »Dein *Heiratsantrag*, der im Feuilleton gedruckt steht, hat dem Publikum sehr gefallen.« Am 22. Mai A. N. Pleščeev an Čechov: »Habe im *N. vr.* den *Heiratsantrag* gelesen. Das ist furchtbar komisch, und wird auf der Bühne weitaus amüsanter als *Der Bär.* Man kann es unmöglich lesen, ohne laut zu lachen. Wir haben ihn mit verteilten Rollen gelesen.«

Die Uraufführung fand, entgegen der Absicht Čechovs, den *Heiratsantrag* in der Hauptstadt nicht inszenieren zu lassen, in St. Petersburg am 12. April 1889 im Hauptstädtischen Künstlerischen Zirkel statt, Regisseur und Besetzung sind nicht überliefert.

Eine zweite Inszenierung des *Heiratsantrags* fand am 9. August 1889 im Theater der Sommerresidenz in Krasnoe Selo statt. Es spielten Schaupieler des Kaiserlich-Petersburger Alexandra-Theaters: P. M. Svobodin (Lomov), M. V. Iljinskaja (Natalja Stepanovna) und K. A. Varlamov (Čubukov). Die Vorstellung wurde vor der Familie des Zaren gespielt, der, so P. M. Svobodin, »herzlich gelacht« habe. Čechov an Leontjev-Ščeglov:

»Man schreibt mir, daß in meinem *Heiratsantrag,* als er in Krasnoe Selo gespielt wurde, Svobodin unvergleichlich gewesen sei; er und Varlamov hätten aus diesem schlechten kleinen Stück etwas gemacht, das sogar den Zaren dazu bewogen haben soll, ein Kompliment an meine Adresse zu äußern. Ich erwarte jetzt den Stanislav und meine Beförderung zum Mitglied des Staatsrats.«

Die Inszenierung von Krasnoe Selo wurde ab dem 12. September 1889 in den Spielplan des Alexandra-Theaters übernommen.

Moskauer Premiere hatte *Der Heiratsantrag* am 3. September 1889 am Theater von E. N. Goreva, doch diese Inszenierung erregte Čechovs Mißfallen und wurde nach einigen wenigen Vorstellungen abgesetzt.

Die erste Inszenierung am Moskauer Staatstheater, dem Kleinen Theater, kam am 20. Februar 1891 heraus, mit N. I. Muzil als Lomov, N. A. Nikulina als Natalja Stepanovna und V. A. Makšeev als Čubukov.

Wie der *Der Bär* avancierte auch *Der Heiratsantrag* zum Lieblingsstück der Provinztheater ganz Rußlands. 1890, auf dem Weg nach Sachalin, sah Čechov das Stück im Stadttheater von Tomsk, Sibirien.

Die čechische Premiere am Nationaltheater Prag: 30. Mai 1890.

Übersetzungen zu Lebzeiten ins Bulgarische, Englische, Ungarische, Čechische, Serbokroatische und Deutsche (wie *Bär*).

Tragöde wider Willen

Tragik ponevole.

Geschrieben in der Sommerfrische in Sumy, im Todesjahr des Bruders Nikolaj 1889, vgl. Čechov an Suvorin am 4. Mai: »Gestern abend fiel mir ein, daß ich Varlamov versprochen hatte, ein Vaudeville für ihn zu schreiben. Heute habe ich es geschrieben und schon an ihn abgeschickt. Da sehen Sie, wie schnell bei mir das Dreschen geht! Und Sie schreiben, ich sei faul geworden.«

Zwei Tage später an I. L. Leontjev-Ščeglov: »Vor ein paar Tagen fiel mir ein, daß ich im Winter Varlamov das Versprechen gegeben hatte, eine meiner Erzählungen zu einem Stück für ihn umzuarbeiten. Es fiel mir wieder ein, ich setzte mich hin und tat es, eher schlecht als recht. Aus einer Erzählung zum alten Thema des Hinundherfahrens zwischen Stadtwohnung und Sommerhaus wurde ein alter und flacher Schwank. Er heißt *Tragöde wider Willen.* Ich habe ihn an die Zensur geschickt mit der Bitte, das genehmigte Exemplar Bazarov zur Vervielfältigung zu geben.«

Die dem Schwank zugrunde liegende Erzählung ist aus dem Jahre 1887 und trägt den Titel *Einer von vielen.*

Eingangsstempel auf dem der Zensur vorgelegten Exemplar: »9. Mai 1889«. Genehmigungsvermerk durch den Zensor Albedinskij, erteilt am »14. Mai 1889«. Der Zensor bemängelte die Erwähnung Gottes im Zusammenhang mit dem komischen Namen Krivulja Ivanovna, weshalb der Einakter in der Rubrik der zur Aufführung genehmigten Stücke, die der *Pravitelstvennyj vestnik* regelmäßig druckte, nur als »mit Einschränkung zugelassen« geführt wurde.

Das Textbuch des Bühnenvertriebs V. A. Bazarov, erschienen St. Petersburg Juni 1889, trägt das Zensurdatum 1. Juni 1889, dasselbe, in »2., verbesserter Auflage« im Theaterverlag von E. N. Rassochina, Moskau Januar 1890, Zensurdatum 22. November 1889. Wie die früheren Einakter erschien auch der *Tragöde wider Willen* in der Theaterzeitschrift *Artist,* Heft 7, April 1890. Für diesen Nachdruck eliminierte Čechov die Erwähnung des toten Kindes und des Kindersargs.

Aufgenommen in den Band *Theaterstücke* 1897, desgl. in Band VII der Gesamtausgabe, 1900, ^{2}1902.

Die Uraufführung fand in Petersburg am 1. Oktober 1889 im Privattheater des Deutschen Klubs statt, mit M. I. Babikov in der Rolle des Tolkačov. Von dieser Aufführung schrieb der humoristische Schriftsteller und *Oskolki*-Redakteur V. V. Bilibin an Čechov: »Am Sonntag war ich mit Ščeglov im Deutschen Klub und sah Ihren Schwank *Tragöde wider Willen.* Babikov spielte und er spielte sehr gut: er konnte den Text und hat die Rolle genau studiert.«

Leontjev-Ščeglov selbst sah in Čechovs Text die Imitation seines eigenen Stückes *Der Ehemann fürs Sommerhaus,* wie aus einer Tagebuchnotiz hervorgeht: »Das ist nicht kollegial gehandelt, Antoine!«

In Moskau hatte der Schwank am 25. Oktober 1889 am Theater Abramova Premiere als Benefizvorstellung für die Schauspielerin M. M. Glebova. Den Tolkačov spielte Čechovs *Bär* und Freund N. N. Solovcov.

Einzige Übersetzung zu Lebzeiten ins Deutsche durch M. Schick im *Magazin für Litteratur,* Nr. 3, 1904.

Die Hochzeit

Svad'ba.

Geschrieben Ende Oktober 1889, kurz nach Abschluß der Komödie *Der Waldschrat,* wie aus dem Eingangsstempel der Petersburger Theaterzensur hervorgeht: »31. Okt. 1889«; die Genehmigung durch den Zensor Albedinskij erfolgte prompt, nämlich am »2. Nov. 1889«.

Dem Stück zugrunde liegen Motive der Erzählung *Ehe aus Berechnung** aus dem Jahr 1884 sowie die im selben Jahr geschriebene Humoreske *Hochzeit mit General.*** Das Thema vom Moskauer Spießer, der eine Festivität unbedingt durch die Anwesenheit von hochgestellten Persönlichkeiten »beglaubigen« lassen möchte und dafür bereit ist, Geld zu zahlen, erscheint auch in Čechovs 14-tägiger Kolumne *Splitter des Moskauer Lebens* für die Petersburger *Oskolki:* »Kein Bräutigam hat Ruhe, bevor er nicht in einer vergoldeten Hochzeitskutsche spazierengefahren ist, bevor nicht die besten Sänger gesungen haben und die Oktave des Küsters tief genug gesungen ist. Miete ihm zur Hochzeit einen General, aber unbedingt mit Ordensstern, lasse Musik erdröhnen, und zwar so laut, daß sie von der Sretenka bis über die Moskva noch auf der Pljuščicha zu hören ist«, usw. Oder: »Die Kaufleute brauchen Generäle und Staatsräte. Ohne sie kommen bei Kaufleuten weder Hochzeiten noch Bankette aus oder kaufmännische Versammlungen« (1884).

Čechov sprach mit A. I. Sumbatov-Južin vom Kaiserlichen Kleinen Theater in Moskau, der für die Benefizvorstellung der Schauspielerin N. G. Fedotova nach einem Einakter auf der Suche war, der auf den *Macbeth* folgen sollte. Am 14. Dezember 1889 schrieb er an Sumbatov, er habe »gestern das Stück von der Zensur zurückbekommen, durchgelesen und finde heute, daß es nach *Macbeth,* wenn das Publikum auf Shakespeare eingestimmt ist, Gefahr läuft, unverschämt zu erscheinen. Wirklich, nach den herrlichen Shakespeareschen Verbrechen dieses kleine Groschengesindel zu sehen, das ich

* in: Anton Čechov, *Ein unbedeutender Mensch,* Erzählungen 1883–1885, Diogenes, Zürich 1976.

** in: Anton Čechov, *Das Leben in Fragen und Ausrufen,* Diogenes, Zürich 2001.

darstelle – ist völlig geschmacklos. Lesen Sie. Aber ich denke, es entspricht dem Geschmack der Fedotova.«

Nach seinem Besuch im Januar 1890 in Petersburg schreibt Čechov an Suvorin: »Mein Lieber, *Die Hochzeit* schicken Sie mir mit den Büchern zurück, sie ist versehentlich an Sie geraten.« Er erklärt das Versehen am 4. März: »Mein Vaudeville *Die Hochzeit* ist durch Verschulden Sumbatovs an Sie gelangt, der es in den Shakespeare gelegt hatte.« In Briefen vom 9. und 17. März erinnert er Suvorin erneut an das Stück, ehe er mit dem Brief vom 1. April abzuwinken scheint: »Wenn Sie es verloren haben, dann soll es wohl so sein, dann singen wir diesem Vaudeville die Seelenmesse.«

Das Erscheinen des Textbuchs im Bühnenvertrieb E. N. Rassochina, von der Zensur am 25. April 1890 genehmigt, erschien erst im Oktober 1890 in Abwesenheit Čechovs, der sich auf der Rückreise von der Insel Sachalin befand. In den Band *Theaterstücke*, 1897, nahm er den Text der *Hochzeit* nicht auf, ebenso nicht in den Stücke-Band von 1901, weil er, wie er A. F. Marks mitteilte, ihn noch korrigieren wollte; so erschien der Text erst 1902 wieder in dem Ergänzungsband mit *Drei Schwestern* und dem *Jubiläum*, Verlag A. F. Marks, Petersburg.

Nachdem aus der Aufführung am Kleinen Theater in Kombination mit *Macbeth* 1890 nichts geworden war, fand die Uraufführung des Stückes erst zehn Jahre später, am 28. November 1900, im Rahmen eines Čechov-Einakter-Abends im Moskauer Jagdklub statt, Regie: N. N. Arbatov (Archipov). Gegeben wurden neben *Hochzeit* die Einakter *Schwanengesang, Heiratsantrag* und *Jubiläum*. Olga Knipper am 16. Oktober 1900 nach Jalta an Čechov: »Vor einigen Tagen war Tolstoj im ›Čechov-Abend‹ und soll gelacht haben bis zum Umfallen, es habe ihm, wie erzählt wird, sehr gefallen.«

Die Petersburger Premiere des Stückes am Alexandra-Theater am 1. Mai 1902 war eine Benefizvorstellung für Nachwuchs-Regisseure und Souffleure und wurde ein glänzender Erfolg. *Novoe vremja* schrieb dazu am 2. Mai 1902: »Unter der künstlerischen Feder Anton Pavlovičs werden auch die kleinsten Sachen zu wertvollen Juwelierskunstwerken. In seinen Komödien ist er nachdenklich, traurig, herzbeklemmend, in den einaktigen Szenen desselben Autors sprüht die Heiterkeit aus jeder Zeile. Das Theaterstück Čechovs ist auf der russischen Bühne ein stets gerngesehener Gast.«

Übersetzungen zu Lebzeiten ins Čechische und Serbokroatische.

Die Nacht vor der Verhandlung

Noč' pered sudom.

Geschrieben zu Beginn der 90er Jahre, zugrunde liegt die Erzählung gleichen Titels* aus dem Jahre 1886.

* in: Anton Čechov: *Gespräch eines Betrunkenen mit einem nüchternen Teufel*, Erzählungen 1886, Diogenes, Zürich 1976.

Auf russisch erstmals publiziert posthum im Moskauer Almanach *Slovo*, 1914, 2. Band, in der Redaktion von Čechovs Schwester Marija Pavlovna, die am 24. März 1914 von der Zensur auch eine Aufführungsgenehmigung erwirken konnte.

Die Nacht vor der Verhandlung ist offenbar nie gespielt worden.

Das Jubiläum

Jubilej.

Geschrieben Mitte Dezember 1891 aufgrund der Erzählung *Ein schutzloses Wesen** aus dem Jahre 1887. Vgl. Čechov am 17. Dezember 1891 an Suvorin: »Und ich habe ein Vaudeville geschrieben.« Am selben Tag richtete Čechov die Bitte an den Theaterverleger S. F. Rassochin, das Stück in zwei Exemplaren kopieren zu lassen und an die Zensur zu schicken, was dieser sofort veranlaßte.

Eingangsstempel der Zensur: »21. Dez. 1891«, der Genehmigungsvermerk des Zensors S. Donaurovs trägt das Datum vom »30. Dezember 1891«. Am 16. Januar 1892 Rassochin an Čechov: »Ihr Stück *Das Jubiläum* ist aus der Zensur zurück und zur Aufführung genehmigt worden. Das Theater Korš hat darum gebeten, aber ohne Ihre Erlaubnis habe ich es nicht herausgegeben. Erlauben Sie, daß ich der Lithographierung nähertrete?« Das Textbuch erschien im März 1892 in Moskau und blieb die einzige Einzelausgabe dieses Einakters.

In den Band *Theaterstücke* nahm Čechov *Das Jubiläum*, ebenso wie den Einakter *Die Hochzeit*, nicht auf. Als der Band VII der Gesamtausgabe im Verlag A. F. Marks vorbereitet wurde und Čechov verpflichtet war, dem Verleger sämtliche von ihm verfaßten Werke vorzulegen, versah Čechov die beiden Stücke mit dem Vermerk: »NB. Kommt nicht in die Gesamtausgabe«, da Čechov sie noch zu überarbeiten gedachte. Dezember 1891 war dies geschehen, am 25. Dezember 1901 schrieb Čechov an Marks: »Zusammen mit der Korrektur geschickt wird das Vaudeville *Das Jubiläum*; es ist von mir korrigiert worden.« Das Stück wurde, wie *Die Hochzeit*, aufgenommen in den Band A. Čechov, *Drei Schwestern. Die Hochzeit. Das Jubiläum*, A. F. Marks, Petersburg 1902, sowie in die 2. Aufl. des Bandes VII der Gesamtausgabe.

Wie *Die Hochzeit* erlebte *Das Jubiläum* seine Uraufführung im Moskauer Jagdklub am 28. November 1900. Ebenfalls analog zur Petersburger Erstaufführung der *Hochzeit* kam *Das Jubiläum*, außerhalb der regulären Spielzeit, am Alexandra-Theater am 1. Mai 1903 als Benefizvorstellung für Nachwuchs-Regisseure und Souffleure heraus, in der alte Čechov-Darsteller wie K. A. Varlamov (Chirin) und E. I. Levkeeva (Merčutkina) glänzten. In sei-

* in: Anton Čechov: *Die Steppe*, Erzählungen 1887–1888, Diogenes, Zürich 1976.

nem Brief vom 2. Mai 1903 an Čechov beschreibt P. P. Gnedič den Erfolg des Stückes: »Ihre Befürchtungen betreffs des *Jubiläums* haben sich nicht bestätigt. Das war kein Stück, sondern ein reiner Muskelkitzel. Ich lege Ihnen die bestätigenden Dokumente bei und drücke Ihnen die Hand.«

Die beigefügten »bestätigenden Dokumente«, Zeitungsausrisse ohne Datum und Quellenangabe, sprechen unisono vom »brüllenden Gelächter« des Publikums, von »unwahrscheinlichem Gelächter«: »Ein Stöhnen ging durch das Theater während der energischen Aussprache zwischen Hrn. Varlamov und Fr. Levkeeva. In den Logen und auf der Galerie wurde offenbar nicht gelacht, sondern gebrüllt vor Lachen.« Auch der Rezensent des *Novoe vremja* vom 2. Mai 1903 konnte sich nicht erinnern, je ein solches Gelächter vernommen zu haben wie während der Vorstellung dieses Stückes.

Von Übersetzungen zu Lebzeiten Čechovs ist nichts bekannt.

Über die Schädlichkeit des Tabaks

O vrede tabaka.

Geschrieben Februar 1886 bzw. Ende September 1902.

Vgl. Čechov an V. V. Bilibin am 14. Februar 1886: »In bin gesund und munter, was Palmin damit erklärt, daß ich mich nicht selbst behandle. Habe sehr viel Arbeit. Nicht mal Zeit zum Essen... Soeben habe ich die Monologszene *Über die Schädlichkeit des Tabaks* beendet, die ich im Geheimfach meiner Seele dem Komiker Gradov-Sokolov zugedacht habe. Da ich nur 2 1/2 Stunden zur Verfügung hatte, habe ich diesen Monolog verdorben und... ihn nicht zum Teufel, sondern an die ›Pet[erburgskaja]. gaz[eta]. geschickt. Die Absichten waren gut, die Ausführung ist schlechtissime.«

Der Text erschien erstmals in der von Čechov genannten *Peterburgskaja gazeta* (Petersburger Zeitung), in der er, parallel zum humoristischen Journal Lejkins, den *Oskolki,* ab 1884 regelmäßig publizierte, am 17. Februar 1886. Ein Pressezensurdatum für diese Veröffentlichung ist nicht überliefert, dafür das Eingangsdatum des Monologs bei der Theaterzensur: »15. März 1886« sowie das Datum des Genehmigungsvermerks: »Zur Aufführung zugelassen. Zensor dramat. Werke Kejzer-fon-Nilkgejm. 17. März 1886.«

Mit Änderungen nachgedruckt in der Erstausgabe des Erzählungsbandes *Bunte Erzählungen,* Verlag der *Oskolki,* St. Petersburg 1886. Mit weiteren Änderungen als Textbuch des Bühnenvertriebs S. I. Napojkin, genehmigt von der Zensur am 31. Jan. 1887, Moskau 1887. In »2., verbesserter Aufl.« als Textbuch der Theaterbibliothek E. N. Rassochina, Moskau 1889, von der Zensur genehmigt am 30. Mai 1889.

In der Redaktion letzter Hand erschien der Monolog in Band XIV der Gesamtausgabe des Verlages A. F. Marks, als Abonnentenprämie für die Leser der Familienzeitschrift *Niva* (Die Flur), St. Petersburg 1903.

Die Vielzahl der Änderungen, vor allem Kürzungen, belegt, wie sehr Čechov schon in den Jahren 1886–1889 an diesem Textsujet hing. Der damals mit Čechov befreundete Schriftstellerkollege A. S. Lazarëv-Gruzinskij erinnert sich daran, mit Čechov darüber gestritten zu haben, ob diese »Erzählung« in den Band *Bunte Erzählungen* hätte aufgenommen oder weggelassen werden sollen, woraufhin Čechov ihn, Lazarëv, mit »sonderbaren Augen« angesehen und darauf bestanden habe, der *Tabak*-Monolog sei »eine gute Erzählung«. – »Bei mir entstand der Eindruck«, fährt Lazarëv in seinen Memoiren fort, »Čechov hege eine Leidenschaft gegenüber seinem schwachen Kindsungetüm, ähnlich der, wie viele Eltern am meisten ihre kümmerlichsten Kinder lieben.«

Čechov hat diesen Monolog, mit dessen Gestalt er offensichtlich auch nach der Revision von 1889 nicht restlos zufrieden war, in den Band *Theaterstücke* 1897 nicht aufgenommen, ebensowenig in Band VII der Gesamtausgabe 1901. Erst am 30. Oktober 1902, vor Beginn der Arbeit am *Kirschgarten,* schreibt er an Olga Knipper: »Gestern habe ich eins meiner alten Vaudevilles überarbeitet. Heute schreibe ich es ab und schicke es an Marks.«

Tags drauf, am 1. Oktober 1902, an Marks: »Unter meinen Werken, die Ihnen übergeben wurden, befindet sich das Vaudeville *Über die Schädlichkeit des Tabaks* – das ist unter denjenigen Werken, die ich Sie gebeten hatte, nicht in die Gesamtausgabe aufzunehmen und nie zu drucken. Jetzt habe ich unter demselben Titel ein völlig neues Stück geschrieben, wobei ich nur den Familiennamen der handelnden Person beibehalten habe, und schicke es Ihnen für Band VII.« Für diesen Band, die 2. Auflage desselben, kam Čechovs Sendung allerdings zu spät.

Das Angebot des Verlegers Marks, *Über die Schädlichkeit des Tabaks* in der auflagenstarken Familien-Illustrierten *Niva* zu veröffentlichen, lehnte Čechov ab mit der Begründung, das Stück sei ausschließlich für die Bühne geschrieben und würde in einer Zeitschrift »überflüssig und uninteressant« erscheinen.

Olga Knipper, Schauspielerin am Moskauer Künstlertheater, die als Ehefrau die Verbindung zwischen Autor und Theater hielt, das seinerseits auf dem Exklusivrecht an Čechovs Stücken beharrte, macht Čechov im Oktober 1902 Vorhaltungen, den Monolog dem Künstlertheater nicht gezeigt zu haben: »Marks wird es drucken, und man wird es früher spielen als bei uns. Das ist nicht gut. Konst. Serg. [Stanislavskij] ist empört.« Darauf Čechov am 8. Oktober 1902: »Du bist verrückt geworden!!! Ein Vaudeville mit einer handelnden Person, die nur redet, aber absolut nicht handelt!! Für das Theater schreibe ich das Stück, das wird besser.« Gemeint ist: *Der Kirschgarten.*

Von einer Uraufführung des *Tabak*-Monologs zu Lebzeiten ist nichts bekannt, ebensowenig von Übersetzungen in andere Sprachen.

Erläuterungen

1. Zur Transkription russischer Eigennamen

Die Transkription russischer Namen folgt der sog. wissenschaftlichen, international in der Slavistik üblichen Umschrift, die für spezifische Laute des kyrillischen Alphabets, zu deren genauerer Unterscheidung, die diakritischen Zeichen jener slavischen Sprachen benützt, die lateinisch schreiben – wie das Čechische, Slovakische, Slovenische, Kroatische und, teilweise, das Serbische.

Die wichtigsten Zeichen dieser Transkriptionstabelle sind:

c	immer ›ts‹, wie in ›Zeichen‹; die Verbindung ›ck‹ ist in jedem Fall getrennt zu sprechen: ›z-k‹.
č	›tsch‹, wie ›Čechov‹.
ch	hartes ›ch‹, wie in ›ach!‹
s	immer stimmloses, scharfes ›s‹.
š	immer stimmloses, scharfes ›sch‹, wie in ›Asche‹.
šč	immer stimmloses, weiches und gedehntes ›sch‹, nicht ›schtsch‹.
v	im Silbenanlaut, vor Vokalen und stimmhaften Konsonanten wie ›w‹, im Silbenauslaut, vor stimmlosen Konsonanten wie ›ff‹.
z	immer stimmhaftes ›s‹, wie in ›Rose‹.
ž	immer stimmhaftes ›sch‹, wie in ›jour, journal‹.
ë	ist wie ›jo‹ zu sprechen, mit offenem ›o‹; dieser Vokal zieht automatisch die Wortbetonung auf sich.
o	immer offenes ›o‹, wie in ›offen‹; unbetontes ›o‹ ist eine Art Halbvokal, der sich dem betonten Vokal innerhalb des Namens, des Wortes unterordnet und wie ein verschlucktes ›a‹ klingt.

2. Personennamen und ihre Betonung

Im Russischen besteht jeder Personenname aus drei Teilen: dem Familiennamen (Čechov), dem Vornamen (Anton) sowie dem Vatersnamen (Pavlovič, d. i. »Sohn des Pavel«).

Als offizielle Anrede benutzt das Russische die Kombination aus dem Vor- und Vatersnamen. Sie ersetzt das im Deutschen übliche ›Herr‹ bzw. ›Frau‹; ›Anton Pavlovič‹ bedeutet im Russischen soviel wie ›Herr Čechov‹. ›Anna Petrovna‹ ist die korrekte Höflichkeitsform für ›Frau Vojničeva‹, mit der man per ›Sie‹ verkehrt. – Die Kombination aus dem Prädikat »Herr« [gospodin] und dem Familiennamen ist im Russischen unüblich und deshalb immer mit besonderer Bedeutung beladen, entweder um ein hierarchisches Verhältnis zu betonen oder im ironischen Sinn.

Im gesprochenen Russisch wird zwischen Personen, die sich siezen, jedoch bereits ein vertraulicheres Verhältnis zueinander entwickelt haben, die korrekte Form des Vatersnamens abgeschliffen, aus dem »Ivan Ivanovič«, den man bereits längere Zeit kennt, ohne sich mit ihm zu duzen, wird »Ivan Ivanyč« – wodurch sich gewisse Divergenzen zwischen Personenverzeichnis und Dialog ergeben können.

In der Duzform beschränkt sich die Anrede wie im Deutschen auf den Vornamen bzw. dessen Koseformen.

Für den Rhythmus der Sätze ist die Betonung der Namen nicht unwichtig. Sie wird, da es sich bei Personen- und Eigennamen des frühen Čechov meist um ›sprechende Namen‹ handelt, deren Bedeutung dem Leser erklärt werden muß, in den Anmerkungen angegeben. Accent aigu steht für steigende, accent grave für fallende Betonung.

3. Die russischen Rangklassen

Die Liste der Rangklassen in Rußland geht zurück auf Peter I. In Anlehnung an westliche Vorbilder (Frankreich, Preußen, Dänemark und Schweden) wurden durch Erlaß 1722 vierzehn Rangklassen geschaffen, die praktisch und ohne wesentliche Veränderung bis 1917 in Kraft blieben. Der petrinischen Reform des Staats- und Militärdiensts lag der Gedanke zugrunde, daß auch Nichtadelige durch Leistung (durch Erreichen eines Rangs) in den Adel erhoben werden konnten.

Zu Čechovs Zeiten wurden folgende Ränge an Zivil- bzw. Militärbeamte verliehen:

Klasse	*Zivildienst*	*Militärdienst*
1	Kanzler	Generalfeldmarschall
		General-Admiral
2	Wirklicher Geheimrat	General
		Admiral
3	Geheimrat	Generalleutnant
		Vize-Admiral
4	Wirklicher Staatsrat	Generalmajor
	Oberstaatsanwalt	Konter-Admiral
5	Staatsrat	
6	Kollegienrat	Oberst
	Militärrat	Kapitän 1. Ranges

7	Hofrat	Oberstleutnant Kapitän 2. Ranges
8	Kollegienassessor	Hauptmann Rittmeister
9	Titularrat	Stabshauptmann Stabsrittmeister Leutnant
10	Kollegiensekretär	Leutnant Schiffsfähnrich
11	Schiffssekretär	
12	Gouvernementssekretär	Sekondeleutnant Kornett
13	Provinzsekretär Senatsregistrator Synodalregistrator Kabinettsregistrator	
14	Kollegienregistrator	

Personen der oberen vier Rangklassen gebührte die Anrede ›Euer Exzellenz‹.

Der Adelstitel, der auf dem Dienstwege verliehen wurde, war erblich für den, der ein Amt des 9. Rangs erreicht hatte; den Adelstitel beantragen konnte z. B. auch ein Unternehmen, das sein 100jähriges Jubiläum feierte (vgl. die Novelle *Drei Jahre,* vgl. Gaevs Rede im 1. Akt des *Kirschgarten*).

Anmerkungen

Auf der Großen Straße

Seite 10

Tichon Evstignéev – von griech. tychon: geglückt, erfolgreich, Koseform Tiša; vgl. im Text Tichon von Zadonsk.

Semën Sergéevič Borcòv – russ. borec: Ringer, Kämpfer; Semën, Koseform Sénja: von althebr. sama: zuhören, gehorchen.

Sávva – Koseform Sávuška, aram. saba: Alter, Großvater.

Nazárovna – bäuerlich, eigtl. Nazarjevna; nazar, althebr.: hat sich Gott ergeben.

Efímovna – bäuerlich, griech.: heilig, gottesfürchtig. Ihre Rede ist durchsetzt mit Sprüchen aus Ps. 140.

Fédja – von Fëdor, griech. theos: Gott, und doron: Geschenk, gegeben.

Egòr Mérik – bäuerliche Form des Vornamens, eigtl. Georgij, von griech. georgos: Landmann, Bauer.

Kuzmá – griech. kosmos: Welt, Weltall, übertr.: der Allgegenwärtige; vgl. *Das Jubiläum*.

Seite 12

Heilig, heilig, heilig – ist Gott der Herr, Offenb. 4,8.

Kwadrillje – »gebildet«, Fedja hat in der Stadt gearbeitet.

Dummkopf, der schweigt – die zahlreichen im Stücktext verwandten russ. Sprichwörter werden nicht eigens angemerkt.

Seite 13

Vòlogda – Hauptstadt des gleichnamigen Gouvernements in Nordrußland, »1147 gegründet, hat 42 000 Einw. 1/2 St. nördlich vom Bahnhof die Sophienkathedrale, um 1570 unter Iwan dem Schrecklichen aufgeführt nach dem Vorbild der Moskauer Uspenskij-Kathedrale. Nahebei westlich eine Sammlung kirchlicher Altertümer. Am SO-Ende der Moskowskaja, 1/2 St. von der Kathedrale, das Haus, in dem Peter d. Gr. gewohnt hat, mit kleinem Museum.« (K. Baedeker, *Rußland*, Leipzig [7]1912)

Tichon von Zadònsk – russ. Prediger, Mönch und geistlicher Schriftsteller, 1724–1783, lebte ab 1769 im Kloster von Zadonsk, Kreis und Kreisstadt im nördl. Teil des Gouv. Voronež.

Heilige Berge – russ. Svjatye gory, berühmtes, 1624 gegründetes Kloster im Kreis Izjum, Gouv. Charkov, am rechten Ufer des nördl. Donec, 17 km entfernt von der Stadt Slavjansk.

Odessa – südlichste russ. Hafenstadt am Schwarzen Meer.
Rup – bäuerl. für Rubel.

Seite 14
besoffenes Volk, krank – während Alkoholismus meist als »gewohnheitsmäßiger Mißbrauch alkoholischer Getränke« mit verderblichen Folgen für Gesundheit und Gesellschaft definiert wurde, behandelte man ihn in Amerika schon im XIX. Jahrhundert als gefährliche Krankheit; vgl. die dt. Übersetzung des Begriffs mit »Säuferkrankheit« (Meyer, Leipzig 1878).

Seite 18
Andréj Polikárpov – griech. andreios: mutig, tapfer; polykarpos: fruchtbar, reich an Früchten.

Seite 19
Windhunde – meint: Polizeispitzel.
Kùban – Fluß im ciskaukasischen Teil des russ. Generalgouv. Kaukasien, nach ihm benannt das Kubangebiet mit der Hauptstadt Ekaterinodar; als »Land der Freiheit« vgl. auch *Die Herrin*, 1882.
wende dich ab – vgl. Jesaja, 1,16: »Tut euer böses Wesen von meinen Augen.«

Seite 26
Kuzmá – griech. kosmos: Welt, Weltall, häufig als bäuerl. Vorname, hier in der Bedeutung: wie alle sind, einer von vielen.

Seite 28
Borcóvka – Dorf, benannt nach seinem Besitzer oder ehemaligen Herren, vgl. *Die Vaterlosen*, Platonov und Platonovka.

Seite 30
Davokat – verballhornt für Advokat, vgl. russ. advokat zu ›ablakat‹.

Seite 31
Poltáva – Gouv. in der Ukraine; Ort der ukrainischen Bauernerzählungen Nikolaj Gogols, zugleich Titel einer Verserzählung von A. S. Puškin.

Seite 32
Behütet euern Mund – Herr, behüte meinen Mund und bewahre meine Lippen, Psalm 141,3.

Seite 33
Ščastlívcev – Gestalt des umherziehenden Provinzschauspielers und Komikers aus A. N. Ostrovskijs klassischer Komödie *Wald*.

Seite 41

Kalchas – in der griech. Überlieferung Gestalt des blinden Sehers, hier: Figur aus der Operette *Die schöne Helena* von Jacques Offenbach, in Rußland erstmals aufgeführt am Alexandra-Theater St. Petersburg 1868, gespielt auch 1876 am Moskauer Ferien-Theater Lentovskijs. Čechov kannte die Operette noch aus Taganrog in der Bearbeitung des dortigen Theaterunternehmers G. Valjano.

Seite 42

Svetlovídov – russ. svetlyj: hell; vid: Aussehen, Anblick, Sicht; etwa: der Hellsichtige, Hellseher. Am Theater A. F. Korš war für alte Männer der Schauspieler N. V. Svetlov, der z. B. in *Der Bär* den Diener Luka spielte, zuständig.

Vasílij Vasiljič – griech. basileios: König, Herrscher. Koseform: Vásjuška. Der Souffleur redet ihn in provinzieller Kurzform an: Vasil.

Nikíta – griech. nikai: besiegen.

Seite 43

Egòrka! Petrùška! – keine zufälligen Namen: am Taganroger Theater spielten ein Egor und ein Pëtr, die Platzhirsche am Ort, mit Künstlernamen »Georges« und »Petrarca«.

Seite 44

Benefizvorstellung – veranstaltet für Schauspieler und Mitarbeiter des Theaters, deren Erlös dem betreffenden Benefizianten zugute kam. Vgl. Čechovs Erzählung *Nach der Benefizvorstellung*, 1885.

Seite 48

Godunòv – *Boris Godunov,* klassische Tragödie von A. S. Puškin; zitiert wird der Monolog des falschen Demetrius aus der Szene ›Nacht. Garten. Springquell.‹

Seite 49

Zaréwitsch – Sohn des Zaren, Thronfolger.

stolze Polin – Maryna Mniszek, die mit dem Usurpator, dem »Lügendmitrij«, den Zarenthron bestieg.

König Lear – III, 2. Čechov zitiert die Übersetzung von A. V. Družinin, die anders läuft als die von Schlegel/Tieck; das Zitat ist daher mit dem Vokabular der Schlegel/Tieckschen Übersetzung dem russ. Text nachgebildet. Analog die weiteren Shakespeare-Zitate.

Seite 50

Hamlet – III, 2. Zitiert wird die klass. Übersetzung von N. A. Polevoj; in Čechovs Jaltaer Bibliothek befinden sich drei *Hamlet*-Ausgaben.

Seite 51

Die Nacht ist still – Zitat der Verserzählung Aleksandr Puškins, *Poltava,* 2. Gesang.

Gulimathias – griech.: Geschwätz, wirres Gerede, Durcheinander.

Othello – III, 3.

Seite 52

Aus Moskau fort – Zitat des Schlußmonologs des Čackij aus A. S. Griboedovs klassischer Komödie *Weh dem der denkt*, IV, 14.

Der Bär

Seite 53

N. N. Solovcov – Nikolaj Nikolaevič, eigtl. Fedorov, 1857–1902, Schauspieler, Regisseur und Theaterunternehmer, mit Čechov seit der Gymnasialzeit in Taganrog bekannt; 1887–1889 am Theater F. A. Korš in Moskau, 1889/1890 am Theater M. M. Abramova, wo er Čechovs *Waldschrat* inszenierte. Danach Theaterunternehmer und Regisseur in Kiev, wo er nahezu alle Theaterstücke Čechovs spielen ließ.

Bär – medved', zoolog. ursus, umgangssprachl. wie im Deutschen Bezeichnung für einen plumpen, täppischen Menschen, in Gesellschaft ein grobes Schimpfwort, verbunden mit zahlreichen abschätzigen Epitheta wie zottelig, zerzaust, kurzschwänzig, tapsig, aber auch: Waldschrat, Waldteufel, schwarzer Teufel, Archimandrit des Waldes u. a.

Seite 54

Popòva – russ. pop: der Pope.

Elèna – griech. helenos: das Licht; vgl. auch die Offenbach-Operette *La belle Hélène.*

Smirnòv – russ. smirnyj: demütig, demutvoll, ergeben.

Grigòrij – griech. gregoreo: munter, gesund sein.

Lukà – vom Vornamen Lucas; lat. lux: das Licht.

Seite 55

Nikoláj Michájlovič – vom griech. Namen Nikolaos, vgl. griech. nike: der Sieg, und Laos: das Volk; Nicolas im russ. Original französisch geschrieben.

den Lazarus singen – russ. Redensart; sonst: Trübsal blasen, Klagelieder singen.

Seite 56

Rýblovo – russ. rybolov: der Fischer.

Velikan – russ. der Riese.

Korčágin – russ. korčag: Napf, Topf, Kessel.

Vlásov – vom Vornamen Vlas, griech. blax, blakov: träge, stumpf, unbeweglich.

Seite 58

Waldschrat – Gestalt des russ. Volksaberglaubens, vgl. *Auf der Großen Straße*, vgl. auch Čechovs Komödie *Der Waldschrat*. Mit der Bedeutung von Teufel; in der aufgeklärteren Gesellschaft auch Spottname für Sonderling.

Seite 60

Teufel – russ. čort, čert, starkes Schimpfwort, unschicklich in Damengesellschaft.

Grúzdev – russ. gruzd: Pfifferling, Täubling.

Jaroševic – Ableitung vom Vornamen Jaroslav; russ. jaryj: grimmig, slava: der Ruhm.

Kurícyn – russ. kurica: Huhn, Henne.

Mazútov – russ. mazut: Erdöl, mazat': schmieren.

Seite 64

Madame sche wu pri – russisch transkribiertes Französisch.

Seite 65

Flüstern, scheues Atmen – erster Vers eines unbetitelten Liebesgedichts von A. A. Fet aus dem Jahre 1850.

Schwarze Augen – Beginn einer berühmten Zigeunerromanze nach einem Gedicht von E. P. Grebenka.

Packt eine Stuhllehne – Zitat der klassischen Komödie *Der Revisor* von Nikolaj Gogol; jeder Russe kennt die dort gegebene Beschreibung des Geschichtslehrers, der, wenn er auf Alexander den Großen zu sprechen kommt, so in Begeisterung verfällt, daß regelmäßig Stühle zu Bruch gehen – und die berühmte Frage: »Aber warum deshalb gleich Stühle zertrümmern?«

Seite 67

geheimnisvolle Tamára – berühmte Königin Georgiens, 1184–1213; möglicherweise Anspielung auf M. Lermontovs Gedicht *Tamara*, in dem Tamaras Geist, eine Art georgische Loreley, Wanderer und Pilger in eine Schloßruine lockt, die jedoch auf dem Wege dorthin alle in den Fluten des Terek ertrinken. Hier wahrscheinlich Tamara aus Lermontovs Verserzählung *Der Dämon,* vertont 1871 von A. Rubinštejn. In das georgische Mädchen Tamara, das kurz vor der Hochzeit steht, verliebt sich der aus dem Paradies verdammte Dämon; während Tamaras Bräutigam von Räubern erschlagen wird, bedrängt der Dämon die Braut, die in ein Kloster flieht, doch auch in ihrer Zelle vom Dämon verfolgt wird und stirbt.

Seite 68
Daša – typ. bäuerl. Vorname, desgl. *Pelageja.*

Seite 69
Ihre vernagelte Stirn – im Russ. wörtlich »eherne Stirn«, mednyj; vgl. Aleksandr Puškins epische Dichtung *Mednyj vsadnik* (Der eherne Reiter). Im Russ. Čechovs in der Bedeutung: unbewegt, unbeweglich, stur.

Der Heiratsantrag

Seite 76
Čubúkov – russ. čubuk: das Pfeifenrohr (das türkische, in Rußland gebräuchliche, das an dem einen Ende das knopfartige Mundstück, am andern den aufgesteckten, kleinen tönernen Pfeifenkopf hat.
Stepán – griech. stephanos: der Kranz.
Natálja – lat. natalis: verwandt, vertraut.
Lòmov – russ. lom: zerschlagene, zerbrochene Sachen, Bruchstücke; eher hier das russ. Idiom »ego lomaet«, d. h. es reißt ihn, er hat das Reißen.

Seite 77
Täubchen, Mütterchen – ironisiert die Sprechweise der Alten, diese Anrede hatte schon zu Čechovs Zeiten einen komischen Beiklang, zumal von Mann zu Mann.

Seite 78
um die Hand Ihrer Tochter zu bitten – vgl. die zahlreichen frühen Humoresken Čechovs zu diesem Thema in den Bänden *Das Leben in Fragen und Ausrufen* und *Aus den Erinnerungen eines Idealisten,* Diogenes, Zürich 2001.

Seite 81
Ochsenwiesen – die Flurnamen, auch die Formulierungen erinnern an A. S. Puškins *Geschichte des Dorfes Gorjuchino,* aber auch an *Fräulein Bäuerin* in den *Erzählungen Belkins.*

Seite 82
Verordnung – um welche der zahlreichen Verordnungen seit 1861, dem Jahr der Aufhebung der Leibeigenschaft, es sich handelt, ist nicht ermittelt.

Seite 83
im November dreschen – in Rußland: bei Frost.

Usurpator – in Rußland schwere Beleidigung, weil mit diesem Begriff nicht nur unrechtmäßige Aneignung des Zarentitels assoziiert wird, sondern Zaren*mord;* vgl. A. S. Puškin, *Die Geschichte Pugačevs* und den Roman *Die Hauptmannstochter.*

Seite 86

Wahlen – zum Adelsmarschall; der vom lokalen Adel auf drei Jahre gewählte Adelsmarschall war Respektsperson bei der Schlichtung familiärer und ständischer Streitigkeiten.

Seite 88

Welch eine Prüfung, Vater einer erwachsenen Tochter – geflügeltes Wort aus der klassischen Komödie A. S. Griboedovs *Weh dem der denkt,* 1, 10 – Schlußsatz des 1. Akts.

Seite 89

Ugadaj – Hundename, Imperativ des Verbums ugadat': erraten, etwas abpassen, aufspüren.

Mirónov – häufiger russ. Familienname; da er in älteren russ. Zeugnissen nie erscheint, nimmt man an, daß er sich von Neron, Nero herleitet.

Otkataj – russ. otkatat': wegrollen, schnell weglaufen, abfahren.

Volčanéckij – russ. volčan: die Lupine; volčenok: junger Wolf.

Seite 90

Borzòj – russ. Hunderasse, dem Windhund ähnlich; veraltet poetisch borzyj: feurig (von Rossen).

Zaprjagaj – russ. zaprjagat': anspannen.

Stamezka – von dt. Stemmeisen in derselben Bedeutung, Stechbeitel.

Seite 92

Razmachaj – russ. razmachivat': ausholen, Schwung holen.

Seite 94

Zum Waldschrat mit euch – vgl. w. u.: »zum Teufel«; vgl. auch Anm. zum Titel *Der Bär.*

Tragöde wider Willen

Seite 98

Tolkačòv – russ. tolkat': stoßen; der Gestoßene, Getriebene. Der Vorname verweist auf den Titel der Humoreske *Einer von vielen,* der russ. Jedermann, vgl. auch den Titelhelden *Ivanov.*

Muráškin – russ. muraška: kleine Ameise.

Petersburg – zur Sommerzeit, von Mai bis Ende August, verbrachten Familien, die es sich leisten konnten, die Zeit im Sommerhaus in der Umgebung.

Seite 100

Märtyrer für eine Idee – möglich auch: für die Idee; diese wäre dann das Ideal der Befreiung, Emanzipation und letztlich einer modernen Verfassung.

Chrápov – russ. chrapat': schnarchen, Schnarchsack.

Seite 101

Víchrin – russ. vichor, vichr: Wirbel, Wirbelwind.

Seite 103

Skandal in einer edlen Familie – Vaudeville von N. I. Kulikov, 1812–1891.

Mòtnja – Vaudeville von K. A. Tarnovskij, 1826–1892.

Krivùlja – erfundener Vorname, von russ. krivoj: krumm, schief.

Sag nicht, die Jugend hättest du zerstört – Zitat der Romanze von F. Ja. Prigožij nach dem Gedicht *Ein schweres Los ward ihr zuteil* von N. A. Nekrasov aus dem Jahr 1885.

Und wieder stehe ich vor dir – Zigeunerromanze auf die Worte der *Stanzen* von V. I. Krasov.

Seite 104

Čečótt – O. A. Čečott, geb. 1842, berühmter Petersburger Psychiater, 1881–1901 Oberarzt am Krankenhaus Nikolaj Čudotvorec für psychisch Kranke.

Meržéevskij – I. P. Meržeevskij, 1838–1908, berühmter Petersburger Psychiater, Professor an der Militärakademie und Direktor einer Klinik für psychisch Kranke.

Blut will ich sehen! Blut! – *Othello*, III, 3.

Dochlaja rečka – wörtl. »Verrecktes Flüßchen«, erinnert auch an die Örtlichkeit Černaja rečka, schwarzes Flüßchen, wo Aleksandr Puškin 1837 im Duell fiel.

Die Hochzeit

Seite 108

Žigálov – russ. žigalo: Rädelsführer, Leithammel; žiga: Drohung, Scheltworte.

Evdokim Zacharovič – griech. eudokimos: ruhmreich.

Nastásja Timoféevna – Kurzform für Anastasija, griech. anastas: auferstanden.

Dášenka – von Darja; Dareios: Name dreier persischer Könige.

Aplòmbov – franz. »aplomb«: Selbstbewußtsein, Sicherheit im Auftreten.

Èpaminònd Maksimovič – E. als russ. Vorname nicht nachgewiesen, Scherz des altphilologisch Gebildeten: Epaminondas, griech. Feldherr u. Staatsmann.

Revùnov-Karaùlov – dem Sinne nach: Brüllaffe, Hilferufer; russ. revet': brüllen; karaùl: Hilfe, Polizei; zu sprechen: kara-ùl.

Njùnin – russ.: Trauerkloß, Heulsuse; raspustit' njuni: jammern, greinen, klagen.

Andréj Andréevič – griech. andreios: mutig, tapfer.

Zmejùkina – russ. zmej: Drache, zmeja: die Schlange; komisch als Name insofern, als die Figur in der ersten Fassung Aristokratin war, bzw. als solche galt.

Anna Martỳnovna – althebr. Name Hannah, von hen: Grazie, Wohlansehnlichkeit.

Jatj – Name des russ. »e«, der etymologisch entstanden war aus dem griech. Diphthong »oi« und anders geschrieben wurde als das normale »e«. Orthographische Klippe im alten Rußland für Schüler und, natürlich, Telegraphisten; abgeschafft mit der Schriftreform 1918.

Dỳmba – oszilliert zwischen dynja: Wassermelone, und dubina: Blödmann, einfältiger Kerl.

Charlámpij Spiridònovič – griech. chara: Freude, Begeisterung, und lampo: leuchten, strahlen.

Mozgovòj – russ. mozg: Gehirn, Hirn, Mark; mozgovatyj: markig.

Dmítrij Stepànovič – griech. auf Demeter bezogen, die myth. Göttin der Landwirtschaft und Fruchtbarkeit.

Brautführer – nach orthodoxem Trauungsritus: zwei.

Speisewirtschaft Andropov – russ. »Kuchmistrstvo«, Gasthaus mit Räumlichkeiten für Feiern, Hochzeitsfeiern u. ä.

Seite 109

Grang-rong – franz. Zitate sind im Text durchgängig russ. transkribiert; grand rond: Figur der Quadrille, Polonaise.

Spinoza – Spiel mit zwei Namen, dem des Philosophen und dem des Tänzers Leonet Espionza, 1825–1903, der zwischen 1869 und 1872 in Moskau im Bolšoj Theater Triumphe feierte. Vgl. V. M. Krasovskaja 1959, *Warum Spinoza »Kringel« aufführt.*

Seite 110

vornehmer Mensch – russ. blagorodnyj, im XIX. Jh. »edel«, für adelig, aristokratisch.

Seite 111

»Ich habe Sie geliebt« – Zitat einer Romanze von diversen Komponisten (A. A. Aljabjev, P. P. Bulachov, A. E. Varlamov u. a.) nach einem Gedicht von A. S. Puškin aus dem Jahre 1825.

Seite 112

DYMBA *Es gibt* – der Grieche Dymba spricht gebrochen Russisch, eine Art Kanak-Sprak; auch bei Čechov sehr outriert.

Seite 113

Armenier – galten (und gelten) als besonders geschäftstüchtig, d. h. als Betrüger.

Und er, der Wilde – Zitat des Gedichts *Parus* (Das Segel) von Michail Lermontov, 1832. ›Parus‹ ist grammatisch maskulin, weshalb im Russischen, wenn im Gedicht in der letzten Strophe das Personalpronomen »er« auftaucht, das Segel mit ihm, dem »wilden«, mutigen Mann assoziiert werden kann.

Seite 114

Sauer! Sauer! – russ. »Gor'ko! Gor'ko!« (Bitter!), sagt man am Hochzeitstisch über den Wein, ›er muß versüßet werden‹, und die Jungen müssen einander küssen. (Dal', *Wörterbuch,* 1880/82) Deutsche Sprichwörter, die diesen Hochzeitsbrauch umschreiben könnten: »Auf Sauer folgt Süß«; »Was sauer ankompt, das ist lieb«; oder »Sauer getrunken, süß bezahlt«; »Saurer Wein hat süßen Lohn«, nach A. Wander, *Deutsches Sprichwörter-Lexikon,* Leipzig 1867.

Seite 115

Saloppe – Überwurf für Damen, Morgengewand, Negligé zum Verbergen von Nachthemd und/oder unfrisiertem Haar (franz. salope), im übertragenen Sinn für unsaubere, nachlässig gekleidete Frau, Schlampe.

Seite 117

echter Reizker – genießbarer Pilz, hervorragender Speisepilz.

Siffe, swimmen – russ. Zischlaute, die nicht ausgesprochen werden konnten von: Juden, Kleinkindern, Griechen.

Seite 118

Boulanger – Georges-Ernest, 1837–1891, franz. General, Kriegsminister, Führer der chauvinistischen Partei des »nationalen Protests«, Inbegriff des Antidemokraten und Diktators, floh, nachdem ihm Verbindungen zu den Monarchisten nachgewiesen wurden, nach Belgien, wo er sich 1891 das Leben nahm.

Kapitän 2. Ranges, gleich Generalmajor – ist natürlich Geflunker und Zwecklüge, wie Revunov-Karaulov später richtigstellt; entspricht in der militärischen Rangtabelle dem Oberstleutnant.

Euer Exzellenz – diese Anrede gebührte nur den obersten vier Klassen der Rangtabelle.

Seite 119

Herzbube – oder Cœur-Bube, für: raffinierter Dieb, Spitzbube.

Seite 120

Babelmandebskij – Bab el-Mandeb, arab. Tor der Wehklagen, Ausgang des Roten Meers in den Golf von Aden; enthält den russ. Wortstamm baba: das Weib.

Seite 121

In die Wanten, enter auf! – die seemänn. Termini übersetzt nach A. Stenzel, *Deutsches Seemännisches Wörterbuch,* 1904. – Die Čechovsche Vorlage, darauf verweist M. P. Čechov in seinen Memoiren, war vermutlich das aus dem Nachlaß des 1883 verstorbenen Schriftstellers F. F. Popudoglo stammende Werk *Kommandos für die wichtigsten Manöver auf See,* Sankt Petersburg 1830.

Seite 124

langweilig – im Original Spiel mit Revunov-Karaulovs Schwerhörigkeit: statt langweilig, russ. skučno, versteht er vkusno, russ. schmackhaft, schmeckt gut.

Die Nacht vor der Verhandlung

Seite 128

Gùsev – russ. gus': Gans, gusàk: Ganter; fig. choroš gus': ein sauberer Patron! Mit *Gusev* pflegte Čechov seinen ältesten Bruder Aleksandr anzureden.

Fëdor – griech. theos: Gott, doron: Geschenk. Koseform Fédja.

Zajcev – russ. zajac: der Hase; auch: Der Sonnenfleck an Wänden, auf dem Fußboden.

Die Handlung spielt – erkennbar auch mit Motiven der *Erzählung des verstorbenen I. P. Belkin* von A. S. Puškin: *Der Stationsaufseher* und *Schneesturm.* Zum fehlenden Schluß vgl. die gleichnamige Erzählung aus dem Jahre 1886, Untertitel: »Erzählung eines Angeklagten«, die, in der Ich-Form erzählt, mit der Paraphrase eines berühmten Satzes aus dem Roman *Die Hauptmannstochter* beginnt.

Seite 130

Revolver – im russ. Original eine große altmodische Pistole, pistolet, grammat. maskulin.

Čeprakòv – russ. čeprak: Schabracke, Satteldecke; čerpak: Schöpflöffel, Kelle.

Whint – russ. Kartenspiel, dem Whist verwandt, von Čechov exemplarisch beschrieben in der Erzählung *Whint,* 1884.

Reiseabenteuer – der galanten Art, vgl. A. S. Puškin in der Erzählung *Der Stationsaufseher.*

Turgenev – Ivan, 1818–1883, Anspielung auf die verwickelte Gefühlslage in den Romanen, z. B. *Rudin,* 1856.

Seite 131

mademoiselle – im Original franz.

Ihren Namen zu kennen – meint Vor- und Vatersnamen, die in der russischen Anrede das »Herr« bzw. »Frau Guseva« ersetzen.

Seite 132

persisches Pulver – Insektenvernichtungsmittel, Pulver, »persisch«, weil aus den Köpfen der in Persien, Kleinasien und dem Kaukasus vorkommenden persischen Kamille gewonnen (pyrethrum carneum und p. rosum MB.).

Seite 133

Karawanzerei – im russ. »Enzyklopädie«; typisches Wortspiel Čechovs, enthält das Wort »klop«: Wanze. Alternativen: Wanzokratie, Wanzologie.

Seite 134

Šervecòv – russ. červec: die Schildlaus.

Seite 136

Sic transit ... – im Original lat., geflügeltes Wort: So vergeht der Ruhm der Welt; aus den Vorschriften zur Papstkrönung: wenn der neue Papst die Peterskirche betritt, zündet der Zeremoniar dreimal ein Bund Werg an einer Kerze an und ruft bei jedem Mal: »Pater sancte, sic transit gloria mundi!«

Drachme, Gran, Unze – alte Apothekergewichte.

acquae destillatae – destilliertes Wasser

Das Jubiläum

Seite 140

Šipùčin – russ. sipet': zischen, brodeln, schäumen; etwa: Schaumschläger.

Andréj – griech. andreios: mutig, tapfer.

Tatjána – komischer Name vor dem Hintergrund der Tatjana aus A. S. Puškins Roman in Versen *Evgenij Onegin* und des berühmten Liebesbriefes, den Tatjana an Onegin schreibt.

Chírin – russ. chiryj: hinfällig, siech.

Kuzmá – griech. kosmos: Welt, All; einer wie viele; plebejisch-bäuerlicher Vorname. Erinnert deutlich an die fiktive Dichtergestalt Kozma Prutkov, den dichtenden Beamten, der im *Eichamt* (vgl. im Text) dient; erfunden von den Dichtern Aleksej Tolstoj und den Brüdern Žemčužnikov; Parodien auf zeitgenössische Dichter, viele seiner »Sinnsprüche« sind bis heute sprichwörtlich.

Merčútkina – assoziiert klanglich an den ursprüngl. Namen »Ščukina«, abgeleitet von Hecht; enthält das Adjektiv merzlyj: häßlich, garstig, abscheulich, sowie die Wurzel čut-; čutka: Witterung haben, wachsam sein.

Seite 141

Westentaschengambetta – Léon Gambetta, 1838–1882, franz. Staatsmann, Republikaner und Gegner Napoleons III., berühmt als glänzender Redner.

Seite 143

profession de foi – im Original franz., Glaubensbekenntnis.

Podagra – auch Zipperlein, griech. Fußleiden; Form der akuten Gicht, beginnt mit stechend-bohrendem Schmerz in einem Gelenk, meist der großen Zehe, das darauf mit Zeichen einer Entzündung anschwillt. Begleitet von Fieber und Verdauungsbeschwerden, dauert ein Podagra-Anfall bis zu zwei Wochen.

Seite 144

Jack – um 1890 waren die Zeitungen voll von Schreckensmeldungen über den berüchtigten Londoner Frauenmörder Jack.

Seite 145

Drjàžsko-Prjàžsker Bank – fiktiver Name; russ. drjazg: Kehricht, Schmutz; drjazga: streitsüchtiger, zänkischer Mensch. Prjažka: Schnalle; in 2. Bedeutung: in einem Zug, ohne Fütterung der Pferde zurückgelegte Wegstrecke. Spielt an auf die zahlreichen Zusammenbrüche und Betrügereien russ. Banken während der 80er Jahre.

Seite 146

Waterproof – engl., leichter, wasserundurchlässiger Regenmantel.

Seite 148

Onegin, ach, du wirst es ahnen – Arie des Fürsten Gremin in Čajkovskijs Oper *Evgenij Onegin*, III, 1.

Seite 149

Schwache, schutzlose Frau – vgl. Čechovs Humoreske *Ein schutzloses Wesen*.

Grendilèvskij – russ. krendel': Kringel, Brezel. Vgl. Anm. zu Spinoza im Schwank *Die Hochzeit*.

Seite 151

Eichamt – vgl. Anm. zum Vornamen Kuzma.

Seite 153

Berežnickij – russ. berežlivyj: schonend, sparsam.

Seite 154

und dieses Haus hat viele Wohnungen – In meines Vaters Haus sind viele Wohnungen, Johannes 14,2.

Seite 158

Zwei Freunde gingen des Abends spazieren – erster Vers der berühmten Fabel *Die Spaziergänger und die Hunde* von Ivan Krylov, 1768–1844, Buch II, 11. Die Moral der Fabel, dt. von R. Bächtold:

»Die Neider, was sie auch erblicken
Sie bellen alles an.
Geh du nur unbeirrt auf deinem Weg voran –
Sie werden sich drein schicken.«

Sag nicht, die Jugend hättest du zerstört – populäre Zigeunerromanze von Ja. F. Prigožij nach dem Gedicht Nikolaj Nekrasovs *Ein schweres Kreuz ward ihr zum Los,* 1856.

Über die Schädlichkeit des Tabaks

Seite 160

Njùchin – russ. njuchat': riechen, schnüffeln; Tabak schnupfen.

Ivan Ivanovič – Hans Sohn des Hans, im Sinne von: so sind wir alle.

Seite 161

persisches Pulver – Insektenvernichtungsmittel, s. Anm. zu S. 132.

Seite 162

Zucken im Auge – lat. medizinisch nictitatio, krampfhaftes Zucken, Zwinkern infolge einer verschleppten Bindehautentzündung; vgl. das Spiel mit den verschiedensten Ableitungen von der Wurzel nic- in der ersten Fassung. Vgl. auch Lomov in *Der Heiratsantrag.*

Seite 163

Solfeggio – ital., Übungsstück für Gesang, bei dem Töne nicht auf einen Text, sondern auf einzelne Silben, z. B. do, re, mi, fa usw., gesungen werden.

Seite 164

sind verstrichen wie ein einziger glücklicher Augenblick – Anspielung auf das berühmte Gedicht Aleksandr Puškins, »Ja pomnju čudnoe mgnovenie«, von Karoline Jaenisch-Pavlova übersetzt mit: »Ein Augenblick ist mein gewesen.«

Große Feiertage – in Rußland: Neujahr, Ostern.

Kakerlaken – russ. tarakan; das hiervon abgeleitete Verbum tarakanit' schon zu Čechovs Zeiten obszön, in der Bedeutung von vögeln.

Zakuski – kleiner Imbiß, der gereicht wird, um nach dem Schluck Vodka etwas nachzuessen, bestehend aus: Kaviarhäppchen, Salzhering, Salzgurke etc.

Seite 165

schnippt sich an die Kehle – mit dem Mittelfinger, Geste, die das Trinken von Vodka andeutet.

Weglaufen, alles hinwerfen – vgl. *Drei Schwestern,* IV; der Rat, den Čebutykin Andrej gibt: »Setz die Mütze auf, nimm den Stock in die Hand und geh weg ... geh weg, geh, geh, ohne dich umzuschauen. Und je weiter du weggehst, desto besser.«

Seite 166

Dixi et animam levavi – lat.: Ich habe gesprochen (es gesagt) und meine Seele erleichtert.

Anmerkungen zur Variante von 1886

Seite 184

Markel – sehr ausgefallener Vorname, von lat. marcellus; die im Text verwendete Form »Markeša« ist stark abfälliger Bedeutung.

Pseudonym »Faust« – vgl. auch die gleichnamige Erzählung von Ivan Turgenev.

Seite 185

Vogt – Karl, 1817–1895, dt. Naturforscher, linker Abgeordneter in der Paulskirche, emigrierte infolge Berufsverbots in die Schweiz; berühmt sind seine *Physiologischen Briefe* 1845–1846, [4]1874; *Vorlesungen über nützliche und schädliche, verkannte und verleumdete Tiere,* Leipzig 1864.

Moleschott – Jacob, 1822–1893, dt. Physiologe, wegen materialistischer Ansichten aus dem Lehramt gedrängt, emigrierte über die Schweiz nach Italien. Arbeiten über die *Physiologie der Nahrungsmittel,* über *Karl Darwin,* aber auch über *Georg Forster,* den *Naturforscher des Volkes* 1854; beeinflußte mit seinen biochemischen Untersuchungen die Entwicklung der physiologischen Chemie.

Anwendung auch in der Medizin – heute äußerst begrenzt, in der Čechovzeit bei Nervenerkrankungen wie Bronchial-Asthma aufgrund der Eigenschaft des Nikotins, reflektorische Reizbarkeit zu vermindern.

Seite 186

Nicotiana Tabacum – Čechov veralbert im Folgenden die Wissenschaftssprache populärwissenschaftlicher Vorträge. Der lat. Name der Tabakpflanze, die Beschreibung der chemischen Bestandteile, der Verarbeitung etc. sind nach damaligem Wissensstand sämtlich korrekt.

Solaneae – bzw. Solanaceen.

wächst in Amerika – ist natürlich Unsinn; aus Lateinamerika gelangte der Tabak erstmals 1511 nach Europa, wo er ebenfalls bald angebaut wurde; in Rußland wurden Rauchern noch 1634 die Nasen abgeschnitten, ehe Peter der Große das Tabakrauchen nicht nur gestattete, sondern offiziell förderte. Der Name Nikotin geht zurück auf den franz. Gesandten am portugiesischen Hof, Jean Nicot, 1530–1600, der 1560 die Tabakpflanze in Frankreich eingeführt haben soll.

Gift Nikotin – *Meyer's Konversations-Lexikon,* 5. Aufl., Leipzip 1896, vermerkt dazu nur: »N. ist höchst giftig und wirkt 16mal stärker als das ähnliche Coniin. Wegen seiner Flüchtigkeit geht es auch in den Tabaksrauch und in den Tabakssaft der Pfeife über.«

Radikal – chem. Verbindung, der nur einen Kohlenstoffkern enthaltende Atomkomplex, der bei Umsetzung organischer Verbindungen in andere Produkte unverändert erhalten bleibt.

Seite 188

Da ist [der] *Hund begraben* – im Original deutsch.

Seite 189

Nikotin chemisch – $C_{10}H_{14}N_2$.

Tabaksäure – Meyer 1896: »Nikotin reagiert alkalisch und bildet mit Säuren leicht lösliche, sehr scharf schmeckende, schwer kristallisierbare Salze.«

Nikocyanin – Tabakkampfer.

Seite 190

Schuld ist die Gesellschaft! – verbreitete linke These zur Erklärung sozialen Fehlverhaltens schon zur Čechovzeit.

Tetanus – griech., Muskelkontraktion infolge schnell aufeinanderfolgender Reizanlässe; pathologisch ist T. Starrkrampf.

Anton Čechov im Diogenes Verlag

»Er hat seine Erzählungen mit vollkommener Kunstfertigkeit gestaltet: *Die Bauern* zum Beispiel sind ebenso vollkommen wie Flauberts *Madame Bovary*. Er bemühte sich, einfach, klar und knapp zu schreiben. Seine drastischste Forderung war, daß der Schriftsteller Anfang und Ende seiner Erzählung weglassen sollte. Er selbst hat das getan, und zwar so rigoros, daß seine Freunde sagten, man solle ihm die Manuskripte wegschnappen, bevor er die Möglichkeit habe, sie zu verstümmeln: ›Sonst beschränken sich am Ende die Erzählungen darauf, daß sie jung waren, sich verliebten, heirateten und unglücklich wurden.‹ Als man das Čechov erzählte, sagte er: ›Aber so ist es doch tatsächlich.‹« *W. Somerset Maugham*

»Welche Schriftsteller mich als jungen Menschen beeinflußt haben? Čechov! Als Dramatiker? Čechov! Als Erzähler? Čechov!« *Tennessee Williams*

● **Das dramatische Werk**
Neu übersetzt, transkribiert und herausgegeben von Peter Urban. Jeder Band bringt den unzensurierten Text mit sämtlichen Varianten und Lesearten, Auszüge aus Čechovs Notizbüchern, Anmerkungen und einen editorischen Bericht

Der Kirschgarten
Komödie in vier Akten

Der Waldschrat
Komödie in vier Akten

Die Möwe
Komödie in vier Akten

Onkel Vanja
Szenen aus dem Landleben in vier Akten

Ivanov
Drama in vier Akten

Drei Schwestern
Drama in vier Akten

Die Vaterlosen
[Platonov]. Das ›Stück ohne Titel‹

Sämtliche Einakter

● **Das erzählende Werk**
Deutsch von Gerhard Dick, Wolf Düwel, Ada Knipper, Georg Schwarz, Hertha von Schulz und Michael Pfeiffer. Gesamtredaktion, Anmerkungen und Nachweise von Peter Urban

Ein unbedeutender Mensch
Erzählungen 1883–1885

Gespräch eines Betrunkenen mit einem nüchternen Teufel
Erzählungen 1886

Die Steppe
Erzählungen 1887–1888

Flattergeist
Erzählungen 1888–1892

Rothschilds Geige
Erzählungen 1893–1896

Die Dame mit dem Hündchen
Erzählungen 1897–1903

Eine langweilige Geschichte/ Das Duell
Kleine Romane I

Krankenzimmer Nr. 6/ Erzählung eines Unbekannten
Kleine Romane II

Drei Jahre/Mein Leben
Kleine Romane III

Die Insel Sachalin
Reisebericht

Ein unnötiger Sieg
Frühe Novellen und Kleine Romane. Deutsch von Beate Rausch und Peter Urban. Herausgegeben, mit Anmerkungen und einem Nachwort von Peter Urban

Das Drama auf der Jagd
Eine wahre Begebenheit. Neu übersetzt von Peter Urban

Die Dame mit dem Hündchen/Herzchen
Zwei Erzählungen

Meistererzählungen
Ausgewählt von Franz Sutter

● Gesammelte Humoresken und Satiren
in zwei Bänden. Übersetzt und herausgegeben von Peter Urban

Das Leben in Fragen und Ausrufen
Humoresken und Satiren 1880–1884

Aus den Erinnerungen eines Idealisten
Humoresken und Satiren 1885–1892

● Briefe
in 5 Bänden. Die größte nicht-russische Briefausgabe in der Neuübersetzung und -edition von Peter Urban. Jeder Band enthält Faksimiles, einen umfangreichen Anhang mit editorischem Bericht, Anmerkungen und einer Chronik; im letzten Band zusätzlich ein Personen- und Werkregister

● Tagebücher, Notizbücher
Herausgegeben und vollständig neu übersetzt von Peter Urban. Mit Vorwort, editorischem Bericht, ausführlichen Anmerkungen und Personenregister

● Čechov-Chronik
Leben und Werk von Anton Čechov
Herausgegeben von Peter Urban. Der Anhang bringt ein Nachwort, das Inhaltsverzeichnis der ersten russischen Gesamtausgabe und eine Bibliographie aller deutschen Übersetzungen

● Anton Čechov Sein Leben in Bildern
Herausgegeben von Peter Urban. Mit 739 Abbildungen, einem Anhang mit Daten zu Leben und Werk und einem Personenregister

● Freiheit von Gewalt und Lüge
Gedanken über Aufklärung, Fortschritt, Kunst, Liebe, Müßiggang und Politik. Zusammengestellt von Peter Urban. Mit fünf Porträts und einer Selbstkarikatur von Doktor Čechov

● Das Čechov Lesebuch
Herausgegeben, kommentiert und mit einem Vorwort von Peter Urban

● Über Čechov
Herausgegeben von Peter Urban

● Wie soll man leben?
Anton Čechov liest Marc Aurel
Herausgegeben, übersetzt und mit einem Vorwort von Peter Urban

Peter Urban

Anton Čechov – Sein Leben in Bildern

Mit 739 Abbildungen,
einem Anhang mit Daten zu Leben und Werk
und einem Personenregister

»Ein prächtiger Bildband breitet das Leben des russischen Dichters Anton Čechov in Fotos und Dokumenten aus: Ein Jahrhundertbuch! Ein Meisterwerk, Lieblingsbuch, Kultbuch! Am liebsten würde ich es einfach betrachten, studieren, genießen.
Dieses Buch muß von nun an immer, egal auf welchen Seiten aufgeschlagen, bei mir in Reichweite liegen.
Diskreter und gleichzeitig doch ergiebiger läßt sich eine derartige Biographie in Bildern und Selbstzeugnissen nicht arrangieren – wirklich, ein Wunder.
Nochmals: ein Jahrhundertbuch. Der für die Vollkommenheit der Umsetzung von Urbans Präzisionsarbeit verantwortliche Diogenes Verlag muß mitgewürdigt werden.« *Gabriele Wohmann/Die Welt, Bonn*

»Sicher kein ganz billiger Band, aber eine Anschaffung fürs ganze Leben. Denn Čechov liest man nicht nur einmal. Was nicht nur Marc Chagall bekannte, dessen Bilder an Čechov erinnern und der als seine Lieblingslektüre nannte: die Bibel und Čechov.«
Armin Halstenberg, Norddeutscher Rundfunk

»Dies Buch hält mehr bereit als nur die lebenspiegelnde Porträt-Galerie eines außergewöhnlichen Schriftstellers. Den Wegen Čechovs folgend, macht uns Peter Urban mit aus der Zeit genommenen Stadtansichten und Landschaftspanoramen bekannt. Wir sind eingeladen, uns zu versetzen und mit Čechovs Augen auf Taganrog zu sehen oder auf den Lubjankaplatz von einst, wir blicken auf das Sträflingselend von Sachalin, auf birkenhelle Flußidylle und rührende Bahnhöfe, die in ihrer Verlorenheit die Weite des Landes bezeugen. Eine unerwartete Dimension des Ver-

stehens öffnet sich beim Anblick einer Steppenstraße, eines Anlegeplatzes der Fähre oder eines ausgestorben wirkenden Herrenhauses. Große Lese-Eindrücke bringen sich da wie von selbst in Erinnerung.
Es ist ein reiches, ein aus großer Kenntnis und mit Liebe hergestelltes Buch, das Čechovs Leben und seine Zeit überzeugend vergegenwärtigt.«
Siegfried Lenz/Frankfurter Allgemeine Zeitung

»Spannend war Urbans zum Teil abenteuerliche Suche nach Bildmaterial. Nicht weniger als 17 Jahre lang hat er das Projekt einer Bildchronik verfolgt, hat sämtliche Schauplätze von Čechovs Leben in Europa und Rußland bereist, hat Archive, Bibliotheken, Phototheken und Antiquariate durchforscht. Einzig nach Melichovo, das heute in einem militärischen Sperrgebiet liegt, ließ man ihn nicht reisen. Am Anfang der Idee, Čechovs Leben photographisch zu dokumentieren, standen Originalaufnahmen von den Uraufführungen seiner Stücke am Moskauer Künstlertheater. Porträts, Familienbilder, Aufnahmen von seinem kulturellen Umfeld, von seinen Lebensräumen kamen dazu.«
Regula Heusser/Neue Zürcher Zeitung

»Anton Čechovs Leben in Bildern nachzuvollziehen – das ist eine einzige Freude für den Betrachter dieses Bildbandes.« *Elsbeth Wolffheim/*
Deutsches Allgemeines Sonntagsblatt, Hamburg